裏切りの塔

G・K・チェスタトン

コーンウォールの海岸に聳《そび》える風変わりな葉色の三股の樹。通称を〈孔雀の樹〉といい、聖者の祈りによって歩き回る力を手に入れ、獣や人をむさぼり食う災いの樹の伝承に連なる存在だった。大地主ヴェインはこの怪樹に登る賭けをして森に入るが、以降忽然と姿を消してしまう。怪奇趣味に満ちた傑作中篇「高慢の樹」ほか、謎を読み解くことに長けたスティーヴン神父が不可能犯罪に挑む表題作、夢想家の姪と実際家の甥の先行きを案じた公爵が取った奇策が思わぬ喜劇へと発展する、本邦初訳の戯曲「魔術」など、五篇の中短篇を新訳で贈る。巨匠の多彩な魅力が凝縮された日本オリジナル作品集。

裏切りの塔

G・K・チェスタトン作品集

G・K・チェスタトン
南　條　竹　則　訳

創元推理文庫

THE TOWER OF TREASON

and Other Stories

by

G. K. Chesterton

1913, 1922

目次

裏切りの塔

G・K・チェスタトン作品集

高慢の樹

第一章　孔雀《くじゃく》の樹の物語

大地主ヴェインはイギリスの教育を受け、アイルランドの血統を引く初老の少年だった。立派な寄宿学校で受けたイギリスの教育は彼の知性を完全に、そして恒久的に少年時代のまま保存していた。しかし、アイルランドの血統は無意識のうちに彼の中の老少年らしい謹厳さをくつがえし、時として腕白《わんぱく》少年の明るい人生観を返すのだった。彼には肉体的な癇癖《かんぺき》があり、それがほとんど本人の意に反して悪戯《いたずら》を仕掛けたため、すでに公務員、外交官としての勤めに於《お》いて、あまりにも輝かしい失敗者となっていた。たとえば、妥協こそ間違いなく英国の政策の要《かなめ》であり、ことにインドの諸宗教間では中立を装わなければならない。ところが、ヴェインは回教寺院《モスク》の入口で靴を片方脱ぎ捨てることによってイスラム教徒に歩み寄ろうとし、このことは真の中立を示すというより、攻撃的な無頓着さとでも呼ぶしかないものに感じられた。また、ロシアのユダヤ人と聖遺物を担《かつ》いで練り歩く正教会の行列との諍《いさか》いに於いて、英国貴族がどちらの側にも十分共感できないことは本当である。しかし、尊い歴史的遺物としてユダヤ人も担いで行列すれば良いというヴェインの考えは、双方から誤解を受けた。要するに、ヴェインは馬鹿げたことに関わらないのを特に誇りとする人間だったが、その結果、いつも馬鹿げたことを仕出かしていたのだった。彼は自分が物堅《ハード・ヘッデド》い人間であることを証明するためだけに逆立ち《スタンド・オン・ヒズ・ヘッド》しているように見えた。

ヴェインはコーンウォールの海岸にある自宅の庭で、木蔭にテーブルを据え、娘を相手にたっぷり朝食をとったところだった。春はまだほとんど森に触れておらず、イギリス最南端のそのあたりの海を温めてもいなかったが、素晴らしく血の循環《めぐり》が良いので、なるべく戸外で食事をすると言い張っていたのだ。娘のバーバラはふさふさした赤毛の髪で、庭にある彫像のように真面目な顔をした美貌の少女だったが、父親が立ち上がった時も、ほとんど身動きせずに坐っていた。ヴェインはすらりと背の高い姿を薄手の服につつみ、白い髪と口髭を上機嫌な顔からうしろに荒々しくなびかせ――鍔広《つばびろ》のパナマ帽は手に持っていた――古い飾り物の壺が左右に並ぶ段庭の石段を下りて、小さい樹々に縁取られた森の中の小径へ出た。それからジグザグの道を通ってごつごつした崖を下り、海岸へ出た。ボートに乗って来る客を迎えるはずだった。青い入江にはすでに一隻の快走船がいて、石を敷いた小さな埠頭にボートが向かって来るのが見えた。

しかし、緑の芝生と黄色い砂の間を少し歩いている間にも、彼の物堅《ハード・ヘッデドネス》さは挑発されて、世間が往々にして短気《ホット・ヘッデドネス》と呼ぶ珍しからぬ状態に変わる運命にあった。じつをいうと、彼の小作人と屋敷の奉公人を構成するコーンウォールの農民たちは、馬鹿げたことに関わらない人々と言うには程遠かったからだ。悲しいかな！　かれらのまわりには馬鹿げたことがたっぷりあった。幽霊や、魔女や、マーリン*1と同じくらい古い伝承を持っているかれらは、馬鹿げたことの妖精の輪でヴェインを取り囲むようだった。しかし、その魔法の輪には一つの中心があった。田舎者たちの会話がめぐりめぐっていつも戻って行く一点があった。その一点が大地主をいつも憤慨させ、少しばかりの道のりを歩くこの時も、到る処《ところ》でそれにぶつかるようだった。彼は芝生から石段を下りる前に立ちどまって、外国の灌木《かんぼく》を鉢植えにすることについて、庭師と話した。庭師は、外国の灌木を良く思わないことを示す機会ができたので、革のような褐色の顔のあらゆる皺《しわ》に陰気な喜びをあらわしているようだった。

「旦那がここに植えたものは、取っておしまいになると良いですぜ」彼は根気良く土を掘りながら、言った。「あんなものがあると、ここじゃ何もまともに育ちやせん」

「灌木だと！」大地主は笑って言った。「孔雀の樹を灌木と言うんじゃあるまいな？　立派な高い木じゃないか――自慢して良いものだ」

「悪い草ははびこるんで」と庭師は言った。「植える者によっちゃ、雑草だって家くらい大きくなります。聖書ん中で毒麦の種を蒔《ま》いた奴でさア、旦那さん*2」

＊1　アーサー王伝説に登場する魔術師。

「ふん、糞食らえだ、おまえの――」と大地主は言いかけて、より適切で語呂も良い「聖書《バイブル》」という言葉を「迷信」という一般的な言葉に言い換えた。彼自身は断固たる合理主義者だったが、小作人に手本を示すため教会へ通っていた。何の手本かと訊かれれば、返答に窮しただろう。

木立のそばの低い方の径を少し行くと、マーティンという木樵《きこり》と出逢った。この男は庭師よりも不満の種を多く持っているため、態度がもっとあからさまだった。その頃、男の娘はこの沿岸で流行《はや》りだした熱病にかかり、重態だった。大地主は心優しい紳士だったから、普通なら彼が鬱《ふさ》いで怒りっぽくなっていることを斟酌《しんしゃく》してやっただろう。しかし、相手が飽くまでも自分の悲劇を外国の樹に関する伝統的な偏執狂と結びつけると、自分も癇《かん》癪《しゃく》を起こしそうになった。

「娘の具合が良ければ、よそへ連れて行くんですが」と木樵は言った。「あの樹は動かせないようですからね。わしの斧をあの樹に打ち込んで、ぶっ倒してやりたいもんです」

「まるであの樹が竜《ドラゴン》だと言わんばかりだな」とヴェインは言った。

「まったく、そんな風に見えますぜ」とマーティンはこたえた。「ごらんなさい！」

木樵の風貌は当然だが庭師よりも粗野で、荒々しくさえあった。顔はやはり褐色で、古い羊皮紙のように見え、濡羽《ぬれば》色の顎鬚《あごひげ》と頬髯《ほおひげ》が何とも妙な格好にその顔を囲んでいた。それはじつは五十年前の流行だったが、五千年前かもっと昔のものだったかもしれない。世界の黎明期に異邦の海岸で交易をしていたフェニキア人も、青黒い毛をそういう風変わりな型に梳《と》かしたり、縮らせたり、編んだりしていたかもしれないと感じられた。というのも、この地域は、コーンウォールがイギリスの片隅であるように、コーンウォールの片隅だったからだ。その住民はケルト族のように少数で、相互に血縁のある悲劇的で独特な種族なのだ。その一族はヴェイン家よりも歴史が古かった――ヴェイン家も地方の旧家としては古い方だが。というのも、イギリスのそういう場所では、たいてい一番あとにやって来たのが貴族だからである。それは今や消えつつあると考えられていて、すでに消え失せてしまったのかもしれない民族のタイプだった。

問題の不愉快な物体は話し手から百ヤードほど離れた場所に立っており、木樵はその方に斧を振ったが、竜のようだという譬《たと》えには何か暗示的なものがあった。第一に、夕焼け空の方へ伸びているその海岸は、それ自体まるで夕雲のように幻想的だった。海のエメラルド色や藍色を背に、角《つの》や三日月の形をなしてくっきりと刻まれ、何かとさかのある大蛇の形と言っても良かった。そうした巨大な長虫《ながむし》たちが掘ったような洞穴と亀裂が崖の下の方を貫き、雷文模様のような穴を穿《うが》っていた。この大地の竜のような構造の上に、灰色の森の帷《とばり》が靄《もや》のように薄くかかっていた。例によって海の魔術が枯らし、風に吹かれて形が

＊2　参照、「マタイ伝」第十三章二十五－三十。

崩れた森である。右手には樹々が海に沿って一列につづいており、一本一本が戯画《カリカチユア》のように細い奔放な線で描かれていた。反対側の端では数が増えて、猫背の木々の塊となり森となって、高い海岸の突端の方へ広がっていた。いとも多くの目と心がほとんど自動的に向けられるとおぼしい光景は、この場所に現われたのだった。

低くておおむね平坦なこの森の中程から、波間から聳《そび》え立つ灯台か、村の家々の屋根の間から聳え立つ教会の尖塔のように、三本の幹が突き出し、空高く伸びていた。三本の柱が寄り集まって群をなしていたが、じつは一本の樹が二肢《ふたまた》、いや三股《みつまた》に分かれたもので、下の部分がまわりのこんもりした森に隠れて、見えないだけかもしれなかった。ここはスペインとアフリカと南の星空に向かってもっとも遠く押し出しているブリテン島最果《さいは》ての半島なのだが、その樹のまわりにあるあらゆるものが、この土地の何よりも見慣れぬ南国的なものを暗示していた。羽のような葉叢《はむら》はまわりの黄緑の薄霧に先んじて芽を出し、翡翠《かわせみ》の色のように青味がかった、あまり自然でない緑だった。だが、寄りかたまって逃げる牛の群の上に三つの頭を高々と擡《もた》げた竜の鱗を思わせせなくもなかった。

「娘さんの具合が悪いのは、まことに気の毒だ。だが、本当に――」ヴェインはそう言いかけて、急な坂道をズンズンと下りて行った。

ボートはすでに小さい石造りの突堤に繋がれており、船頭が――例の木樵を若くしたような男で、実際、あの役に立つ不平家の甥だった――この一族特有のむっつりした四角張った態度で地主に挨拶した。大地主は無頓着にうなずいて、やがて上陸したばかりの訪問客と握手を交わすと、そうしたことは一切忘れていた。訪問客はひょろ長く締まりのない身体つきの男で、若いがひどく痩《や》せており、細長く整った顔立ちは骨と神経ばかりから出来ているように見え、髪の毛とやや対照的だった。その髪の毛は白い休日用の帽子の縁《ふち》から下がって、くぼんだ顳顬《こめかみ》の上に鮮やかな黄色いかたまりとなっていた。彼はかなり長い船旅からまっすぐ来たところだったが、繊細な趣味で入念に身形《みなり》をととのえていた。あるものを手に持っていたが、長いことヨーロッパを旅し、それよりも長いことヨーロッパの家々を訪問しているうちに、手提げ鞄と呼ぶことをほとんど忘れかけていた。

シプリアン・ペインター氏はイタリアに住むアメリカ人だった。非常に頭の鋭い教養ある紳士だったから、彼についてはほかにもたくさん言うべきことがあったけれども、その二つの事実が、おそらく他の大半を言い尽くしているだろう。自分の精神に博物館よろしく旧世界の驚異を貯め込んでいるが、新世界の驚異によって、窓を開けたように光をあてられている彼は、批評家としてラスキンやペイターの独特な地位を受け継ぐ人間であり、小詩人を発見する伯楽《はくらく》としてはさらに有名だった。彼は分別のある発見者で、自分が見つけた小詩人を全部大予言者にしたりはしなかった。彼の鵞鳥《がちょう》が白鳥だったとしても、すべてがエイヴォン川の白鳥[*3]ではなかった。〝句読点派詩人〟である若い友人たちがコンマとコロンだけから成る詩を作った時には、意見の相違を示して、古典主義者という致命的な疑いをかけられさえしたのである。彼はケルト神話の残り火から燃えついた現代の焰《ほのお》にいっそう人間的な共感を寄せており、じつを言うと、今回コーンウォールへ来たのも、新しいアイルランドの詩人たちに匹敵するようなコーンウォールの詩人が最近現われたからなのだった。とはいえ、彼は非常にお行儀が良いので、訪れる家の主人に、自分がその歓待以外の喜びを求めているなどとは思わせなかった。彼はもう大分以前からヴェインに招待を受けていた。ヴェインとは彼が外交的ならざる外交官をしていた頃、キプロスで知り合ったのだ。二人が旧交を温めたのは、ジョン・トレハーンという新人作家の『マーリン、その他の詩』を批評家が読んでからのことだったが、ヴェインはそれを知らなかった。大地主はもっと如才ない駆引きによって、アメリカ人の批評家が到着したその日、くだんの地元の詩人を昼食に招くよう仕向けられたのだったが、そのことにもとんと気づかなかった。

ペインター氏はなおも手提げ鞄を持って立ったまま、空洞のあいた岩山と、その上にある灰色のグロテスクな森、さらにその天辺に立っている三本の幻怪な樹にうっとりと見惚《みと》れていた。

「まるで妖精国の海岸で難破したようだ」と彼は言った。

「今まであまり難破なさらなかったなら結構ですが」主人役は微笑《ほほえ》んで言い返した。「ここにいるジェイクなら、あなたの世話を良くしてくれるでしょう」

ペインター氏は船頭を見やって、やはり微笑んだ。「彼氏は、私ほどこの風景が気に入っていないようですね」

「ああ、どうせあの樹のせいです」大地主は懶《ものう》げに言った。

船頭の本業は漁師だったが、真っ黒いタールを塗った材木で建てた彼の家は船着場から二、三ヤードの海べりにあったので、こういう時は一種の渡し守として雇われるのだった。大柄な、眉毛の黒々とした青年で、ふだんは無口だったが、今は何かが彼を動かして口を利かせたようだ。

「あの、旦那様」と彼は言った。「あれが自然のものじゃないのは誰でも知ってますよ。ただの樹なら、海が枯らして打ち倒してしまうことを誰でも知ってます。あいつらは全然陸《おか》のものじゃあない、不浄な大きい海藻みたいに繁ってます。まるで――忌々《いまいま》しい海蛇が岸に上がって、あらゆるものを食い荒らしてるみたいです」

「くだらん伝説があるんですよ」大地主はぶっきらぼうに言った。「だが、庭へ上がっていらっしゃい。娘に御紹介したいのです」

しかし、木蔭の小さなテーブルのところへ来ると、動かし難く見えたお嬢さんは結局どこかへ動いていて、行方がわかるまでしばらくかかった。彼女は気怠《けだる》そうにだが立ち上が

＊3　シェイクスピアのこと。

って、段々になった庭の上の小径をぶらぶら歩いていたのだった。そこからは、下の径が海辺の小さな森の中心部に近づくところが見下ろせた。

彼女の気怠さは弱々しさではなく、むしろ目醒めかけた子供のそれのような生命の充溢《じゅういつ》だった。身体を伸ばして、何も気づかずにあらゆるものを楽しんでいるようだった。彼女は森の前を通ったが、そこの灰色にかたまった木立の中に、白い一本道が黒々とした穴を穿って消えていた。段庭のこの部分には低い城壁か欄干《らんかん》のようなものが連なっており、そのところどころが花に蔽《おお》われていた。彼女はそこから身をのり出して、木立のうしろにまたチラリと光っている海を見下ろし、埠頭と浜の船頭の小屋まで転がるように下りて行く、もう一つの凸凹《でこぼこ》道を見下ろした。

眠たそうにながめていると、見慣れぬ人物がじつに元気良く径を上って来るのが見えた。漁師の小屋から出て来たらしい。たいそう元気良く上って来たので、しばらくすると、その姿は木々の間から出て来て彼女の真下の径に立った。見慣れぬ人物だっただけでなく、そもそも少し変な格好だった。まだ若い男で、なんだか自分の服よりも若く見えた。服はみすぼらしいだけでなく、古臭かった。生地《きじ》は平凡だが、着方が非凡だったのである。それは軽い防水コートで、海から来たために着ているらしかったが、喉元のボタン一つで止めてあり、袖も何もかも、コートというよりマントのように垂れていた。男は骨張った片手を黒いステッキに凭《もた》せ、鍔広の帽子の蔭に、黒い髪の毛が一房か二房垂れ下がっていた。

顔は浅黒かったが、目鼻立ちは中々整っていて、そこに浮かんでいたのは、ばつの悪さを隠そうとする微笑だったのかもしれないが、見るからに冷笑のようだった。

この人物が浮浪者なのか、侵入者なのか、漁師や木樵の友達なのか、バーバラ・ヴェインには見当もつかなかった。男は相変わらず少し陰気な微笑を浮かべたまま、帽子を取って言った。「失礼します。大地主さんに呼ばれたので」男はここで木樵のマーティンの姿を見た。木樵はまばらな木々をいっそうまばらにしながら、径伝いに動いていた。見知らぬ男は指を一本立てて、親しげな挨拶をした。

娘は何と言ったら良いかわからなかった。「あなたは――あなたは木を伐りに来たの？」としまいにたずねた。

「そんな正直な人間だったら良いんですが」と見知らぬ男はこたえた。「マーティンはきっと、僕の遠い従兄弟だと思います。我々このあたりに住むコーンウォール人は大体みんな親戚ですからね。でも、僕は木を伐りはしません。何も切りません――たぶん、トンボを切る以外は。いうなれば、放浪詩人《ジョングラー》なんです」

「何ですって？」とバーバラは聞き返した。

「吟遊詩人《ミンストレル》と言い直しましょうか」新来の男はそうこたえ、いっそうまじまじと彼女を見上げた。いささか奇妙な沈黙が続く間、二人は互いの眼を見ていた。彼女に見えたものはすでに述べた――とはいえ、少なくとも彼女はそれを全然理解していなかったが。彼に見えたものは、彫像のような顔立ちと、陽光を浴びて銅の兜《かぶと》のように輝く髪の毛を持った、いかにも美しい女性だった。

「御存知ですか」と彼は語りつづけた。「数百年前、この古い土地では放浪詩人が本当に今僕のいる場所に立っていて、貴婦人が本当にその塀の向こうから覗いて、お金を投げたかもしれないんですよ」

「お金が欲しいんですの？」彼女は何が何やらわからずに、そう言った。

「そうですね」と見知らぬ男は言った。「金に不自由しているという意味ではそうかもしれませんが、今では吟遊詩人《ミンストレル》のいる場所はなさそうですね――ミンストレル・ショーの芸人[*4]ならべつですが。顔を黒く塗っていないのをお詫びしなければなりません」

彼女は戸惑いながらちょっと笑って、言った。「でも、そうする必要はおありにならないと思いますわ」

「この土地の人間はすでに十分黒いとお思いなんでしょう」男は冷静に言った。「結局、我々は原住民で、そういう扱いを受けているんです」

彼女は困り果てて、天気や風景のことを話し、さてどうなるだろうかと思った。

「ここの景観はたしかに美しい」男は同じ謎めいた口調で言った。「ただ一つだけ、どうかと思うものがあります」

彼女が黙って立っている間に、彼は黒いステッキを長くて黒い指のようにゆっくりと持ち上げ、森の上に突き出している孔雀の樹を指し示した。すると、妙に不安な心持ちが娘を襲った。まるで男がそれだけの仕草によって破壊的な行為を行い、庭に病害をもたらすことができるかのように。

苦しいほど張りつめた沈黙を破ったのは、大地主ヴェインの声だった。まだ遠くにいるのに、その声は大きかった。

「おまえがどこへ行ったかわからなかったんだよ、バーバラ」とヴェインは言った。「この方はわしの友人シプリアン・ペインターさんだ」次の瞬間、彼は見知らぬ男を見て、少し面食らったように立ちどまった。

この状況に平気でいたのは、シプリアン・ペインター氏だけだった。彼は数ヶ月前、アメリカの文芸誌で新しいコーンウォールの詩人の写真を見ていたのだが、驚いたことに、今は紹介されるのではなく紹介する側になっていた。

「おや、大地主さん」彼はかなり驚いて言った。「トレハーン氏を御存知ないのですか？もちろん、この方は御近所にお住まいだと思いますが」

「お目にかかれて光栄です、トレハーンさん」大地主は慌《あわ》てながらも愛想をつくって、い

＊4　白人が黒人に扮して歌や踊りを披露する「ミンストレル・ショー」がこの時代流行した。

つものように礼儀正しく言った。「お越しいただいて、嬉しく思います。こちらはペインターさん——これはうちの娘です」それから、気まずい思いを元気な様子に隠すようにして、踵《くびす》を返し、木蔭のテーブルまで一同を案内した。

シプリアン・ペインターは、経験豊かな彼にさえ不意討ちを食らわした謎を頭の中で考えながら、そのあとにつづいた。このアメリカ人は知的には貴族だとしても、社会的、潜在意識的にはやはり民主主義者だった。詩人が大地主と知り合うのは幸運だが、大地主が詩人と知り合うのはそうでないなどと考えたことは一度もなかった。ヴェインの歓待ぶりに見られるあけすけな恩着せがましさは、自分は所詮《しょせん》イギリスでは他所《よそ》者なのだとペインターに痛感させた。

大地主は見知らぬ文学者との昼食がしんどいものになることを予想して、彼自身の観点からすると如才なく手を打った。この州のお歴々を呼んだら、客人は陸《おか》に上がった魚のような気がするかもしれないので、アメリカ人の批評家と地元の弁護士と医師という、この絵柄にうまく収まる立派な中流階級の人士以外は、家族だけの会にしておいたのだった。ヴェインは男やもめで、庭のテーブルに食事の用意が整えられた時、女主人役として一座を取り仕切ったのはバーバラだった。彼女は新進詩人を自分の右側に坐らせ、そのためにひどく気詰まりな思いをした。彼女は事実上その贋《にせ》の放浪詩人に金を与えようとしたのだが、そのために昼食を与えることが容易になったわけではなかった。

「この地方一帯がイカレておるんです」大地主は最新の地元の話題として、そう言った。「我々のろくでもない伝説のことなんですが」

「私は伝説を蒐《あつ》めているんです」ペインターが微笑んで言った。「お忘れになってはいけませんよ、まだあなた方の伝説を蒐める機会がありませんでした。そして、ここは」とロマンティックな海岸をぐるりと見まわして、言い添えた。「どんな劇的な物語の劇場としても立派ですよ」

「うむ、それなりに劇的です」そう言ったヴェインは、かすかな満足をおぼえないでもなかった。「すべて、あすこに見える樹にまつわることなんです。我々は孔雀の樹と呼んでおりますが――わしの思うに、葉の色が変わっておるからでしょうな。もっとも、強風が吹くと、あの樹は甲高い音を立てて、それが孔雀の叫び声に似ているとも聞いております。きっと、植物としての構造に竹に似たところがあるんでしょう。あの樹はわしの先祖のサー・ウォルター・ヴェインが――エリザベス朝の愛国者か海賊か、まあ何と呼んでもかまいません――バーバリーから持って来たと言われております。彼の最後の航海の終わりに、村人たちはこの下の浜に集まって、ボートが海から入って来るのを見ました。すると、あの見慣れない樹がボートの中に帆柱のように立っていて、まるで緑の吹き流しみたいに、季節外れな青々とした葉をつけていたそうです。見守っている村人たちは最初、ボートの舵の取り方が変だと思いましたが、やがて舵など取っていないのだと思いました。しまいに岸へ流れ着くと、中の人間はみな死んでいて、サー・ウォルター・ヴェインは剣を抜いたまま樹と同じくらいカチカチに強張って、幹に寄りかかっていました」

「ふうむ、これはいささか奇妙ですね」ペインターが考え深げに言った。「私は伝説を蒐めていると申しましたが、その物語が話の結末だとすると、始まりの部分をお話しできると思うんです。もっとも、何百マイルも離れた海の向こうの伝説ですがね」

彼は楽曲を思い出そうとする人のように、考え込みながらほっそりした指でテーブルを叩いた。実際、彼はこういう寓話を趣味にしており、それを人に聞かせる時の芸術的な語り口が自慢でないこともなかった。

「まあ、あなたが御存知の部分を是非聞かせて下さいな！」とバーバラ・ヴェインが言った。日向《ひなた》でうとうとしているような様子は何となく抜け落ちたようだった。

アメリカ人は真面目な礼儀正しさでテーブルごしに一礼すると、長い指に嵌めた風変わりな指輪を漫然といじりながら、語りはじめた。

「バーバリーの海岸へ行くと、砂漠と潮の流れのない大海との間に、森が楔《くさび》を打ち込んだように続いています。その森が細って消える先っぽのところでは、土地の者が今も暗黒時代の聖者にまつわる奇妙な話を物語ります。あの暗黒大陸の薄明の境界では、暗黒時代が感じられますよ。私は一度しか行ったことがありませんが、あの場所は私が何年も住んでいたイタリアの街のいわば対岸にあたります。それでも、この滅茶苦茶な変化転生の言い伝えが、なぜか実際よりずっとまともに思えるんです——夜になるとライオンが森で叫び、その彼方に暗紅色の無人の荒野が広がっている、ああいう場所で聞きますとね。言い伝えによると、聖セクーリスという隠者があそこの森の中で暮らしているうちに、樹々を愛して、話相手のようにしたんだそうです。かれらはブリアレオス[*5]のようにたくさんの腕を持つ巨人ですが、しごく温厚で罪のない生き物だったからです。ライオンのように貪《むさぼ》り食わず、むしろ、すべての小鳥に腕を広げていました。それで隠者は、樹々が時々縛《いまし》めを解かれて、ほかの生き物のように歩けるようにと祈ったんです。樹々はオルフェウスの歌を聞いた時のように、セクーリスの祈りに動かされました。砂漠の人々は、聖者が子供を連れた学校の先生みたいに、歩く林を連れて歩いているのを遠目に見て、恐怖にかられました。というのも、樹々は厳格な条件の下で解放されたからです。隠者が鈴を鳴らしたら帰らなければならず、何より獣の真似をして良いのは歩くことだけで——何も殺したり貪り食ったりしてはならないのです。ところが、話によると、一本の樹が聖者の声ではない声を聞きました。ある夏の夕、温かい緑の薄明かりの中で、その樹は何かが大きな鳥のふりをして枝に止まり、しゃべっているのに気がつきました。そいつは、かつて大蛇に化けて樹から話しかけた奴でした。さざめく葉の中で、その声がだんだん大きくなると、樹は手を伸

＊5　ギリシア神話。百の腕を持つ巨人。

ばして、巣のまわりを無害に飛びまわっている鳥につかみかかり、千々《ちぢ》に引き裂いてやりたいという大きな欲望に心乱されたのです。しまいに誘惑者は樹の梢を自分の高慢の鳥、星をちりばめたような孔雀の群で一杯にしました。すると、獣《けだもの》の精神が樹の精神を打ち負かし、樹は青緑の鳥たちを引き裂いて、羽根一枚残さず食い尽くし、静かな樹の群へ戻りました。ところが、春が来ると、ほかの樹はみんな葉を出しましたが、この樹は奇妙な色と模様の羽根を生やしました。この奇怪な同化作用によって聖者は罪を知り、裁きを下して、その樹だけを地面に根づかせ、それをふたたびよそへ動かした者には災禍《わざわい》がふりかかるようにしました。大地主さん、ここで——ほとんどこの庭で終わった物語は、砂漠でこんな風に始まったんです」

「終わりも始まりと同じくらい信用できると申すべきでしょうな」とヴェインは言った。

「小さなお茶会向きの、素朴な良い物語ですな。落ち着いた、ちょっとした静物画だ」

「何て変な、恐ろしい話でしょう」とバーバラは叫んだ。「まるで人食い人種になったような気がしますわ」

「アフリカ産ですからね」弁護士が微笑んで言った。「人食い人種の国の話です。思うに、主人公が植物なのか、人間なのか、悪魔なのかわからないという悪夢のような感覚が、タール刷毛《ばけ》の筆致なんでしょう。『リーマスじいや』[*6]にも時々それを感じませんか？」

「さよう。まさしく、おっしゃる通りです」ペインターはそう言うと、関心を新たにして弁護士を見た。アッシュ氏と紹介された弁護士は、たいていの人が見て思う以上に見る価値のある人間だった。もしもナポレオンが赤毛で、地方の片々《へんぺん》たる訴訟に全能力を傾けることに奇妙な満足感を持っているとしたら、同じように見えたかもしれない。赤毛の頭は重々しく、力強かった。黒い地味な服を着た身体は、ナポレオンのように比較的小柄だった。彼は大地主を相手にして医師よりもくつろいでいるように見えた。医師は紳士だが含羞《はにか》み屋で、弁護士の影にすぎなかった。

「おっしゃる通り」とペインターは言った。「この物語にはまったく野蛮な――おそらく黒人由来の――要素が少しあるようです。しかし、元々は、本当に隠者についての聖人伝的な物語があったんだと思います。もっとも、高等批評家のある者は、聖セクーリスなど存在せず、育樹の寓喩《ぐうゆ》にすぎないのだと言っていますがね。彼の名は斧を意味するラテン語だからだと」

「ああ、それを言うなら」詩人のトレハーンが言った。「ヴェイン大地主は存在しない、風見鶏の寓喩にすぎないと言っても良いでしょう」[*7]この皮肉に何かほんの少し冷ややかすぎるものを感じて、弁護士は赤い眉を寄せた。テーブルの向こうを見やると、詩人のいさ

＊6　J・H・ハリスの本『Uncle Remus』。白人の少年が黒人奴隷リーマスから聞かされたさまざまな昔話を綴る。リーマスの話はピジン英語で書かれている。

さか曖昧な笑顔に出会った。

「トレハーンさん」とアッシュは言った。「この件について、あなたは聖セクーリスが奇蹟を起こしたという主張を支持なさるのですか？　まさか歩く樹を信じるのですか？」

「僕は人間を歩く樹として見ています」と詩人はこたえた。「福音書の中で盲目を癒《いや》された男のように。[*8] ところで、あなたはあの――不思議の業《わざ》を行う者が奇蹟を起こしたという主張を支持なさいますか？」

ペインターがすぐさま物柔らかに割って入った。「それは魅力的な心理学の問題に聞こえますね。あなたは人間を樹として御覧になるんですか？」

「僕には人間が歩かねばならない理由が想像できないように、樹が歩いてはいけない理由も想像できないのです」とトレハーンは答えた。

「明らかに、それはこの生物の性質ですよ」医師の客バートン・ブラウン博士が口を挟んだ。「植物構造という型《タイプ》そのものの必然なんです」

「言い換えれば、木は年がら年中泥の中に突っ立っている」とトレハーンはこたえた。「そのように、あなたも毎日十時から十一時まで診察室にとどまっておられる。それなら、どうでしょう――妖精が月を跳び越え、昴と〝桑の木〟[*9]をして遊んだすぐあと、一瞬あなたの窓を覗き込んだら、あなたは植物構造で、じっと坐っているのがこの生物の性質なのだと考えるんじゃありませんかね？」

「私は生憎《あいにく》妖精を信じませんので」博士は少しむっとして言った。対人立証[*10]があまりに月並になりつつあったからだ。色の黒い詩人からは、硫黄《いおう》の焔のような潜在意識の怒りが放たれているようだった。

「うむ、先生、それが良いですよ」大地主は声高に、親しげな調子でそう言いかけたが、相手がよそに気を取られているのを見て、口をつぐんだ。客人に給仕をする物言わぬ執事が博士の椅子のうしろに現われ、良く訓練された召使いの低い平坦な声で何か話していたのだ。彼は執事という型のそつのない見本だったため、ほかの者は最初のうち気づかなかったが、この男もまたコーンウォールのこのあたりのケルト人に共通な黒い肖像画を――大分ニスは塗ってあるが――呈していた。その顔は黄ばんでいて黄色といっても良く、髪

＊7　英語の vane には風見の意味がある。
＊8　参照「マタイ伝」第十五章三十。
＊9　原文 mulberry bush。子供が「Here we go round the mulberry bush」と歌いながらする遊戯。
＊10　原文は argumentum ad hominem。通常は相手の主張を、相手の動機、人物、状況などによって攻撃する論法、あるいは相手の主張が相手の他の信念と矛盾することを指摘する論法をいう。だが、この文脈では、相手側の材料によって自分の主張の正しさを証明する論法のように受け取れる。

は藍色がかった黒だった。彼はマイルズという名で通っていた。英国のこの片隅にいる部族的なタイプに重苦しさをおぼえる人間もいたが、そういう人には、こうした浅黒い顔がすべて秘密結社の仮面のように思われたのだ。

博士は言訳をして席を立った。「愉快なパーティーのお邪魔をして恐縮ですが、仕事で呼ばれておりますので。どうぞ、どなたもそのままでいらして下さい。我々医者はこういうことにいつも備えていなければならんのです。結局のところ、私の習慣もあまり植物的ではないと、トレハーン氏もお認めになるでしょうな」彼はこの捨て台詞《ぜりふ》で一同を笑わせたあと、日のあたる芝生を急ぎ足に遠ざかって、道が村の方へ下りて行くところへ向かった。

「あの方は貧しい人にたいそう尽くしていらっしゃるんです」娘は立派な真面目さで言った。

「大した男だよ」大地主も相槌を打った。「マイルズはどこにいる？ 葉巻をいかがです、トレハーンさん？」そう言って立ち上がった。ほかの者もあとにつづき、一同は芝生で解散した。

「非凡な人物ですね、トレハーンさんは」アメリカ人はくだけた調子で弁護士に言った。

「非凡なというのはあたっていますね」アッシュはやや陰気にうなずいた。「しかし、彼については何も言わないでおきましょう」

大地主は黄色い顔のマイルズを待ちきれず、自分で家の中へ葉巻を取りに行った。バーバラはまた詩人と二人になって段庭を歩いて行ったが、今度は芝生の同じ高さを歩いていたのが象徴的だった。トレハーン氏は風変わりなマントを脱ぐと、さほど風変わりでもなくなり、もっと穏やかで打ちとけた様子に見えた。

「さっきは失礼な振舞いをするつもりはなかったんです」とバーバラが唐突に言った。

「そこが一番悪いところですね」と文学者はこたえた。「恐縮ですが、僕はあなたに失礼な振舞いをするつもりだったからです。上を向いて、あそこにあなたの姿を見た時、何か歴史上のあらゆる革命のうちにあったものが僕のうちに湧き上がって来ました。ああ、そこには賛美の念もありました！　たぶん、すべての聖像破壊者のうちに偶像崇拝の念があるんでしょう」

彼は急坂を登って来た時のように、黙って猫のように一っ跳びすれば、親密な会話ができる能力を持っているらしく、彼女は危険で、たぶん無節操な男だと感じた。それで急に話題を変えたが、自分の好奇心を満足させる方向に向かわなかったわけではなかった。

「歩く樹のことを言い争っていらしたけれど、あれは一体どういう意味でしたの？　鳥を食べる魔法の樹なんて、本気で信じているわけじゃないでしょう？」

「おそらく、あなたは」トレハーンは厳《おごそ》かに言った。「僕が何を信ずるかよりも、何を信じないかにいっそう驚かれるでしょう」

それから、少し間《ま》を置いて、彼は家と庭全体を身振りで示した。「残念ながら、僕はこういうものを信じていません。たとえば、エリザベス朝様式の家やエリザベス朝の名家や、地所を改良したやり方や何かをです。ほら、あの木樵先生をごらんなさい」と言って、風変わりな黒い顎鬚を生やした男を指さした。男は今も下方の木に斧を揮《ふる》っていた。「あの男の家系は遠い昔まで遡《さかのぼ》り、いわゆる暗黒時代には今よりもずっと裕福で自由だったんです。コーンウォールの農民がコーンウォール史を書くまで、待っていらっしゃい」

「でも、一体」と彼女はたずねた。「そのことと、鳥を食べる樹を信じるかどうかと何の関係があるんですの？」

「どうして何を信じるか告白しなければならないんです？」と彼は言った。その声には、くぐもった叛逆の太鼓の音が混じっていた。「紳士階級はここへ来て我々の土地を奪い、労働を奪い、習慣を奪いました。そして今は搾取《さくしゅ》のあとにもっと卑劣なこと、教育をしたんです！　我々の夢を奪わなければ気が済まないんです！」

「でも、この夢はどちらかというと悪夢だったんじゃありません？」バーバラは微笑んでそうたずねたが、次の瞬間には真面目になって、ほとんど不安そうに言った。「でも、ブラウン先生が戻って来ました。まあ、気が動転していらっしゃるみたいだわ」

緑の芝生に現われた医師の黒い姿は、実際、非常にせかせかと二人の方へ向かって来た。

その身体と足取りは、心労のために早く皺が増えたような顔よりもずっと若々しかった。彼の額は禿げ上がり、まっすぐな黒髪から前へ突き出していた。昼食の席を立った時よりも、目に見えて顔が青ざめていた。

「遺憾ですが、ヴェインさん」と彼は言った。「こちらにいる木樵のマーティンさんに悪い報せを持って来たんです。娘さんが半時間前に亡くなりました」

「ああ」バーバラは心から言った。「本当にお気の毒に！」

「まったくです」医師はそう言って、いささか唐突に先へ進んだ。石の壺の間の石段を駆け下り、二人は彼が木樵と話すのを見た。木樵の顔は見えなかった。こちらに背を向けて立っていたが、二人は顔つきの変化よりも心を打つものを見た。斧を握った男の手が頭の上に高々と上がり、一瞬、医師を斬り倒すかと思われたのだ。しかし、男は医師を見ていたのではなかった。彼の顔は崖の方を向いており、そこには矮小《ちいさ》な森の中から巨大な高慢の樹が、金色の陽を浴びて、そそり立っていた。

力強い鳶色《とびいろ》の手が動いて、空《から》っぽになった。斧はクルクル回りながら空中を飛んで行き、その斧頭《あたま》が木々の灰色の薄明かりを背に、銀の三日月のようにくっきりと浮き上がった。斧は高い目標にはとどかず、下生えの中に落ちて、驚いた鳥がどっと飛び立った。しかし、原始的なものに満ちている詩人の記憶の中で、何かがこう言っているようだった——自分が見たのは異教の占いの鳥と、異教の生贄《いけにえ》の斧なのだと。

次の瞬間、木樵は道具を拾いに行こうとするかのように重々しく進み出たが、医師がその腕に手を置いた。

「今は放っておきなさい」彼が悲しげに、優しく言うのが聞こえた。「もう仕事をしなくても、大地主さんは赦してくれますよ」

娘はなぜかトレハーンを見た。彼は立って見つめていた。頭を心持ちうつ向け、黒いもつれ髪が額にかかっていた。ふたたび彼女は草の上に影がさすのを感じた。まるで草が妖精の群であり、妖精たちは自分の味方でないような気がした。

第二章　大地主ヴェインの賭け

大地主の周辺で孔雀の樹の伝説がふたたび話題に上《のぼ》ったのは、一月《ひとつき》以上経ってからだった。庭で食事をしたがる彼の変わった趣味のために、人々が前と同じテーブルを囲んだ晩のことで、春の黄昏はほのぼのと明るく、テーブルにはランプが灯り、晩餐の用意がととのっていた。集まった顔ぶれも同じだった。それまでの数週間のうちに、かれらはいつの間にか互いの生活に入り込んで、クラブに似た小集団をつくっていたからである。アメリカ人の審美家がもちろん一番熱心なまとめ役で、コーンウォールの詩人の謎の核心をつかみ取ろうと決めていたため、気まぐれな歓待役に何度も働きかけて、こうした再会の席を設けさせた。弁護士のアッシュ氏でさえ半ば冗談交じりの偏見を抑えていたようだったし、医師はやや悲しげで寡黙だったが、つきあいやすくて思いやりのある男だった。ペインターはトレハーンの詩の朗読さえもしたし、読み方は堂に入っていた。彼はほかのものも読んだが、朗読したのではなく、案内書から墓碑銘まで、土地の遺物に光を照《あ》てられるものなら何でも近所で掘り返して読んでいた。そしてその夕、ランプの光と最後の陽光が、木蔭のテーブルに載っている葡萄酒や銀器の色を燃え立たせた時、彼は新発見をしたと告げたのだった。

「ねえ、大地主さん」ペインターは珍しくアメリカ訛《なま》りで言った。「あのお化けの樹のことですがね。あれについてここいら辺で言われていることを、あなたは半分も御存知ないでしょう。あの樹はあるやり方でものを食べるらしいんです。ものを食べることに倫理的な反対をしているわけじゃありませんよ」彼は優雅に生チーズを取りながら、続けた。「しかし、概して、人間を食べることには多少反対します」

「人間を食べる！」バーバラ・ヴェインが鸚鵡《おうむ》返しに言った。

「世界中を駆けまわる者がうるさいことを言ってはいけないのは知っています」ペインター氏はこたえた。「でも、はっきり繰り返しますが、人間を食べることには反対です。孔雀の樹は、孔雀だけ食べていた無邪気で幸福な日々から進歩したようですな。このあたりの人間にお訊きになれば――あの浜に住んでいる漁師でも、我々の前にあるこの芝生を刈る男でも――私がバーバリーの海岸から持って来た熱帯の物語なんかより途方もない話をしてくれるでしょう。万聖節の前夜、酔っ払った漁師のピーターズに何が起こったかをおたずねになれば、彼はあの小さな森で道に迷い、邪悪な樹の下に倒れて眠り込み、そして――蒸発した、消えてしまった、露のように太陽に吸い取られたと言うでしょう。後家さんの小さい息子のハリー・ホークがどこにいるかおたずねになれば、呑み込まれたんだと言うでしょう――少年はあの樹に登って一晩中坐っていられるかと言われて、それを実行したんだと。あの樹が何をしたかは神様だけが御存知です。人食い植物の習慣は良くわかっていませんからね。でも、話にはこんな愉快な尾鰭《おひれ》まで付いていますよ――誰かがそうやって消えてしまうと、あの樹に一本新しい枝が生えて来るんだそうです」

「何をまた痴《たわ》けたことをおっしゃるんです？」とヴェインが声を上げた。「あの樹が熱病を広げるという与太話があることは知っております。もっとも、こういう伝染病が時折ぶり返す理由は、教育のある人間なら誰でも知っていますがね。それに、大風が吹く時、あの樹の立てる音ばかりが聞き分けられるという話も知っております。たぶん、聞き分けられるんでしょう。だが、いくらコーンウォールでも、瘋狂院じゃあるまいし、通りがかりの旅行者を食べる樹などとは――」

「でも、二つの物語は十分両立しますよ」詩人が静かに口を挟んだ。「もし人が近寄ると殺す魔力があるなら、人が遠くにいる時は病気で襲いそうなものです。昔の物語では、人を食う竜はしばしばほかの人間に一種の毒気を吹きかけます」

アッシュはテーブルごしに、石のようにとは言わないまでも、じっと語り手を注視していた。

「ということは」と彼はたずねた。「あなたは人を呑む樹も鵜呑みになさるんですか?」

トレハーンの暗い微笑はなおも守勢を保っていた。彼の受けこたえはつねに相手を怒らせたし、その点では悪意がなくもなさそうだった。

「呑み込むというのは隠喩《いんゆ》です」と彼は言った。「僕に関してはそうです。樹については違うとしてもね。そして隠喩は人をすぐさま夢の国へ連れて行きます――そこも悪いところじゃありませんよ。思うに、この庭も、昼と夜のこの境目にはだんだん夢のようになって行くようですね。僕たちをどこへでも連れて行ってくれるかもしれません」

三日月の黄色い角《つの》が海辺の森の黒い角の上に静かに、まるで今突然出て来たように現われ、それまで夕暮れだったものが夜になったことを告げているようだった。夜風が木の間に吹き込んで、忍びやかに芝生を駆け抜け、一同が話をやめると、ざわめく草だけでなく海そのものも、かれらのまわりで、足下で、四方八方にあるすべての裂け目や洞穴で動き、鳴っているのが聞こえた。一同はみな奏でられた楽音を感じていた――アメリカ人は美術批評家として、詩人は詩人として。大地主は自分が純粋に理性的な苛立ちに煮え返っていると思っていたが、じつは自分の苛立ちを理解していなかった。彼のうちでは、おそらくほかの面々よりも――自覚している以上に――海風が酒のように頭に来ていたのである。

「信じやすい心というのは奇妙なものです」トレハーンは低い声で語りつづけた。「それは肯定的というよりも否定的ですが、無限なんです。何百人という人間が梯子《はしご》の下をくぐるのを避けますが、梯子という扉の向こうがどこなのかは知りません。そんなことのために神が雷霆《らいてい》[*11]を投げつけると、本気で思ってはいません。何が起こるかわからない――それがまさに問題なのですが、それでもかれらは断崖を避けるように、梯子のわきへ退《の》きます。そのように、この辺の貧しい人々は何かを信じているかもしれないし、いないかもしれませんが、夜にあの林の中へ入って行こうとはしないんです」

「わしは、できればいつでも梯子の下をくぐるよ」ヴェインがまったく不必要に興奮して叫んだ。

「あなたは〝十三人クラブ〟[*12]の会員ですね」と詩人は言った。「金曜日に梯子の下をくぐって晩餐会へ行き、十三人でテーブルに着いて、みんなが塩をこぼす。でも、あなたはだって夜にはあの林の中へ行かないでしょう」

ヴェイン大地主は風の中で銀色の髪を燃え上がらせて、立ち上がった。

「わしは大馬鹿野郎の森に一晩いて、大馬鹿野郎の樹に登ってやる」と言った。「誰か賭けるなら、賭金が二ペンスでも二千ポンドでも、やるぞ」

彼は返事を待たずに鍔広の白い帽子を引っつかみ、乱暴な仕草をしてそれを被ると、テーブルに着いている誰かが身動きする閑《ひま》もないうちに、ライオンの如くのしのしと芝生を歩き去った。

静寂を破ったのは執事のマイルズだった。運んでいた皿を一枚落として割ったのだ。彼は長い角張った顎の先を突き出して主人の後姿を見送っていたが、その顎にランプの黄色い光が下からあたって、その部分が普段よりもいっそう黄色く見えた。従って顔は影になっていたが、一瞬、その顔が何か驚きを越えた激情によって震えたようにペインターは思った。しかし、こちらをふり向いた時の顔はいつも通りで、「夏の夜の夢」の擦《す》れ違いさながら、幻想の一夜が始まったことをペインターは悟った。

大地主がそれに向かって歩いている奇妙な樹の森は、突端がほとんど海に覆いかぶさっている岬のずっと前方にあったため、そこへ近づく径は一つしかなく、薄明の中で銀の帯のようにくっきりと輝いていた。帯は崖の縁《へり》に沿って伸び、歪んだ形の木々が一列になってその傍らに立ち並んでいたが、しまいに天然の門――森の隙間で、ライオンの口のように真っ黒かった――から、木々がもっと密生しているところへ突き進んだ。森の中で小径

＊11　梯子の下をくぐるのは縁起が悪いとされている。
＊12　『詩人と狂人たち』の一篇「孔雀の家」に登場する。

がどうなっているかは見えなかったが、中央の大きな樹の隠れた根のまわりをめぐっているることは疑いなかった。大地主が暗い入口から一、二ヤード中へ入って行った時、娘が席を立ち、呼び戻そうとするかのように、彼のあとについて一、二歩進み出た。

トレハーンも立ち上がり、自分のつまらぬ挑発の結果に茫然としているようだった。バーバラが動くと彼は我に返ったようで、追いかけて行って何か言ったが、ペインターには聞こえなかった。トレハーンはさりげなく冷ややかとも言える調子で言ったのだが、彼女の心に何かを示唆したらしい。バーバラはちょっと考えたあとうなずいて、テーブルの方へではなく、家の方へ歩いて戻った。ペインターは一時の好奇心を持ってその後姿を見送っていたが、ふり返った時、大地主はもう森の穴の中に消えていた。

「行ってしまった」トレハーンがドアをバタンと閉めるような、これで終わりという調子で言った。

「ふむ、それが、どうしたんです?」弁護士はそれを聞くと、むきになって言った。「大地主さんが自分の森へ入って行くのは勝手だと思いますがね! 一体、何を騒いでるんです、ペインターさん? あの棒っ切れの林に害があるとあなたまで思うなんて、言わないでくださいよ」

「そんなことは言いませんよ」ペインターは足を組み、葉巻に火をつけて言った。「ですが、あの人が出て来るまでここにいようと思います」

「いいでしょう」アッシュは素っ気なく言った。「私もおつき合いします。この茶番の終わりを見とどけるだけですがね」

医師は何も言わなかったが、やはり席に坐ったままアメリカ人の勧める葉巻を受け取った。もしトレハーンがそのことに注意を払っていれば、奇妙な事実に気がついて、嘲笑的に迷信を持ち出しただろう――男たちは三人共、必要とあらば夜通し外にいる覚悟を暗黙のうちに決めたが、みんな、ただ一つ忘れたか思い及ばなかったかして、大地主を追って目の前の森へ入って行くことは不可能だと決め込んでいたのだ。しかし、トレハーンはまだ庭にいたとはいっても、テーブルから離れ、暗い海を背にして並んだ木々に沿ってゆっくりと歩いていた。木々は一定の間隔を置いて立ち、海がまるで一続きの窓のように見えたが、そこには回廊の幽霊か骸骨のような趣があって、外套をふたたびケープのように頸《くび》の上まで引っ被った彼は、あまり正気でない修道士の幽霊さながら行ったり来たりしていた。

そこにいた男たちは懐疑主義者であると神秘家であるとを問わず、それから一生涯、この夜のことを何か不自然なものとしてふり返った。かれらはじっと坐っていたかと思うと、急に立ち上がって、広い庭の中を蜿蜿《えんえん》と遠回りして歩いたため、いちどきに三人が一緒にいることはなく、誰が自分の連れになるか誰にもわからないようだった。それでも、そぞろ歩きは同じ薄暗い迷路のような場所のうちにとどまっていた。かれらは時々不安な眠りに落ちた。それはごく短い眠りだったが、こうして坐ったり、歩きまわったり、時にしゃべったりしていることが、ただ一つの夢の部分部分であるような気がした。

一度ペインターが目を醒ますと、ほかには誰もいないテーブルの向かい側にアッシュが坐っていた。その顔は影になって暗く、葉巻の先が独眼巨人《キュクロプス》の赤い眼のようだった。弁護士が落ち着いた声でしゃべるまで、ペインターは彼が本当に怖かった。彼は良い加減な返事をして、またうとうとし、ふたたび目醒めると弁護士はもうおらず、向かいの席には医師の禿げ上がった蒼ざめた額があった。彼が眼鏡をかけているという見慣れた事実に、突然何か不吉なものが感じられた。しかし、消えたアッシュは二、三ヤード先に消えただけだった。その瞬間こちらを向いて、テーブルに戻って来たのである。ペインターはハッとして、自分の悪夢は眠りか不眠のなせる悪戯にすぎないことを悟り、普通の声で、しかし、やや声高にしゃべった。

「やあ、戻って来たんですね。トレハーンはどこです?」

「ああ、今も北極熊みたいに、崖のあの樹の下をグルグル回っていると思いますよ」アッシュは葉巻でその方を示した。「もっと昔の（そして、もう少し偉大なと考えても赦してくださるでしょうが）詩人[*13]が葡萄酒色の海と呼んだものを見ながらね。本当に、あの海は少し紫がかっている。見てごらんなさい」

ペインターは見た。葡萄酒色の海と、その縁に生えている幻怪な樹は見えたが、詩人の姿はなかった。落ち着きのない修道士はもう回廊からいなくなっていたのだ。

「どこか他所へ行ったんだな」ペインターは彼らしからぬ無用な言葉を言った。「そのうち戻って来るでしょう。これは面白い寝ずの番だが、寝ずの番は目を醒ましていられないと締《し》まらないものです。ああ！　トレハーンが来ました。それじゃ、我々みんな揃いましたな――コーマン氏が晩餐に遅れて来た時、例の政治家が言ったようにね。いや、先生がまたいなくなった。我々は何て落ち着きがないんでしょうね！」詩人はもうそばに来ていた。その足は静かに草を踏み、妙に注意深く二人を見つめていた。

「もう終わります」と彼は言った。

「何が？」アッシュが鋭い口調で言った。

「もちろん、夜がですよ」トレハーンは身動きもせずにこたえた。「一番暗い時は過ぎました」

「誰かほかの小詩人が言っていませんでしたか？」ペインターが軽口を叩いた。「夜明け前の一番暗い時は――おや、あれは何だ？　叫び声のようだったが」

「叫び声でした」と詩人はこたえた。「孔雀の叫び声です」

アッシュは立ち上がり、赤い髪に囲まれた力強い顔を真っ蒼にして、怒り狂ったように

＊13　ホメロスのこと。

言った。「一体全体、どういう意味です？」

「なに、まったく自然の現象だとブラウン先生ならおっしゃるでしょう」とトレハーンはこたえた。「風が吹くと、あの樹は独特の甲高い音を立てると大地主さんも言ったじゃありませんか。風がまた海から吹いて来ました。夜明け前に一嵐来ても、驚きませんね」

実際、夜明けが次第に訪れると共に風の音は大きくなり、紫の海は火山作用でできた黒い断崖のまわりで沸き立ちはじめた。空に起こった最初の変化は森と一本一本の木の形が黒々と、しかし、はっきり見えて来たことだけだった。やがて灰色の木立の上に、仄《ほの》かな曙光を背にして、邪悪な三位一体を成す樹が高々とあらわれた。その長い輪郭にはかすかに蛇のようなものがあり、とぐろを巻いているようにさえペインターには思われた。輪踊りをするようにゆっくり回転《まわ》っているような気もしたが、これも夢の国の最後の幻覚にすぎなかった。二、三秒後にはまた眠っていたからである。彼は夢の中で、結末のないいくつもの物語がもつれ合う中を四苦八苦して進み、物語はどれも海と海風の同じ強弱と音に満ちていた。そして他の声の外から一際高く聞こえていたのは、〝高慢の樹〟の泣き声だった。

目醒めるともうあたりは明るく、朝の光が森と庭と、何マイルも広がる野や畑を彩っていた。陽の光は眠らぬ人間にさえもある程度の常識を与えるものだから、ペインターは敏捷に立ち上がり、連れがみんな似たような期待の姿勢で芝生に立っているのを見た。何を期待しているのかを問う必要はなかった。かれらはあの変わり者の友人の実験を（潜在意識的な恐怖からであれ、体面を考えてであれ）敢えて止めなかったが、果たして夜にどんな体験をしたかを——それは滑稽なことかありきたりなことか、一体どんなことかわからないが——聞きたくて待っていたのだ。一時間また一時間と経ったが、時折鳥が動く以外に森の中で動くものはなかった。大地主は、彼のような人間はたいていそうだが、早起きだったので、この場合、遅くまで眠っていることはありそうもなく、一同を残して行った時の興奮の仕方から考えると、全然眠らないことの方がずっとありそうだった。しかし、これはどう見ても眠っているに違いない——おそらく緊張の反動からだろう。太陽が天高く昇った頃、アッシュ弁護士は他の面々の方を向いて、いきなり事態の要点を述べた。

「我々ももう森に入りましょうか？」ペインターはそう言ったが、まるでためらっているようだった。

「僕は行きます」トレハーンはあっさりと言った。それから、一同の視線に答えて黒い頭を持ち上げると、こう言い足した。「ああ、あなた方がいらっしゃるには及びませんよ。恐れる者はけして信ずる者ではありませんからね」

人が白い湾曲した小径を登って、灰色のこんもりした森に消えて行くのを一同が見るのは、これで二度目だったが、今回はさほど待たずに同じ人間の姿をふたたび見た。

トレハーンは二、三分後、森の入口に現われ、芝生の上をゆっくりと一同の方へ向かって来た。彼は一番近くにいた博士の前で立ちどまり、何か言った。同じことがほかの者にも繰り返され、信じられないという低い叫びと共に一巡した。ほかの面々も森の中へ飛び込み、あたふたと戻って来て、家から出て来たほかの人間たちに話をした。田舎の村の教育手段であるやかましい無線電信が、事実そのものが十分理解されないうちに話をどんどん遠くへ広め、日が暮れないうちにこの州の四分の一が、ヴェイン大地主が破裂《はじ》けた水泡《あわ》のように消えてしまったことを知っていた。

　この途方もない話は広く伝わり、辛抱強く熟考されたが、長い間、話の続きさえ始まらなかった。その間にペインターは喪中の家から、というより穿鑿《せんさく》中の家から礼儀正しく辞去したが、村の宿屋へ移ったにすぎなかった。バーバラ・ヴェインは、弁護士と医師が家族の古い友人として与える励ましに加えて、この旅行家の経験と同情を喜んだからである。トレハーンでさえ、失踪者の捜索に協力する目的で時々訪問することを躊躇《ためら》わなかった。五人は不幸な家の主人が最後に晩餐をとった庭のテーブルを囲んで何度も話し合い、バーバラは例によって石の仮面を被っていたが、今はもっと悲劇的な仮面だったかもしれない。失踪が最初に明らかになった朝以来、彼女は激しい感情を示さなかった。ただ、その朝だけは取り乱し、聞いた者の何人かは奇妙に思うようなことをしゃべった。

　賭けが行われた晩、彼女は自分自身かほかの誰かの知恵で家の中に籠もっていたが、その時、家からゆっくりと出て来たのだった。顔つきからして、誰かが本当の事を教えたのは明らかだった。執事のマイルズがうしろの石段に立っていたから、教えたのはたぶん彼だろう。

「あまり気を落とさないで下さい、ヴェインさん」ブラウン博士は低い、やや心もとない声で言った。「森の捜索はまだ始まったばかりです。きっと見つかるでしょう——何かごく単純なことが」

「先生の言う通りです」アッシュがしっかりした口調で言った。「私自身——」

「先生のおっしゃることは違います」娘は話し手に真っ青《さお》な顔を向けて、言った。「私にはわかっています。詩人さんが正しいんです。詩人はいつも正しいんです。ああ、詩人は世界の初めからここにいて、私たちの径のまわりにあって藪《やぶ》や石の蔭に隠れているだけの不思議や恐怖を見て来ました。でも、あなた方とあなた方の医術や科学は——そう、この世界で二、三世代手探りしているだけで、自分の肉体の敵でさえ打ち負かすことができないんです。まあ、ごめんなさい、先生、あなたが立派に働いていらっしゃることは知っています。それでも、村には熱病が起こって、人がどんどん死んでゆくんです。そして今度は父の番です。神様が私たちをお助け下さいますように！　残されているのは神様を信じることだけです。だって、悪魔の存在は信じないわけにゆきませんから」そう言って彼女は立ち去った。やはりゆっくりと、しかし、誰もついて行けないような様子で歩いていた。

春はもう長《た》けて夏になりかけ、庭のテーブルの上に樹が緑の天幕を広げていた。その時、アメリカ人の訪問客は医師と弁護士とそこに坐っていたが、長い間心に思っていたことを言って、沈黙を破った。

「どうでしょう。我々は何を口にすべきかという点ではそれぞれの考えがあるかもしれませんが、みんな一つの可能な結論を考えはじめたと思うんです。どうも体裁良く言えませんが、結局のところ、この一件にはどうしても必要な事務的側面があります。気の毒なヴェインさんの家のことを——御本人のことはべつとして——どうすれば良いでしょう？あなたは御存知かと思いますが」と小声で弁護士に言った。「あの人は遺言書をつくりましたか？」

「あらゆるものを無条件でお嬢さんに残しました」とアッシュはこたえた。「しかし、遺言書があっても、どうすることもできません。彼が死んだ証拠は何一つないんですから」

「法的な証拠は、ですか？」ペインターは素っ気なく言った。

ブラウン博士の禿げ上がった広い額に苛立ちの皺が現われ、博士はじれったそうな仕草をして、言った。

「もちろん、死んでいますとも。法律がどうのこうのと騒いで何の意味があります？我々は森のこちら側を見守っていたじゃありませんか。あの高い崖から海を越えて飛んで行ったはずはない。落ちたに決まっています。死んだとしか考えられんでしょう？」

「私は弁護士として話しているんです」アッシュは眉を吊り上げて、言い返した。「あの人の死体が、あるいは、彼の死体と合理的に見なせる亡骸《なきがら》が見つからなければ、死んだと決めてかかることもできないし、検死も何もできませんよ」

「なるほど」とペインターが静かに言った。「あなたは弁護士として言っておられますね。しかし、人間として何を考えておられるかを推量するのは、さして難しくないと思います」

「私は弁護士より人間でありたいものです」博士は少しぞんざいに言った。「法律がそんな馬鹿なものだとは思っていませんでした。あの可哀想な娘さんに財産を渡さず、地所を滅茶苦茶にして、何になるんです？　さて、もう行かねばなりません。さもないと私の患者も滅茶苦茶になってしまいますから」

彼はぶっきら棒に挨拶すると、村への径を歩いて行った。

「あの人は義務《つとめ》を果たしている――義務を果たしている人がいるとすれば」とペインターが言った。「大目に見てあげなければいけませんよ、あの――お行儀と言いますか態度と言いますか、あれを」

「いや、彼を悪く思ってはいませんよ」アッシュは機嫌良くこたえた。「しかし、行ってしまって良かった。なぜなら――なぜなら、彼の言う通りだということをまだ彼に知ってもらいたくないからです」そう言って椅子の背に凭れ、緑の木の葉の天井を見上げた。

「あなたは」ペインターはテーブルを見ながら、言った。「ヴェイン大地主が死んだという確信があるんですか？」

「それ以上です」アッシュはなおも木の葉を見上げたまま、言った。「どのようにして死んだかについても確信があります」

「ほう！」アメリカ人は息を呑み、二人はいっとき無言で一人は木を、もう一人はテーブルを見つめていた。

「確信という言葉は強すぎるかもしれません」とアッシュはつづけた。「ですが、私の思い込みは中々揺るぎませんよ。被告側弁護士を羨ましいとは思いませんな」

「被告側弁護士」ペインターはそう繰り返して、素早く相手を見上げた。初めて聖セクーリスの伝説の話をした時と同じように、彼は相手のナポレオン風の顎の先にふたたび強い印象を受けた。

「それじゃ」と彼は言いかけた。「あの樹のことは――」

「樹なぞ、糞喰らえ！」弁護士は鼻を鳴らした。「あの晩、樹には二本の脚があったんです。われらが詩人先生なら」と冷笑して付け加えた。「歩く樹とでも呼ぶでしょうな。詩人先生に関して言えば、あの夜、彼が詩的に海辺をずっと散歩していなかったので、あなたは驚いておられるようでしたね。じつは、私もあなたのように何も知らないふりをしていたんです。あの時は今ほど確信がありませんでしたから」

「何についての確信です？」と相手はたずねた。

「まず初めに」とアッシュは言った。「あの夜、詩人先生はヴェインのあとから森に入って行ったと確信しています。彼がまた出て来るのを見ましたから」

ペインターは突然興奮に青ざめて身をのり出し、木のテーブルを叩いたので、テーブルがガタンと鳴った。

「アッシュさん、あなたは間違っている」と彼は叫んだ。「あなたは素晴らしい人だが、間違っています。きっと説得力のある真の証拠を山程お持ちなんでしょうが、間違っています。私はこの詩人を知っています。彼が詩人であることを知っています。それこそ、あなたが御存知ないことなんです。彼はあなたに天邪鬼《あまのじやく》な返答をしたし、微笑みながら陰険な目つきをしているようだったとあなたは思っていますが、ああいうタイプの男を理解しておられないんです。あなたがどうしてアイルランド人を理解しないか、今わかりました。あなたは時にアイルランド人を薄ら馬鹿だと思い、時には小狡《こずる》いと、時には人殺しだと、時には未開だと考える。でも、かれらはただ文明人なだけなんです。あなたに理解できないことを理解するという、微妙で皮肉な事態のために顫《ふる》えているんです」

「ふむ」アッシュは不愛想に言った。「どちらが正しいかは、いずれわかるでしょう」

「そうですとも」と言って、シプリアンはいきなり席を立った。審美家特有の前屈みな姿勢はすっかり影をひそめた。ヤンキー訛りが挑戦の角笛のように高くなり、今、彼のまわりには〝新世界〟以外の何物もなかった。

「私は自分でこの件を調べてみようと思います」彼はそう言って、運動家のように長い手脚を伸ばした。「明日、あの小さな森を調べてみます。今日はもう少し遅いですからね。さもなくば、今すぐ始めるんですが」

「森はもう調べてありますよ」弁護士はそう言って、自分も立ち上がった。

「ええ」アメリカ人はまだるっこい発音で言った。「召使いや、警官や、地元の警官や、大勢の人が調べています。でも、私が思うには、この辺の人間は誰も調査などしていませんよ」

「それで、あなたは何をしようというんです?」とアッシュがたずねた。

「かれらが絶対にしていないことをするんですよ」とシプリアンはこたえた。「ある樹に登ろうと思うんです」

そして、陽気さを取り戻した奇妙な様子で、足早に宿屋へ向かった。

翌日の明け方、彼は遠い国へ旅立つ人のような様子で、「ヴェイン・アームズ」亭の外に現われた。双眼鏡を肩から吊り下げ、大きな鞘ナイフを腰にベルトで留めて、カウボーイのブーイー刀[*14]のように、落ち着いて、しかし勇ましく持ち運んでいた。しかし、こうした辺境の人間めいた単純さにもかかわらず、いや、それ故《ゆえ》に彼はますます楽しくなって、古めかしい村の絵になる建物の配置や稜線を、とくに頭上にかかっている古い宿屋の四角い木の看板を見やった。それは盾形の紋章で、盾の中には青い海豚《いるか》と、金色の十字架と、緋色の鳥を寄せ集めて描いてあるだけのように見えた。彩色したその板の色や賽子《さいころ》形の四隅が、芝居か人形芝居のように彼を喜ばせた。彼はしばらく目を凝らしながら、市《いち》の立つ小さな広場の丸石の上に両脚を広げて立っていたが、やがてふふっと笑うと、坂の上にある邸園と庭に向かって、急勾配の通りを登りはじめた。例の樹とテーブルよりも高いところにある芝生から見下ろすと、片側には、家の向こうの地面が大きな波打つ平野まで広がっており、その平野は、暁のあざやかな稜線の下で、絵のような細部を鏤《ちりば》められているようだった。平野のそこかしこにある森は緑の刺猬《はりねずみ》のよう――中世の地図の空《あ》いたところをなぜか歩いている、あの場違いな獣のようにグロテスクだった。色さまざまな畑に切り分けられた土地はあの看板の紋章を思い出させ、こちらも古めかしいと同時に派手やかだった。もう一方の側に目をやると、海へ向かう地面が下がってからまた持ち上がり、例の名高い、いや、悪名の高い森へつづいていた。奇妙な樹の生えている一画は斜面の上で少し傾いており、地図とは言わないにしても、少なくとも鳥瞰図《ちょうかんず》を連想させた。ただ真ん中にある三本の孔雀の樹だけが稜線の上にはっきりと突き出しており、静穏な陽射しの中に

＊14　アメリカの開拓者ジェイムズ・ブーイー（一七九六―一八三六）が考案した鞘入りのナイフ。

ほとんど古代風のものとして、三角形の風の神殿としてそそり立っていた。それらは前と異なる落ち着いた意味で異教的に見え、ペインターは前と異なる子供っぽい好奇心と神託をうかがう勇気を感じた。今まで世界中を彷徨《さまよ》ったが、これほど軽やかに歩いたことはなかった。感覚の鑑定家はついにやることを見つけた。彼は友のために戦っていたのだ。

しかし、彼は一度立ちどまらねばならなかった。ほかならぬ知恵の木の園の門前でだった。今は前より緑の濃い大きな葉叢《はむら》に被い隠されている森の黒い入口のすぐ外で、一人の人物と出くわしたのだ。それは木樵のマーティンで、少し途方に暮れたように蕨《わらび》の茂みを掻き分けて歩きながら、まわりを見ていた。独り言を言っているようだった。

「ここで落としたんだ。でも、あれで仕事をすることはもうないだろう。落としたあの時は先生が拾わせてくれなかったし、今はあいつらが持っている――大地主さんをつかまえたようにな。木と鉄、木と鉄。だが、あれを食うくらい、あいつらにゃ朝飯前なんだ」

「やあ！」ペインターは男の家庭の不幸を思い出して、優しく声をかけた。「足りないものがあったら、何でもヴェイン嬢《さん》が用立ててくれるよ。いいかい、大地主さんについての噂なんか、くよくよ考えちゃいけない。あの樹に関係があるという証拠が少しでもあるかね？　阿呆どもが言っていたように、余分な枝が生えて来たかね？」

ペインターの心には、目の前にいる男がまったく正気ではないという疑いがつのっていた。ところが、木樵が普段のように返事をした時、その目から突然チラと覗いた冷静な正気さによって、いっそう驚かされたのである。

「旦那は、前に枝を数えたのかね？」

それから、男はまた元に戻ったようだった。ペインターは彼が下生えの中をふらふら彷徨い歩くのを放っておいて、森に入った——まるで、日あたりの良い径を影が一瞬よぎっただけであるかのように。

彼は森へ潜り込むと、まもなく葉隠れの小径を縫って進んでいた。そこは夏の太陽の下でもエメラルド色の薄明かりが射しているだけで、まるで海底のようだった。小径は思ったよりも蛇のように曲がりくねり、中央に生えている樹に近づこうとしているようだった。まるでその樹がハンプトン・コートの迷路の中心ででもあるかのように。ともかく、ペインターにとってはそいつが迷路の中心だった。彼はねじ曲がった道が許す限り、まっすぐその方を目指し、最後の角を曲がると、初めてあの塔のような植物の基部が見えた——今までは、腰まで森に隠して立っている樹を上からしか見たことがなかったのだ。その樹は枝つき燭台《しょくだい》のように、一本の大きな根から枝分かれしているという疑いが正しかったことがわかった。樹の叉《また》は緑の菌類に被われてヌルヌルしていたけれども、地面に近く、最初の足がかりとなった。彼はそれに足をかけ、ジャックが豆の木を登るように、一瞬もためらわず上に登った。

頭上には、葉と大枝の緑の天井が、葉叢の天空さながらに上をふさいでいるようだったが、枝を左右に撓《たわ》めたり折ったりして、ゆっくり上へ進んで行くと、やがて突然、世界の頂上へ出たという感じがした。まるでそれまで野外に出たことがなかったような気がした。その高い樹の枝に跨《また》がると、海と陸が眼下に輪になって自分を取り囲んでいた。空を見ると、太陽がまだ割合と低いところにあるので、驚きに近いものを感じた。まるで永遠の夜明けの国を見渡しているようだった。

「ダリエン地峡の峰の上に黙《もだ》して、[*15]だな」彼は不必要に大きく明るい声で言った。この表現は非論理的だが、この場にそぐわぬものではなかった。自分が新世界から来た現代の旅行家ではなく、たった今そこに来た昔の冒険家であるような気がしたのだ。

「僕は本当に、この沈黙の樹の中に初めて飛び込んだ人間なんだろうか。どうもそうらしいな。あの――」

彼は口を閉ざし、枝の上でじっと身動きもせずにいたが、その目は少し下にある一本の枝に向けられて、蛇を見つめる人間の目のように警戒して光っていた。

彼が見ていたものは、一見、滑らかで巨大な幹に広がった大きな白い蕈《きのこ》のようだったが、そうではなかった。彼は跨っている枝から危険なほど下に身をのり出し、引っかかっている小枝からそいつを取ると、手に持ってつくづくと見た。それはヴェイン大地主の白いパナマ帽だったが、帽子の下にヴェイン大地主はいなかった。ほかならぬその事実にペインターはえも言われず安心した。

澄んだ日射しと海の空気の中で、ほんの一瞬、彼自身がした他愛《たあい》もない物語の熱帯の恐怖がペインターを取り囲み、息詰まらせた。その樹はまったく沼地に生える魔物の樹、人間を食う植物の蛇のような気がした。人一人消化して帽子だけを残すという空想のおぞましい滑稽さも、悪夢を単純にするだけのように思われた。気がつくと、彼は一枚の葉をぼんやり見ていた。その葉はたまたま彼の方を向いていて、伝説の由来の一つである奇妙な模様が、本当に少し孔雀の羽根についている眼のように見えたのだ。まるで眠る樹が眼を一つ開いて、彼を見たかのようだった。

彼は大枝の上で必死に心を静め、姿勢を良くすると、理性が蘇り、帽子を口にくわえて木から下りはじめた。森の下界へ戻ると、あらためて帽子を入念に調べた。帽子の山の一個所に穴か裂け目があり、それは庭の木蔭のテーブルに最後に置いてあった時はなかったものだった。彼は腰を下ろし、紙巻煙草に火を点け、長い間思案に耽った。

森は小さい森であっても綿密に調べるとなると容易でないが、ペインターには実用的な試験の手段があった。ある意味で、茂みの密生していること自体が助けになった。少なくとも誰かが径《そ》を外れたならば、さまざまな草木が折られたり踏みしだかれたりするので、

＊15 ジョン・キーツの詩「初めてチャップマン訳ホーマーを読んで」からの引用。ダリエン地峡はパナマとコロンビアに跨る地峡で、新大陸発見の象徴というべき場所である。

その場所がわかったからだ。何時間も熱心に調べた末、彼はこの場所の一種の新地図を作り上げ、一人ないし複数の人間が何らかの目的で、いくつかのはっきりした方向へ外れて行ったことが、疑いの余地なく判明した。藪を突っ切って出来た道が一つあって、これは曲がりくねる径が輪になっているところを横切る近道だった。もう一つ、同じ径から枝分かれして、中央の空間へ入る道があった。しかし、とくに変わった道が一つあり、調べれば調べるほど、彼にはそれが謎の要点を示しているように思われた。

草木を踏みしだいたり折ったりしてできた通り道の一つは、孔雀の樹の下から二十ヤードほど外向きに森の中へ入って、行き止まりになっていた。その地点から先は小枝一つ折られておらず、木の葉一枚乱されていなかった。そこに出口はなかったが、目的地がないとは信じられなかった。彼はさらに少し考えたあと、跪いて、ナイフで草と土を切り払い、それがいとも簡単に離れるのに驚いた。たちまち、地面の一部が蓋のように持ち上がった。円い蓋で、平らな縁なし帽子に緑の羽根をつけたような風変わりな外見を呈していた。円板それ自体は木でできていたが、その上に土が被《かぶ》さり、草がまだ枯れずに生えていたからである。この丸い蓋を取り去ると、夜のように黒く、見たところ底なしの丸い穴があらわれた。ペインターは即座に了解した。井戸を掘るにしては海に近かったが、旅行家はもっと海の近くに掘った井戸を知っていた。彼は手に大きなナイフを持ち、顔を顰《しか》めて立ち上がった。疑いは解消していた。彼はもう自分の知ったことを明言するのを恐れなかった。

井戸に投げ込まれた死体は、これが初めてではない。ここに、墓石も墓碑銘もないが、ヴェイン大地主の墓があるのだ。聖者や孔雀についての神話学的な馬鹿話はたちまち忘れられた。彼は犯罪に関する人間の常識によって、石の棒で殴られたように頭を殴られたのだった。

シプリアン・ペインターは森の井戸のそばに長いこと立ち、考えに耽りながら、そのまわりを歩きまわって井戸の縁とその辺の草を調べ、周囲の地面を徹底的に調べ、また戻って来て井戸の傍らに立った。調査と思案が長かったので、いつのまにか日は沈み、森とそのまわりの世界はすでに夕暮れの豊かさをまといはじめていた。その日は良く晴れて穏やかだった。海は井戸のように静かで、井戸は鏡のように静かだった。ところが、やがて警告もなしに、鏡は生き物のごとくひとりでに動いた。

森の井戸の中で水が跳ね、ゴボゴボと鳴り、何かが物を呑み込むようなグロテスクな音を立てたが、やがて第二の音と共に静まった。シプリアンには井戸の中をはっきり見ることができなかった。その穴は彼のいる場所から見ると楕円であり、ただの切れ目であり、薊《あざみ》や緑の顎鬚に似たぼうぼうの草に半ば蔽われていたからだ。というのも、彼が今立っている場所は井戸から三ヤード離れていて、彼は水が音を立てた時、井戸の縁からその距離を跳びすさったことに自分でもまだ気づいていなかったのである。

第三章　井戸の不思議

シプリアン・ペインターには井戸から何が浮かび上がって来るか、自分が何を予期しているのかわからなかった——殺された男の死骸か、それともただの泉の精だろうか。ともかく、どちらも浮かび上がっては来ず、次の瞬間、これは結局もっと自然な現象なのだと悟った。彼はまた気を引き締めて井戸の縁へ歩いて行き、中を覗き込んだ。前と同様、ぼんやりと水明かりが見えたが、水もその深さではインクのように黒かった。かすかな痙攣《ふるえ》とさざめきが今も聞こえるような気がしたが、それも次第に収まり、まったくの静寂が訪れた。自殺的に飛び込むほかには何もできることはなかった。ペインターは勇ましく装備を固めながら、ロープや籠のような物さえ何も持って来なかったことに気づいて、結局そうしたものを取りに引き返すことに決めた。森の入口へ戻って来る間に、彼はもっと確実な発見のことを思い返し、良く考えた。誰かが森へ入り、大地主を殺して井戸へ投げ込んだのだ。それが友達の詩人だとは一瞬たりとも認めなかったが、詩人が本当に森から出て来るところを見られたのだとすると、事態は深刻である。歩いているうち、急速に深まりゆく夕闇のさなかに赤い光が射して来たので、一瞬、誰か無謀な犯罪者が逃げる途中、小さい森に火をつけたのかと思いかけた。だが、良く見ると、こういう穏やかな日の終わりに時として見られる真っ赤な夕焼けにすぎなかった。

木々の暗い門から夕陽が一杯に射す中へ出た時、仄暗い蕨の茂みの中に黒い人影がじっと身動きもしないで立っているのが見えた。そこは木樵と別れた場所だった。だが、立っているのは木樵ではなかった。

人影は葬式に被るような黒い山高帽子を被り、地平線を縁取る真紅の焔の野を背景に黒々と立っていたので、彼は一瞬、それを理解することも思い出すこともできなかった。思い出したとたん、思考の流れ全体が奇妙に変わった。

「ブラウン先生！」と彼は叫んだ。「こんなところで何をしているんです？」

「マーティンと話していたんです」医師はそう答え、村へ下りて行く道の方をややぎこちない手振りで示した。その方を目で追うと、血のように赤い遠景をもう一つの黒い人影が歩き去って行くのがぼんやり見えた。動かしている医師の手が本当に黒く、影になっているだけではないことにも気づいた。近くに寄ると、博士は黒い手袋に至るまで葬《とむら》いの衣装をまとっていた。それはアメリカ人に小さいが不思議なショックを与えた――まるでこの人物が、見つからない死体を葬るために来た葬儀屋であるかのように。

「マーティンは斧を探していたんですよ」とブラウン博士は言った。「でも、私が拾って持っていると言っておきました。ここだけの話ですが、あいつに斧を持たせて大丈夫だとは、とても思えません」それから、相手が自分の黒服を見ているのに気づいて、言い添えた。「葬式の帰りなんです。また一人亡くなったのを御存知でしたか？　漁師のジェイクのおかみさんです。そら、海岸の小屋に住んでいる。もちろん、あの忌々しい熱病です」

二人が赤い夕日に向かって引き返して行く間に、ペインターは本能的に博士の服だけでなく博士その人を仔細に観察した。バートン・ブラウン博士は背の高い機敏な男で、きちんとした服装をし、痩せた褐色の顔と禿げた額に苦しいほどの理知万能主義が現われていなかったら、軍人のような雰囲気の持主だったと言って良かろう。彼の顔は一般に髭を綺《クリーン・》麗に剃《シェイヴン》ったと言われる禁欲的なタイプだったが、黒い口髭を生やしており、髭は嚙むには短かすぎたけれども、嚙もうとするかのように口をよく動かしていた事実が、その対比をいっそう強めていた。彼は非常に知的な軍医と言ってもおかしくなかったが、それにも増して、工兵か何か、軍人的な沈黙《サイレンス》と軍人的という以上の科学知識《サイエンス》を兼ねそなえた部門の人間のような様子があった。ペインターは常々この男の無骨だが頼もしいところを尊敬していたので、少しためらったあと、発見をすべて話して聞かせた。

博士は死んだ大地主の帽子を手に取り、眉根を寄せて、注意深く調べた。帽子の山に空いた穴に指を通して、考え込みながらその指を動かした。自分は疲労のために変になっているようだとペインターは思った。擦り切れた白い遺品の裂け目から黒い指が首を振っているという他愛もないことが、理由《わけ》もなく不愉快に感じられたからである。博士もやがて職業的な鋭さで同じことに気づき、それをさらに他のことに当てはめた。ペインターが井戸の中で水が動いていた話をはじめると、いっとき眼鏡ごしに相手を見て、言ったのだ。

「昼食は食べましたか？」

ペインターは実際、一日中物も食わずに、夢中で働いたり考えたりしていたのだと初めて気づいた。

「昼食を食べすぎたと言っているんじゃありませんよ」医師は陰気なユーモアをまじえて言った。「逆に、食べるのが少なすぎたと言いたいんです。あなたは少し参っていて、神経のために物事を大袈裟に感じるんだと思います。ともかく、今夜はもう何もしない方がよろしい。やるにしても、ロープや釣具の類《たぐい》がなければ何もできませんよ。でも、漁師が水底をさらうのに使う引っかけ錨のようなものなら手に入れてあげられると思います。気の毒なジェイクのところにありますから、明朝、お持ちしましょう。じつを言うと、あの男は大分興奮しているので、しばらくあすこに滞在するつもりなんですが、よそ者のあなたより、私が頼んだ方が良いと思うんです。おわかりいただけますね」

ペインターは十分わかったのでうなずき、医師が急な坂道を浜辺の漁師の小屋へ向かって下りて行く姿を、なぜかぽかんとして見守っていた。それから、まだ検討してもいないし、意識して抱いたことすらない考えをふり払って、ゆっくりと、やや重い足取りで「ヴェイン・アームズ」亭へ歩いて戻った。

博士は翌朝、服装こそ違うけれども、やはり葬いに行く時のような態度で時間通り木の看板の下に現われた。約束通り持って来たのは、相当の深さに沈んだ物を引き揚げるための鉤と網のついた道具だった。医者を職業としている彼はこれから往診に出かけるところで、アメリカ人が探偵としてはなはだ非職業的な実験をしに出かけるのを引き留めるようなことは言わなかった。この浮き浮きした素人は、実際、昨日の浮き浮きした気分をあらかた回復しており、今はどんな検診にも合格できるほど調子良く、元気満々で昨日骨折った場所へ戻った。

今度は、科学的な作業の道具があったこともちろんだが、日の光と小森に歌う鳥のほかに人間の連れ、それもたいそう知的なタイプの連れがいたことが、二日目の仕事を楽しく陽気にしたのかもしれない。医師と別れてから村を出る前に、彼は弁護士アンドルー・アッシュの地味な茶色い家が立っている袋小路ないし広場を探してみることを思いついたのだ。かくして引き揚げ作業は二人がかりで行われた。二つの頭が森の井戸を上から覗いていた。一つは黄色い髪で、痩せていて、熱意に満ちている。もう一つは赤毛で、肥っていて、考え込んでいる。頭二つが一つよりましというのが本当ならば、四本の手は二本よりましというのは、もっと本当である。とにかく、かれらが力を合わせて繰り返した作業はついに実を結んだ——そのように硬く、貧弱で、物悲しい物を果実と呼べるならば。それは引き揚げられると、網に緩《ゆる》く引っかかって、井戸の縁の草の上に転がり出た。骨だった。

アッシュはそれを拾い上げ、手に持って眉を顰《ひそ》めていた。

「ここにブラウン先生がいたらなあ。こいつは動物の骨かもしれない。犬や羊が隠れた井戸に落ちても、不思議じゃない」そう言って、口をつぐんだ。連れが網から第二の骨を取り出していたからである。

さらに三十分作業を続けたあと、ペインターはしゃべる機会を得た。「かなり大きい犬だったに違いありませんね」彼の足元には、すでに白い欠片が山をなしていた。

「私はまだ」アッシュはもっとあけすけに言った。「たしかに人間の骨と言えるものを見ていません」

「これは人間の骨に違いないと思いますが」とアメリカ人は言った。

彼はちょっと顔をそむけて、相手に頭蓋骨を手渡した。

それが何の頭蓋骨であるかに疑いの余地はなかった。理性の神秘を擁《よう》している独特の曲線があり、その下に人間の眼が入っていた二つの黒い穴があった。しかし、左の穴のすぐ上には、眼ではない、もっと小さな黒い穴が空いていた。

やがて弁護士は言いにくそうに言った。「人間であることは認めても良いでしょうな——特定の人間であることは認めないにしてもです。結局のところ、酔っ払いに関する法螺《ほら》話には何か根があるのかもしれません。転んで井戸に落ちたのかもしれません。ある種の条件の下で、ある種の自然な作用の後に、骨がこうして剝き出しになることもあるんでしょう——殺害者が手を加えなくともね。やはり、先生に来てもらわないといけませんな」

それから突然こう言い足したが、その声の響き自体が、自分の言葉を信じていないことを暗示していた。

「気の毒なヴェインの帽子をお持ちじゃありませんか？」

彼は黙っているアメリカ人の手から帽子を取ると、急いで骨の頭にかぶせた。

「およしなさい！」相手は思わず言った。

弁護士は医師がしたように帽子の穴に指を通したが、指はちょうど頭蓋骨に空いた穴のところに触った。

「たしかめるのを怖がる権利は、私にこそあるんです」彼はしっかりと、しかし、震える声で言った。「私の方が古い馴染みだと思いますからな」

ペインターは無言でうなずき、決定的な人物確認を受け入れた。最後の疑い、あるいは希望が去り、彼は引き揚げ作業に戻って、最後の発見をするまで口を利かなかった。

あたりにさえずる鳥の歌声が高くなって来たように思われ、夏の緑の葉の踊りを、遠くで夏の緑の海の踊りが繰り返していた。謎めいた樹は太い根だけが見え、それ以外ははるか高いところにあって、そのまわりは活発で幸福な小さい生き物たちの森だった。二人は無邪気な博物学者か、夏休みに蠑螈《いもり》や刺魚《とげうお》を採っている二人の子供のようだったが、そのうちペインターが何か骨よりもずっしりと重く網に圧《の》しかかるものを引き上げた。それは網の目を破りそうになり、ガランと音を立てて、苔生《こけむ》した石の上に落ちた。

「真相は井戸の底にありだ」アメリカ人は声を上げて叫んだ。「あの木樵の斧だ」

果たして、斧は森の井戸端の草の中に転がって、燦《きら》めいていた——ちょうど、この事件の始まりに木樵が投げ込んだ茂みに転がっていた時のように。だが、輝く刃の隅に、くすんだ茶色の汚点《しみ》があった。

「なるほど」とアッシュは言った。「木樵の斧、それ故に犯人は木樵。あなたの推論は速いですな」

「私の推論は理にかなっています」とペインターは言った。「いいですか、アッシュさん。あなたの考えていることはわかります。トレハーンを信用していないのは知っていますが、それでも、あなたは公正な判断をすると信じています。まず、最初の仮定はたしかに、木樵の斧は木樵が使うということです。それについて何とおっしゃいますか？」

「『否』と言います」と弁護士は言った。「木樵が一番使いそうにない武器は、木樵の斧でしょう。彼が正気ならば、ですが」

「正気ではありません」とペインターは静かに言った。「さっき先生の意見が聞きたいとおっしゃいましたね。この点に関する先生の意見は、私と同じです。我々は二人共、木樵が森の外をうろついているのを見つけました。ともかく、この一件で頭に来てしまったのは明らかです。もしも人殺しがあなた御自身のような実務家だったら、おっしゃることはあたっているかもしれません。しかし、この人殺しは神秘家なんです。あの樹に関する偏執狂的な思い込みに突き動かされたんです。斧には何か厳粛で生贄の儀式にふさわしいものがあると考え、チャールズ一世[*16]の首のように、ヴェインの首を公衆の前で切り落としたかったということも大いにあり得ます。彼は今も斧を探していますが、たぶん、聖遺物だとでも思っているんでしょう」

「だから」アッシュは微笑んで言った。「すぐさま井戸に放り込んだんですな」

ペインターは笑った。

「たしかに、その点は一本取られました。しかし、私の思うに、あなたは何かほかのことを考えておいでですね。我々はみんな森を見守っていたとおっしゃるでしょうが、本当にそうでしたか? 正直なところ、孔雀の樹が一種の病気で——眠り病で——我々を襲ったと考えたいくらいなんです」

「うむ」とアッシュは言った。「その点では、あなたも一本取りましたな。私もずっと目を醒ましていたとは断言できないと思いますが、それを魔法の樹のせいにはしません——ただ、夜は寝るという個人的な趣味のせいだと考えますな。しかし、いいですか、ペインターさん。村か村外れから来た部外者が罪を犯したということを否定する、もっと有力な根拠があるんです。その男がどうにかして我々の横をこっそり通り抜け、大地主のところへ行ったかもしれないとしましょう。しかし、なぜ地主さんを襲うのに、あの森の中へ行かねばならんのです？　彼が森にいることをどうして知ったんです？　御記憶でしょうが、気の毒なあの人は一時の衝動に駆られて、いきなりあそこへ飛び込んで行きました。普通、夜の夜中にああいう人を探すなら、あんな場所へはけして行きませんよ。そうです。言いにくいことですが、我々、あの庭のテーブルを囲んでいた面々しか知る者はいなかったのです。ですから、私はあなたが言ったことの中で、私もたまたま本当だと思う一点に立ち戻りたくなります」

「そいつは何です？」

「人殺しは神秘家だということです」とアッシュは言った。「しかし、可哀想なマーティン・ペインターは抗議のつぶやきを洩らして、黙り込んだ。

「わかりやすくお話ししましょう」弁護士は語りつづけた。「トレハーンは、あなた御自身が木樵に対してお認めになる狂った動機を持っていました。彼はヴェインの居所を知っていましたが、木樵がそれを知っていたとは誰にも断言できません。しかし、それだけで

＊16　清教徒革命で処刑された英国王（一六〇〇－四九）。

はない。大地主を冷やかして、森に入って行くように仕向けたのは一体誰です？　トレハーンじゃありませんか。森に入ったら何かが起こると、インチキ占星術師のように予言したのは誰です？　トレハーンです。なぜかは知りませんが、あの夜ずっと明らかに怒りと不安に燃えていて、崖の上を苛立たしげに行ったり来たりして、こんなことはもうじき終わると乱暴なことを言っていたのは誰です？　トレハーンですよ。その上、私が森へ近づいた時、森から影のように素早く黙って忍び出て来て、しかし顔を一ぺん月に向けたのは誰です？　名誉にかけて申しますが——トレハーンです」

「恐ろしい」ペインターは気が遠くなったように言った。「あなたの言うことは、まったく恐ろしい」

「さよう」アッシュは真剣に言った。「じつに恐ろしいが、じつに単純です。斧が最初投げ捨てられた場所を、トレハーンは知っていました。彼が初めてここで昼食を食べたあの日、ヴェイン嬢と話している時、彼はまるで狼のように斧を見ていました。あの恐ろしい夜、彼は森へ入った時、容易に斧を拾えたはずです。彼は疑いなく井戸のことも知っていました。孔雀の樹にまつわる古い言い伝えを彼ほど良く知っている人間がいるでしょうか？　彼は帽子をあの樹の中に隠しました。あそこなら（この点は重要ではありませんが）誰も見ないと思ったんでしょう。ともかく、帽子を隠したのは、単にそれだけがどうしても井戸に沈まなかったからです。ペインターさん、虫が好かないというだけで、私がこんなことを人に対して言うとお思いですか？　完璧な主張でなかったら、誰かにこんなことを言えるでしょうか？　これはそのくらい完璧な主張だと思いますが」

「完璧です」ペインターはひどく青ざめて言った。「私にはそれに反駁《はんばく》する言い分は残っていません――ただ、不合理な感覚がかすかにあるだけです。気の毒なヴェインが今生きて目の前に立っていたら、何かべつの、もっと信じ難い話をするんじゃないかという感覚です」

アッシュは悲しげな身振りをした。

「この乾いた骨は生き返りますかね？」と彼は言った。

「主よ、おんみは知り給う」＊17と相手は機械的に答えた。「これらの乾いた骨も――」

彼は口を開《あ》いたまま、突然言葉を切った。その淡い色の眼には眩《まばゆ》い驚異《おどろき》の光があった。

「それだ！」彼はかすれた声で早口に言った。「まさにその言葉です。それはどういう意味か？　どういう意味であり得るだろう？　乾いている？　この骨はなぜ乾いているんです？」

弁護士はハッとして、骨の山をまじまじと見下ろした。

＊17　参照、「エゼキエル書」第三十七章の三「彼われに言たまひけるは人の子よ是等の骨は生るや我言ふ主ヱホバよ汝知りたまふ」。

「主張は完璧ですって？」ペインターは次第に興奮して、叫んだ。「井戸の水はどこへ行ったんです？ 焔のように跳ねるのを私が見た水は？ なぜ跳ねたんでしょう？ どこへ行ってしまったんでしょう？ 完璧な？ 我々は謎に埋まっているじゃありませんか？」

アッシュは屈み込むと骨を一つ拾い上げて、それを見た。

「おっしゃる通りです」と低い震える声で言った。「この骨は乾いている――骨のように[*18]」

「そうです。私の言う通りでしょう」とシプリアンは答えた。「そして、あなたの言われる神秘家はいまだに謎に覆われています――神秘家らしく」

長い沈黙があった。アッシュは骨を下へ置き、斧を取り上げて、さらに良く吟味した。鋼鉄の刃の隅にあるくすんだ汚点《しみ》以外、何も変わったところはなかった――ただ、握りやすくするためだろう、幅の広い白い布を柄《え》に巻いてあったが。しかし、弁護士は、その布が間違いなく斧よりも新しくて清潔であることを何とも思わなかった。だが、どちらも乾ききっていた。

「ペインターさん」彼はしまいに言った。「あなたが一点稼いだことは認めましょう、文字通りではないにしても精神の上で。厳密な理屈を申せば、このいっそう大きな謎は私の主張への反論になっていません。この斧は水に浸かっていなくとも、血には浸かったのですし、水が井戸から跳び出すことも、詩人が森から跳び出すことの説明にはなりません。しかし、精神的に、また実際的に重要な違いが生じることは認めます。我々は今途方もなく大きな矛盾に直面しており、それがどこまで広がって行くか見当もつきません。死体は殺人犯がバラバラにしたか、煮て骨にしたのかもしれません――もっとも、それを犯行の状況と結びつけることは難しいでしょうがね。分解の仕方はそういうことによって大いに異なりますから。私はこうした難点があるからといって、怪しい人物に対する有力な嫌疑を取り下げるべきではありません。しかし、ここにはまったく違うものがあります。水で一杯だった井戸、あるいは昨日水で一杯だった井戸の中に、骨だけが乾いたまま入っていたとなりますと――我々はその先が想像もできないものの瀬戸際まで連れて行かれます。巨大な、まったく未知の新しい要因がある。そういう途方もない事実をまとめることができないうちは、トレハーンに対する嫌疑も、誰に対する嫌疑もまとめることができません。そうです。今すべきことは一つだけです。トレハーンを告発することができない以上、彼に訴えねばなりません。彼に不利な主張を率直に彼の前に持ち出して、向こうに言い分があり、それを言うことを期待しなければなりません。今から戻って、そうすることを提案します」

ペインターは相手について行こうとしたが、少し躊躇ってから言った。「失礼なことを言いますが許して下さい。おっしゃる通り、あなたの方がこの家族の古い友人です。御提

＊18　「as dry as a bone（乾ききっている）」という慣用表現がある。

案にはまったく賛成しますが、現在の疑いに基づいて行動なさる前に、ヴェイン嬢に一言言っておくべきではないでしょうか？　こうしたことは彼女にとって新たなショックだろうと思いますから」

「いいでしょう」アッシュは一瞬、相手をじっと見てから言った。「まず、あちらのお嬢さんの方へ参りましょう」

森の入口から、バーバラ・ヴェインが庭のテーブルで書き物をしているのが見えた。テーブルには手紙が散らかり、黄色い顔をした執事が椅子のうしろに控えていた。向こうとこちらの間にある芝生の距離が縮まり、テーブルのそばの人影が陽射しの中で次第に大きく、はっきり見えて来るにつれて、ペインターは自分が運命の使者の片割れであることを痛切に感じた。娘がテーブルから視線を上げ、こちらを見てニッコリ微笑《わら》うと、その思いはいっそうつのった。

「できましたら、少し折り入ってお話がしたいのですが」弁護士は敬意のうちに一抹《いちまつ》の権威をこめてそう言い、執事が遠ざけられると、彼女に事の一切を打ち明けた。同情をこめて話してはいたが、詩人が不可解にも森から逃げ出したことを初めとして、井戸から出て来た乾いた骨の詳細に至るまで、何一つ省《はぶ》かなかった。その声の調子や言葉遣いのどこにも非の打ち所はなかったが、シプリアンは女性に関して繊細な国民性の故に、神経という神経が疼《うず》き、まるで彼女が異端審問官と対峙《たいじ》しているような気がした。彼は不安げにそばに立って、澄み渡った空に二、三浮かんでいる色のついた雲と森を飛び交う輝く鳥を見、あの樹にまた登りたいと心から思った。

だが、そのうちに、娘が話を聞く様子が彼に同情よりも困惑をおぼえさせた。その様子は予期していたものと全然違ったのだが、微妙な違いを何と言ったら良いかわからなかった。帽子の穴から父親の頭蓋骨であることが判明したというくだりを聞くと、彼女はさすがに少し青ざめたが、取り乱しはしなかった。それはたぶん説明がつく。彼女は最初から悲観していたからだ。しかし、話の残りを聞いている間、赤褐色の巻毛の下の広い額には一種の思いに沈む色があって、それ自体一つの謎だった。彼にわかったのは、ただ彼女が――気強く受けとめるにしろ、うちひしがれるにしろ――話を聞いているだけではないことだった。まるで彼女はかれらの問題ではなく、自分自身の問題を考え込んでいるかのようだった。彼女は長いこと黙っていたが、しまいに言った。

「有難うございます、アッシュさん、お話し下さって本当に感謝いたしますわ。結局、これで物事が遅かれ早かれ来なければならなかった一点に辿り着きます」彼女は森と海を夢見るように見て、語りつづけた。「私は自分のことだけ考えていれば良いわけではありませんでした。でも、あなたが本当にそう考えていらっしゃるなら、誰にも相談せずに、はっきり言うべき時が来ました。あなたは『あの夜トレハーンさんが森にいた』と何か非常に恐ろしいことのようにおっしゃいます。でも、私にはそんなに恐ろしいことじゃないんです。なぜなら、彼が森にいたことを知っているからです。じつは、私たち、一緒にあそこにいたんです」

「一緒に！」弁護士が鸚鵡返しに言った。

「一緒にいました」彼女は静かに言った。「一緒にいる権利があったからです」

「あなた方は」アッシュは驚きのあまり我を忘れて言った。「婚約していたというんですか？」

「いいえ。結婚していたんです」

それから、驚きの沈黙の中で、補足のように言い足した。

「じつは、今も結婚しています」

弁護士の沈着さは大したものだったが、一種茫然自失の体《てい》に陥って椅子の背に凭れかかった。ペインターはそれを見て微笑を禁じ得なかった。

「もちろん、お訊ねになるでしょうね」バーバラは同じ平然とした調子で話しつづけた。「なぜ私たちが父にも知られないように、内密に結婚したのかを。まず、率直にお答えしましょう。その理由は、父が知ったら、端金《はしたがね》をくれて私を勘当したに決まっているからです。父は夫を好いていませんでした。あなたも彼がお嫌いなようですわね。このことを申し上げたら、あなたが何とおっしゃるか、よくわかっています――ありきたりの山師が女相続人をつかまえるという、ありきたりの話だとおっしゃることを。それはまったく道理ですし、この場合はたまたま、まったく間違っています。私がもしお金のために、いえ、恋人のために父を騙したのだとしたら、お話しするのは少し恥ずかしいでしょう。でも、私が少しも恥じていないのはおわかりだと思います」

「ええ」アメリカ人が重々しくうなずいて言った。「ええ、それは見てわかりますよ」

彼女はまるで難解な事柄を言い表わす文句を探すように、いっとき考え込んで相手を見た。それから言った。

「ペインターさん、憶えていらして？　あなたが初めてここで昼食をお食べになって、アフリカの樹の話をなさったあの日のことを？　あれは私の誕生日だったんです。私の初めての誕生日という意味です。私はあの時生まれたんです。あるいは目醒めたか何かしたんです。それまで私はこの庭を、夢遊病者が日中《ひなか》を歩くように歩いていました。私たちの仲間内にも、社会にも、そういう夢遊病者が大勢いると思います——健康に気絶させられ、行儀作法に麻酔をかけられ、環境を整えすぎて生きていられない人が。でも、私はどうかして生き返ったんです。物心つき始めた赤ん坊の頃、最初に認識したことが、心のうんと深いところに残っているのは御存知でしょう？　私は物心がつきはじめました。最初に心を向けたことの一つは、ペインターさん、あなた御自身の物語でした。私はまるで子供たちがサンタ・クロースの話を聞くように聖セクーリスの話を聞いて、あの大きな樹が、私がまだ信じているお化けであるような気がしました。というのも、私はそういうものを今も信じています——いえ、ますます信じるようになって来たんです。可哀想な父は不信のために岩にぶつかったんだと、あなた方はみんな父の真似をして滅びるために疾走しているんだと確信しています。だからこそ、私は本当にこの地所が欲しいし、欲しがることを恥じないんです。ペインターさん、この滅び行く地方と滅び行く人々を救えるのは、理解する人間だけだと思います。つまり、この地方の土そのものや地勢のうちにある無数の小さなしるしや導きを、踏まれてほとんど消えかけている痕跡を理解する人間ということです。夫は理解していますし、私も理解し始めました。父はけして理解しなかったでしょう。この世には力が、土地の霊が、無視することのできない存在があります。どうか、私が感傷的に古き良き日々を追っているなんてお思いにならないで下さい。古き日々は必ずしも良くありませんでした。そこが大事な点で、私たちは善悪を見分けられるほど理解しなければいけないんです。聖者の足跡や神聖な伝承を守って、邪悪な神が崇められているところではその祭壇を壊し、その神森を伐り倒せるほど理解しなければいけないんです」

「その神森」ペインターは思わずそう言って、小さな森を見やった。そこには陽光に輝く鳥たちが飛んでいた。

「トレハーン夫人《さん》」アッシュが恐るべき冷静さで言った。「私はあなたがお考えになっているほど、そういうことに冷淡ではありません。それがみんな月の光《たわごと》だとも申しません。なぜなら、もっと良いものですからね。そう言ってよろしければ、蜜月の光《あまいたわごと》です。人々の頭をクルクル回らせるものは、地球を回らせるという文句を私はけして否定しません。しかし、マダム、ほかにも感情があり、義務があるのです。言うまでもありませんが、お父上は良い方でしたし、彼の身に起こったことは、たとえ悪人の運命であっても傷ましいことです。これは恐ろしい事件で、我々が良識を保たなければいけないのは、主に恐怖のさなかに於いてなのです。何事にも時機があります。私の古い友人が惨殺されて横たわっている時に、聖者だの魔法の森だのについての御伽話を、たとえどんなに美しい話だろうと、私のところへ持って来ないで下さい」

「でも、あなたはどうなんですの！」彼女はそう叫ぶと、顔を輝かせて、素早く立ち上がった。「あなたはどういう御伽話を私のところへ持って来ましたか？　あなたはどんな魔法の森を歩いているんですか？　あなたは来て、おっしゃいます。ペインターさんが井戸を見つけて、そこでは水が踊って、それから消えてしまったと。でも、もちろん奇蹟なんて、みんな月の光なんでしょう！　あなたはおっしゃいます。あなた御自身、同じ水の底から骨を釣り上げたが、どの骨もビスケットみたいに乾いていたと。でも、後生ですから、人の頭をクルクル回らせるようなことを言うのはよしましょう！　本当に、アッシュさん、あなたも良識を保たなければいけませんわ！」

彼女は微笑んでいたが、燃える眼をしていた。アッシュは思わず降参したというように苦笑して、立ち上がった。

「さて、それではお暇《いとま》しなければなりません」と彼は言った。「あなたの最近の超越的な御訓練には本当に賛辞を呈するべきだと申し上げましょうか。失礼ながら、前々からあなたには頭脳《あたま》があると知っていました。それを使うことをおぼえられたのですな」

二人の素人探偵は、一旦森へ戻った。アッシュが不幸な大地主の亡骸の始末について考えられるようにである。彼が指摘した通り、これで死因審問を行うことが法的に可能になったし、調査のこんなに早い段階でも、彼はそれをすぐにさせたかった。

「私が検死官になります」とアッシュは言った。「そして、これは『未知の単数ないし複数の人物』の事件ということになるでしょう。驚かないで下さい。犯人を油断させるために、よく使われる手なんです。警察が死因審問を最初にやって、あとで調査を行う方が都合が良いと考えたことは、これが初めてじゃありません」

しかし、ペインターはその点をほとんど気にしなかった。彼が長い間芸術や衒学《げんがく》に費やして来た情熱という大きな才能が、足を踏み入れたばかりの現実生活の物語《ロマンス》によって、霊感にまで高まっていたからである。彼は本当に偉大な批評家だった。賞讃の天才を持ち、その賞讃は、賞讃する対象によって然るべく変化した。

「素晴らしい娘と素晴らしい物語だ」と彼は言った。「何だかまた私自身が恋に落ちたような気がしますよ——彼女にというより、イヴやトロイのヘレンのような世界の黎明期の美人に。ああいう英雄的なことに惚れぼれしませんか？　あの壮重さと大いなる率直さ、彼女がいわば玉座から一歩踏み出して、放浪者と荒野に立ったあのやり方に？ ああ、信じて下さい。詩人は彼女の方です。彼女の方が高い理性を持っていて、名誉と武勲が彼女の魂のうちに安らっているんです」

「つまり、尋常でなく綺麗だということですな」アッシュは皮肉をこめて、こたえた。「私は人を殺したある女を良く知っていましたが、彼女とそっくりで、まさにああいう色の髪の毛をしていました」

「手を赤く染めているからではなく、[*19]髪の毛が赤いというので人殺しを捕まえられるようなことをおっしゃいますね」とペインターはやり返した。「そんなら、今の今、あなた自身赤毛だというので捕まるかもしれませんよ。あなたはひょっとして人殺しですか？」

アッシュは素早く面《おもて》を上げて、微笑んだ。

「あなたは詩人の鑑定家だが、残念ながら、私は人殺しの鑑定家ではありません」とこたえた。「そして請け合ってもいいですが、かれらは髪の毛の色も気質もさまざまです。私の商売は非人情かもしれませんが、恐ろしく面白い商売です。こんなちっぽけな場所でもね。あの娘さんに関して言えば、もちろん私はあの子を生まれた時から知っています――しかし――しかし、問題はそこなんです。本当に私は彼女を生まれた時から知っていたの

＊19　英語で「red-handed」は現行犯を意味する。

だろうか？　少しでも知っていたのだろうか？　彼女は知ることのできる存在としてそこにいたのだろうか？　あなたは彼女が真実を言ったので賞讃します。たしかに、彼女は真実を言いました——ある人々は目醒めが遅く、それ以前は生きていなかったのだと。そうした人間が何をするか、我々にわかるでしょうか——かれらが眠っているところしか見たことのない我々に？」

「まさか！」ペインターは叫んだ。「あなたは彼女が——」

「いや、そんなことは言っていません」弁護士は冷静に言った。「しかし、ほかにも理由があるんです……まあ、あんまり仄めかすのはやめておきます。あなたの詩人と面会するまではね。彼の居場所は知っていると思います」

実際、二人は思ったより早く詩人を見つけた。詩人は「ヴェイン・アームズ」亭の外のベンチに坐って、林檎酒を飲みながらアメリカ人の友人の帰りを待っていたので、話を始めるのは難しくなかった。それに詩人は悲劇の話題を避けようとはしなかった。弁護士は小さい広場に面している長いベンチに自分も腰かけると、やがて事件の最新の展開を、バーバラに話したようにわかりやすく話して聞かせた。

「ふむ」トレハーンはうしろへ寄りかかり、彩色した鳥や海豚の描かれた頭上の看板に向かって眉を顰めながら、最後に言った。「誰かが大地主さんを殺したとしましょう。大地主さんは、彼の衛生思想と開明的な地所の運営で大勢の人を殺していました」

ペインターはこの驚くべき切り出し方に大分不安をおぼえたが、詩人は両手をポケットに入れ、両足を通りに向かって突き出したまま、冷静に語りつづけた。

「もし人がトルコのスルタンの権力を持ちながら、トゥーティング[*20]の未婚婦人の考えでもってそれを使ったら、誰もそいつにナイフを突き刺さないのが不思議だとよく思うんです。殺人者はもっと同情されても良いのにと思いますね。御老体が亡くなったことを、僕自身は非常に気の毒に思いますが、紳士のあなた方は、この世にはほかにも大勢人間がいることをいつも忘れてしまうようです。あの人なら大丈夫ですよ。善人だったから、彼の魂はきっと一番幸せな楽園へ行っていますよ」

気を揉んでいたアメリカ人は、弁護士の浅黒いナポレオンのような顔に、この言葉の効果を何も読み取ることができなかった。弁護士は言った。「どういう意味です?」

「阿呆の楽園です」トレハーンはそう言って、深い杯の林檎酒を飲み干した。

弁護士は立ち上がった。トレハーンには目も向けず、言葉もかけず、彼を通り越してアメリカ人を見て、直接話しかけた。アメリカ人はその言葉を少なからず意外に思った。

「ペインターさん」とアッシュは言った。「あなたは私が人殺しのコレクションをしているのをやや病的だとお考えでしたが、この事件に関するあなた御自身の見解にとっては、

＊20　南ロンドンの地区。

それが幸いしましたな。驚かれるかもしれませんが、私の見る限り、トレハーンさんは今完全に自分の疑いを晴らしました。前にも言ったように、私は何人もの殺人犯を良く知っていますが、かれらが誰もしなかったことが一つあります。人殺しが殺人について語り、それを否定すると同時に弁護した例は一つも知りません。そうです。もし人間が自分の罪を隠しているなら、どうしてわざわざその弁明をしなければならないんです？」

「なるほど」ペインターはさっそく感心して言った。「あなたは優れた方だと私はいつも言っていましたが、それはたしかに注目すべき考えですね」

「ということは」詩人は玉石の上で踵《かかと》を蹴りながらたずねた。「お二人は、御親切に僕を絞首台へ案内してくれたわけですか？」

「いいえ」ペインターは考え深げに言った。「君が罪を犯したと思ったことは一度もありません。たとえ思ったとしても——こう言えばわかりますかね——罪を犯したことをそれほど罪深いとは考えなかったでしょう。それは金銭といった卑しいことのためではなく、何かもっと突飛で、天才にふさわしいことのためだったでしょう。結局、詩人というものはこの世ならぬ大きな食欲に似た情熱を持っていて、世間はつねに彼の罪をもっと穏やかに裁いて来ましたからね。しかし、アッシュさんが君の無実を認める今、私はずっとそれを主張して来たのだと正直に言えます」

詩人も立ち上がった。「ええ、奇妙なことに僕は無実なんです。あなたの言う消えた井戸に関しては当て推量もできると思いますが、あの人の死と乾いた骨については、死んだ人と同じくらいにしか知りません――せいぜいそれだけです。ところで、ペインターさん」――と言って、輝く二つの眼を批評家に向けた――「僕がしなかったことの弁明はしなくてかまいませんから、僕が詩人の道徳について、あなたと全然考えが異なることを赦していただきたいと思います。あなたも仄めかされたように、それは今流行りの見解ですが、間違っていると思います。想像力の豊かな人間は、無法なことをする権利を一番持っていないんです。彼は精神的冒険ができるし、好きな時に休暇が取れるからです。僕は大地主さんが妖精国に連れて行かれるのを望めば、いつでもそれを想像することができましたし、あの森はべつに罪を犯さなくても、僕にとって邪悪なものになったんです。いつかの晩の真っ赤な夕焼けは、多くの人にとっての殺人のようなものでした。アッシュさん、この次にあなたが裁きの席に着いた時は、ビールを味わうには飲まねばならず、飲むためには手に入れなければならない故に飲んだり奪ったりする惨めな人間に対して、少し情《なさけ》をかけて下さい。物を所有するためにそれを持たなければならない気の毒な泥棒たちを哀れんでやって下さい。けれども、もし僕が、目をつぶれば黄金郷《エル・ドラド》の街が見えるというのに、鐚《びた》一文でも盗むのを見つけたら、その時は」――と言って、隼《はやぶさ》のように頭を上げた――「僕に情をかけてはいけません。それに値しないのですから」

「さて」アッシュはやや間を置いて、言った。「私は死因審問の支度に行かなければなりません。トレハーンさん、あなたの態度ははなはだ興味深い。私の人殺しのコレクションにあなたを加えたいくらいですよ。かれらは多種多様で、常軌を逸した連中です」

「お考えになったことがありますか」とペインターが言った。「おそらく、一度も人を殺したことのない人間も多種多様で、はなはだ常軌を逸した連中だということを？　たぶん、凡人一人一人の人生が真の神秘を、避けられた罪の秘密を持っているんですよ」

「そうかも知れません」とアッシュはこたえた。「街路《とおり》で手近にいた人間をつかまえて、どういう罪を犯したことがないか、それはなぜかと訊ねるのは、さぞかし閑のかかることでしょうな。しかし、私はたまたま忙しいので、失礼しますよ」

「一体」アメリカ人は詩人と二人だけになると、たずねた。「消えた水に関する君の当て推量とは、どんなことです？」

「まだ言って良いものかどうか、わかりません」とトレハーンは答えた。持前の悪戯っ気が幾分、その黒い眼に戻って来た。「でも、それと関係があるかもしれないべつのことをお教えしましょう。僕らが森で会ったことを妻が言うまでは言えなかったことです」彼の顔はまた真剣になり、一息ついてから話を続けた。

「妻がお父さんについて行こうとした時、僕は彼女に言ったんです――まず家に帰って、べつの戸口から出て行き、三十分後に森の中で僕と待ち合わせるようにと。僕たちはもちろん、よくこういう密会をして、面白がっていました。でも、この時は問題が深刻だったので、慌てて下手なことをしてはいけないと思ったんです。問題というのは、僕らが二人共何となく危険だと感じていた実験をやめさせるために、何かできるかどうかということでした。彼女は思案した末、干渉すれば事態はますます悪くなるだろうと考えました。遊ぶことの好きなあの老人は、何かをするように挑発されたら、挑発した当の男や、まだ子供だと思っている女が説得しても、けしてやめないだろうと考えたんです。彼女は結局、僕を一種の絶望のうちに残して行ってしまいましたが、僕は何かできるかもしれないという最後の希望を持ってそこに留まり、心もとないけれども、森の中心に近づきました。すると、そこで、予期していた沈黙のかわりに一つの声を聞きました。まるで大地主さんが独り言を言っているようで、僕は彼が妖術の森ですでに理性を失ってしまったのではないかと厭《いや》なことを想像しました。しかし、すぐに気がつきました——もし彼が話しているのだとすれば、二つの声でしゃべっているのだと。べつの色々な空想が僕を襲いました——もう一つの声は樹の声なのだとか、三本の樹が一緒にしゃべっていて、近くに人はいないのだといった空想です。けれども、樹の声ではありませんでした。次の瞬間、誰の声かわかりました。テーブルごしに二十回もそれを聞いていたからです。お医者の先生の声だったんです。今あなたが僕の声を聞いているように、たしかに聞いたんです」

いっときの沈黙ののちに、彼はまた話しつづけた。「僕は森を出ましたが、なぜ出て来たのか自分でもわからず、どうにも落ち着かない、面食らった気持ちでした。そしてかすかな月明かりの中へ出た時、あの老弁護士が静かに立って、しかし、梟《ふくろう》のように僕をじっと睨《にら》んでいるのを見ました。少なくとも、月光は彼の赤毛に焔で触れていましたが、四角い年老《としと》った顔は影になっていました。でも、その顔を読むことができたら、人を絞首刑にする裁判官の顔だろうということはわかりました」

トレハーンはまたベンチにどっかり身を投げ出すと、ちょっと微笑んで言い足した。

「ただ、人を絞首刑にする多くの裁判官のように、彼は間違った人間を絞首刑にしようとして、辛抱強く待っていたんでしょう」

「それで、本当の犯人は――」ペインターは思わず言った。トレハーンは肩をすくめ、酒場のベンチに身体を伸ばして、空《から》の杯をいじった。

第四章　真相究明

死因審問はアンドルー・アッシュ氏が遂行したが、自ら予言した通り、要領を得ない判定に終わった。そのしばらくあと、ペインターはふたたび村の宿屋の外のベンチに坐って、その前の小さなテーブルに弱い麦酒《エール》の入った背の高いグラスを置き、麦酒を酒としてよりも地方色として楽しんでいた。ベンチには一人だけお仲間がいて、それは新しい仲間だった。というのも、その時刻、小さな広場は空っぽで、彼は近頃、この相手といる以外は独りきりのことが多かったのだ。彼は悲しくはなかった。偉大なる同国人ウォルト・ホイットマンに似て、開いた雨傘のように一種の宇宙を持ち歩いていたからである。しかし、単に独りでいるだけではなく、寂しかった。アッシュは急にロンドンへ行ってしまい、帰って来て以来、例の殺人事件と関わりがあるらしい法律上の事柄に、何やら忙殺されていたからだ。それにトレハーンはずっと前から、大家《たいけ》の婦人の夫としてお屋敷で堂々と振舞い、夫婦は地所の抜本的改革に忙しかった。ことに奥方は、その夢さえも「実践を意図する」種類の人間なので、女の巨人が働くように庭造りをしていた。それ故、ペインターのように社交的な精神の持主が、たまたま宿屋に泊まっているもう一人の見知らぬ男——見たところ、ペインター自身のような渡り鳥——と口を利き合うようになるのは当然だった。その男は目の前のテーブルにナップサックを置き、ベンチのペインターの隣でパイプをふかしていたが、当地のロマンティックな海岸をスケッチしに来た画家だった。天鵞絨《びろうど》のジャケットを着た背の高い男で、もじゃもじゃの髪の毛は亜麻色、長い金色の顎鬚を生やしていたが、瞳は暗褐色で、その対照の効果はなぜかペインターに漠然とロシア人を思わせた。見知らぬ男はあちこちの絵になる場所にナップサックを持って行き、亡き大地主が野外の宴を開いた高い庭に画架を立てる許可を得ていた。しかし、ペインターはこの画家の作品を品評する機会を一度も持たなかったし、画家に自分の芸術についてしゃべらせることも容易でなかった。シプリアン自身はいつでもどんな芸術のことも語る用意があったし、実際見事に語ったが、反応はなかった。ピカソ崇拝よりも立体派の方が良いと思う理由を述べたが、新しい友はどちらにもあまり関心がなさそうだった。新素朴派は結局、線を細くしているだけのようで、一方、真の素朴派はむしろ線をピンと張っていると仄めかしても、見知らぬ男はこれといった感情も示さずに、その仄めかしを受け入れた。後期印象派まで過去に遡っても共通の話題を見つけることができなかった時、ペインターの心にべつの記憶が蘇りはじめた。彼は少し陰気に考えていた――結局のところ、孔雀の樹の物語を完結するには見知らぬ謎の人物が必要で、この男にはそんな雰囲気がたっぷりあると。その時、謎の人物自身がいきなりこう言った。

「私がここで描いている作品をお見せした方が良さそうですな」

彼は目の前のテーブルにナップサックを置いていたが、少し不気味に微笑みながら、その紐を解きはじめた。ペインターは礼儀正しく興味を示して見ていたけれども、画家が袋から出してテーブルに置いたものを見ると、相当に驚いた。それは美術品と認められるものではなく、もっとも過激な立体派の作品でさえなかった。（第一に）黒と赤のインクで覚え書きをびっしり書き込んだフールズキャップ判の紙であり、（第二に）――アメリカ人は仰天したが――リネンの覆布《おおい》にくるまれた木樵の斧、彼自身がずっと前に井戸で見つけたものだったのだ。

「びっくりさせて済みませんね」ロシア人の画家は顕著なロンドン訛りで言った。「ですが、私は警察官だとはっきり説明した方が良いでしょう」

「そうは見えませんね」とペインターは言った。

「見えちゃ困るんです」と相手はこたえた。「アッシュさんが私を調査のために、ロンドン警視庁からここへよこしたんです。しかし、何か手がかりになる物を見つけたら、あなたに報告しろと言いました。今、その話をしても良いですか?」

「この一件に関わり始めた時」と探偵は説明した。「私はアッシュさんの御要請により、もちろん大筋はアッシュさんの方針に沿って調べたんです。アッシュさんは偉大な刑事弁護士で、『ニューゲイト・カレンダー』[*21]みたいに中身の詰まった素晴らしい頭脳をお持ちですよ。私は取りあえず、大地主さんの庭のテーブルを囲んでいたあなた方五人の紳士だけが、大地主さんの動静を知っていたという彼の見方を採りました。しかし、紳士のあなた方は、そう言ってよろしければ、我々が最初に探せと教えられるほかの事やほかの人間を忘れてしまう癖があります。すでに御存知の段階を踏んで、アッシュさんが指示された

*21 本来、ロンドンのニューゲイト監獄が月々の処刑を記録した官報だったが、のちに名高い犯罪者の経歴を語る読み物の題名として用いられた。十八世紀半ばから十九世紀にかけて、それをまとめた本が次々に出版された。

調査をしているうちに、いくつかの疑いを通じて――その疑いはもう晴れましたから、お話しする必要はありません――問題は結局、一つの形を取って来ました。私の思うに、それは最初に考えるべきことでした。さて、まず申し上げますが、テーブルを囲んでいたのは五人ではありませんでした。六人いたのです」

あの庭で明かした一夜の不気味な状況が、ぼんやりとペインターの心に蘇った。彼は幽霊の、あるいは幽霊よりももっと名状し難いもののことを考えた。しかし、探偵の慎重な言葉がすぐ彼に光を与えた。

「そう言った方がよろしければ、そこには六人の人間がおり、五人の紳士がいました。執事のマイルズという男も、大地主さんが姿を消すのをやはりはっきりと見ておりますし、やがてマイルズは十分注意に値する男だとわかりました」

理解の光がペインターの顔に兆《きざ》した。「じゃあ、そういうことなんだな」と彼はつぶやいた。「我々の神話的な謎はすべて、警察官が執事の首根っ子を押さえて終わるんだろうか？　そうですね、彼が普通の執事とは見るからに違うというお考えには賛同します。考え違いは私にあります。多くの考え違いと同様に、それは単に俗物根性だったんです」

「そこまで一足飛《いっそく》びには参りませんよ」役人は平然として言った。「私はただ、調べてみるとマイルズが怪しかった――あの男は良く注意するに値すると申し上げただけです。彼は多くの人が考えているよりもずっと大地主さんに信頼されていて、私が詰問すると、知るに値することを色々と語りました。ここにある覚え書きに逐一書き留めてありますが、今は一つの些細なことを申し上げるだけにしておきます。ある夜、この執事が大地主さんの食堂の外にいると、激しく言い争う声が聞こえて来ました。大地主さんは時として乱暴な紳士でしたからな。しかし、この諍いの妙なところは、二人のうちでいっそう乱暴なのはもう一人の紳士だったことです。あなたは公衆の害悪だ、あなたが死ねばみんなの厄介払いになる、とその男が繰り返し言うのをマイルズは聞きました。ここで申し上げておきますが、そのもう一人の紳士というのはバートン・ブラウン博士、この村の医者だったのです。

　私が次に調べたのは、木樵のマーティンのことでした。彼の証言は少なくとも一つの点でまったく明確であり、他の証人によってもおおむね裏づけられております。彼は第一に、斧を拾おうとするのを博士が邪魔したと言っていますが、このことはトレハーン夫妻が裏づけています。しかし、彼はさらに、博士が斧を自分で持っていることを認めたと言っており、これまた庭師による証言と一致しています。庭師は博士がしばらく経ってから一人で来て、斧を拾うのを見ているのです。マーティンが言うには、ブラウン博士は斧を渡すことを何度も拒《こと》わったそうです——そのたびに何か出鱈目な口実をつくって。では最後に、ペインターさん、斧自体の証言を聞くとしましょう」

　探偵は目の前のテーブルに木樵の道具を置いて、柄に巻いてある奇妙なリネンの布を裂き、剝がしはじめた。

「これは妙な包帯だとお認めになるでしょう」と彼は言った。「そこがまさに妙なところなんです――本当に包帯であることが。この白い布は、リント布です――こういう風に細長く切って病院で使います。しかし、たいていの医者が持っておりますし、ブラウン博士がしばらく一緒に暮らしていた漁師のジェイクが、博士にもそういう有用な習慣があったと証言しております。そして最後に」彼はテーブルの上で布の端を伸ばしながら、言い足した。「T・B・Bという印がついているのは変じゃありませんか?」

アメリカ人はインクでぞんざいに書いた頭《かしら》文字に目をやったが、ほとんどそれを見てはいなかった。暗い記憶の中に、鏡を覗き込むようにして見えたのは、赤黒い夕陽を背にして黒い手袋を嵌めた黒い人影だった。森から出て来た時にその姿を見て以来、なぜかそれがずっと心につきまとっていたのだ。

「もちろん、おっしゃりたいことはわかります」と彼は言った。「私にはじつに辛いことです。あの人を知っていたし、尊敬していましたからね。しかし、それだけではとてもすべてを説明し尽くせないことも確かです。もし彼が殺人犯だとしても、彼は魔術師ですか? 井戸の水はなぜ一夜のうちに蒸発して、カラカラに乾いた死人の骨を残したんです? 病院は普通そんな手術はしないでしょう?」

「水に関しては説明がつきます」と探偵は言った。「私も初めはそれに思いあたりませんでした――ロンドンっ子なものですからね。しかし、ジェイクやほかの漁師と密輸が盛んだった昔の話をしたおかげで、それについては合点《がてん》が行きました。とはいえ、乾いた亡骸はいまだに我々全員を困らせておりますが。それでも――」

テーブルに影がさし、話は急に途切れた。色塗りの看板の下にアッシュが立っていたのだ。厳《いかめ》しく黒服のボタンを首までかけて、人を絞首刑にする裁判官の顔をしていた。その顔のことは詩人が話していたが、今度は昼の光の中ではっきりと見たのである。そのうしろに地味な服を着た大男が二人、身動きもせずに立っていたが、ペインターにはそれが誰かすぐにわかった。

「今すぐ動かなければいけません」と弁護士が言った。「バートン・ブラウン博士が村を出て行きます」

背の高い探偵はとび上がり、ペインターも本能的にそれに倣《なら》った。

「博士はトレハーンの屋敷へ向かいました。たぶん、別れを告げにでしょう」アッシュは口早に言った。「残念ですが、必要なら、あそこの庭で逮捕しなければなりませんな。御婦人は遠ざけてあるはずです。ですが、あなたは」――と贋《にせ》の風景画家に向かって――「今すぐあちらへ行って、画架をテーブルのそばに置いて待機して下さい。我々は静かにあとから行って、木のうしろまで近づきます。気をつけなければいけません。彼は我々のことを聞きつけていますからな。さもなければ、逃げ出そうとはせんでしょう」

「この仕事は気が進みませんね」探偵が前方を駆けて行き、一同がそのあとから邸園と庭に向かって坂を上っている時、ペインターが言った。

「私が好きでやっていると思いますか？」とアッシュが言った。実際、その力強く肉づきの良い顔はひどく皺が寄って老け込み、赤い髪の毛が赤い鬘《かつら》のように不自然に見えたほどだった。「私はあなたよりも長いことあの男を知っています。もっとも、たぶん、長いこと彼を疑ってもいたと思いますが」

庭の斜面の天辺に着いた時、探偵はすでに画架を立てていたが、海の方へ吹く強い風が道具をガタガタ鳴らし、はためかせて、彼の金色の（そして贋物の）顎鬚のまわりに吹いていた。羽根のように渦巻いた小さい雲がいくつも、色とりどりの風景を横切り、海の方へ飛んで行った。アメリカ人の批評家はかつてもっと楽しい朝にこの景色を見渡したのだったが、風景画家がそれに注意を払っていたかどうかは疑わしい。トレハーンの姿が、今は彼のものとなった家の戸口にぼんやりと見分けられた。彼はこちらへ近づこうとしなかった。ほかの者にもまさって、こういう公の義務を嫌っていたからである。ほかの面々は木よりも少しうしろの方で位置についていた。この隠された砲列の間に、博士の黒い姿が緑の芝生を横切って来るのが見えた。彼は木樵に悪い報せを伝えた時のように、弾丸のごとくまっすぐに進んでいた。今日は、上唇にとどかないほど短く切った黒い口髭の下で微《わ》笑《ら》っていたが、一同は彼が少し青ざめていると思った。博士はふと立ちどまって、眼鏡ごしに画家をじっと見ているようだった。

画家は自然な動作で画架からふり返り、あっという間に博士の外套の襟をつかんでいた。「逮捕する――」と彼は言いかけたが、ブラウン博士はびっくりするほどの素早さで身をふりほどき、相手に飛びかかって付け鬚を毟《むし》り取ると、千切れ雲のように空に放り上げた。それから一つ荒っぽく蹴飛ばして画架を引っくり返し、脱兎《だっと》のごとく海岸へ向かって逃げ出した。

めまぐるしいその瞬間にも、ペインターは、この荒っぽい応援が新奇な体験で、ほとんど尻すぼみの結末であるように感じた。だが、彼も群全体も狩りの獲物を追わねばならなくなると、分析している閑はなかった。トレハーンでさえ好奇心を新たにして、威勢良く殿《しんがり》をつとめていたのだ。

逃亡者は止めようとして走って来た警官の一人とぶつかり、相手を斜面に大の字にさせた。実際、この逃亡者は野生の類人猿の力を吹き込まれたようだった。かつてバーバラが身をのり出して未来の恋人を見た花々の塁壁《るいへき》をひとっ跳びに跳び越え、吟遊詩人が登って来た急な小径を、目の昏《くら》む速さで転げ落ちるように駆け下りた。一同はみな疾風と競走して、彼のあとから流れるように庭を横切り、小径を下り、しまいに海岸へ出た。そこは漁師の小屋と、アメリカ人が初めて上陸した時に讃嘆した穴の空いた岩山と洞窟のそばだった。しかし、逃亡者は彼が長いこと住んでいた家には向かわず、むしろボートをつかまえるか泳ぐかするつもりであるかのように、桟橋の方へ向かった。小さい石の埠頭の突端に着くと、ようやくこちらをふり返り、眼鏡をかけた青白い顔を見せた。その顔はまだ微笑っていた。

「これはむしろ喜ばしいことですね」トレハーンは大きなため息をついて言った。「あの男は狂っている」

しかし、博士がしゃべった時、その声の自然さは一同を絶叫と同じくらい驚かせた。

「みなさん」と彼は言った。「みなさんに何が望みだと訊いて、みなさんの苦しい義務を長引かせたりはしません。その代わり、今すぐささやかなお願いをしたいのです。それはいかなる形でもみなさんの任務のさしつかえとはならないでしょう。私は少し急いでここへ下りて来ましたが、じつは、約束に遅れると思ったのです」彼は冷静に時計を見た。「まだ十五分ほどある。その短い間、ここで一緒に待ってくれませんか。そうしたら、あなた方の言う通りにしますよ」

当惑した沈黙があり、やがてペインターが言った。「私としては、彼に調子を合わせた方が良いような気がします」

「アッシュ」博士はさっきとは違う真剣な口調で言った。「古い友達のよしみで、最後のささやかなわがままを許してくれ。そうしても何も変わりはない。私は武器を持っていないし、逃げる手段もない。なんなら身体検査をしてくれてもいい。君が正しいことをしているつもりなのはわかっているし、できる限り公正にそれをやるということもわかっている。それに、結局、君には味方がいる。顎鬚を生やした――顎鬚の残りと言った方が良いかな――奴《やっこ》さんを見たまえ。私にも味方がいて然るべきじゃないか？　もうすぐ、私の信頼する男がここへ来る。こうしたことの大権威だ。好奇心からだけでも、少し待って、この一件に関する彼の意見を聞いてみたらどうだね？」

「どうせ全部月の光だろうが」とアッシュは言った。「だが、事態に光が照てられるかもしれないなら――たとえ月の光でも――十五分くらいは待ってもかまわんよ。友達というのは何者なんだろう。きっと素人探偵だろうな」

「かたじけない」博士は威厳を持って言った。「彼と少し話をすれば、彼を信用すると思うよ。それで今は」と打ち解けて、些細なことを語るように言った。「殺人事件の話をしようじゃないか」

博士は岩の上に腰かけ、馬鹿げたことに、教室の学生に向かって話す講師のような調子で語りはじめた。

「この事件は」と超然たる態度で言った。「いささか珍しいものであることがわかるでしょう。トマス・バートン・ブラウン、すなわち私自身を犯人と思わせる明白で決定的な証拠が揃っています。しかし、たぶんお気づきでしょうが、その証拠には一つ奇妙な点があります。それは詮じ詰めればただ一つの源から来ていて、その源は少々変わっています。

木樵は私が斧を持っていたと言いますが、彼はどうしてそう思うんでしょう？　斧を持っていると私が言った――何度も何度もそう言ったと彼は語っています。それに、ここにおいでのペインターさんは井戸から斧を引き揚げました。でも、どうやって？　ペインターさんは証言してくれると思いますが、私が釣り上げるための道具を渡したんです。ほかのやり方で道具を手に入れることはできなかったでしょう。奇妙じゃありませんか？　それからもう一つ、漁師たちによれば、斧は私が所有していたリント布に包《くる》んでありました。しかし、誰が漁師たちにリント布を見せたんです？　私ですよ。それに大きな字で私の名前を書いたのは誰です？　私です。斧の柄を包んだのは誰です？　私です。こんなことをするのは少々異常ではありませんか。誰かその点を説明しましたか？」

彼の言葉は初めのうち冷たい苦痛を持って聞かれたが、次第次第に聞き手の注意をとらえはじめた。

「それから、井戸そのものがあります」博士はやはり狂気の冷静さという雰囲気で話を進めた。「少なくともみなさんのうちの誰方《どなた》かは、もうその秘密を知っていると思うんですが。あの井戸の秘密は単に、井戸ではないということなんです。上の方が井戸に見えるようにわざとこしらえてありますが、本当は一種の煙突で、あそこにある洞窟の天井に開いています。陸《おか》の方へ森の下まで続いている洞窟で、トンネルや秘密の通路によって、何マイルも離れたべつの穴とつながっています。密輸人や何かが昔から使って来た一種の迷路なんです。噂に聞いた失踪事件の多くは、明らかにこれで説明がつきます。しかし、井戸ではない井戸の話に戻りましょう。まだ御存知ない人がいるかもしれませんからね。季節によって潮位が非常に上がると、海の水が低い洞窟を一杯にして、その上の煙突にまで少し上がって来ます。それで、ふだんよりも井戸らしく見えるんです。ペインターさんが聞いた音は、外から入って来る砕け波の自然な渦巻の音で、あの体験全体が潮のように簡単なものに左右されていたんです」

　アメリカ人は驚いて、ふだんのように話しはじめた。

「潮だって！　それは全然思いつかなかった！　地中海のほとりに住んでいたせいだな」

「次の一歩は十分明白でしょう」と語り手は話を続けた。「例えば、アッシュ氏のように論理的な精神の持主にとってはね。それにしても、失踪以来あそこにあった大地主さんの亡骸が潮に流されなかったのはなぜかといえば、答は一つしかあり得ません。失踪以来、亡骸はあそこになかったんです。亡骸は故意に森の下の洞窟に置かれたもので、ペインターさんが最初の調査をしたあと、あそこに置かれたんです。つまり、潮が引いて洞窟がふたたび乾いたあとに置かれたんです。だから、乾いていたんですよ。もちろん、洞窟よりもずっと乾いていました。一体誰が置いたんでしょうね？」

　博士は眼鏡ごしに、一同の頭上を通り越して虚空を重々しく見つめていたが、急にニヤリと微笑った。

「ああ」岩から素早く立ち上がって、叫んだ。「ついに素人探偵殿のお出ましだ！」

アッシュは肩ごしにふり返ると、そのまま数秒間頭を動かさず、まるで首が痛くて曲がらないように立っていた。彼の真後ろの崖には、この崖の到る処にある裂け目か亀裂の一つがあった。そこから、まるで狭い戸口から出て来るように日向《ひなた》へ進み出たのは、満面に笑みを浮かべたヴェイン大地主だった。

風が高い崖の天辺から海へ向かって疾駆《しっく》し、一同の頭上を通り過ぎた。一同は何もかも頭上を通り過ぎて、手に負えなくなるような感覚をおぼえた。ペインターは自分の頭が帽子のように吹き飛ばされたような気がした。しかし、この不条理の突風は、大地主の白髪一本動かさないようだった。彼の物腰は尊大で、ふんぞり返るというように近かったが、以前よりもいくらか気持ちが良さそうだった。しかし、その赤ら顔は船乗りのように日焼けして、薄手の服は異国風に見えた。

「やあ、諸君」彼はにこやかに言った。「つまり、これが孔雀の樹の伝説の結末です。ペインターさん、楽しい旅人の土産話をぶち壊しにして済みませんが、いつまでも冗談を続けているわけにはいきません。トレハーンさん、あなたの最良の詩を終わりにして済みませんが、この詩は少し行きすぎだと思ったんですよ。それでブラウン博士とわしで、みなさんを少しびっくりさせる計画を立てたんです。自慢は抜きにして、みなさんは少しびっくりした顔をしていると申さねばなりませんな」

「一体これは」とアッシュがついにたずねた。「どういうことなんです?」

大地主は愉快に笑ったが、少し申し訳なさそうでもあった。

「わしは悪ふざけが好きでね。これはたぶん、最後の大がかりな悪ふざけでしょう。しかし、わかっていただきたいが、この冗談は本当は実際的なものなんです。進歩と良識のため、そして到る処に蔓延《はびこ》る愚かな迷信を打破するために、非常に実際的で役に立つと自分では思っております。じつを申すと、一番良い部分はわしではなくて博士の思いつきでした。わしがしようとしたのは、あの林の中で一夜を過ごしてから元気一杯で出て来て、諸君がいかに愚かであるかを教えることだけでした。しかし、ここにいるブラウン博士があとから森へ入って来て、わしらは少し話し合い、計画を変えたんです。博士は言いました――そんな風に二、三時間姿を消したところで、みんなの頭の中にある迷信を叩き出すことはできない。大部分の人間はその話を聞きもしないだろうし、聞いた者は一晩ぐらいじゃ何の証明にもならないと言うだろうとね。博士はそれよりずっと良いやり方を教えてくれました。いかさまの奇蹟が暴露された事件で、何度も試みられたやり方です。やるべきことは、それが奇蹟だとそこら中の人間に信じさせて、それから、贋の奇蹟だとそこら中で暴露することでした。わしには博士みたいに上手く理屈を言えませんが、まずそんなところだったと思います」

博士は黙って砂を見つめながら、うなずいた。大地主は相変わらず楽しそうに話をつづけた。

「わしは例の穴から洞窟へ降り、子供の頃によく遊んだトンネルを通って、ここから二、三マイル離れた鉄道の駅へ行く。そこでロンドン行きの列車に乗る、という段取りを決めました。もちろん、この冗談が成功するためには、わしが足取りを追われずに姿を消すことが必要でしたから、港へ行って、キプロスと地中海の昔よく行った場所で非常に愉快な一、二ヶ月を過ごしました。一件のその部分に関して言うことはほかにありませんが、ただ、わしは所定の時に戻って来るよう手筈《てはず》を整えて、今ここにいるというわけです。しかし、このあたりで起こったことは十分聞いておりますから、計略を実行して良かったと思っております。コーンウォールの誰も彼も、それに南イングランドのたいていの人間が〝消えた大地主〟の噂を聞いているし、何千という馬鹿どもが、見えざる世界があることのこの驚くべき証拠を前にして、水晶玉やタロット・カードを見ながらうなずいております。しかし、〝帰って来た大地主〟が奴らのカードを撒き散らして水晶玉を粉々に割り、こういうくだらん騒ぎは二十世紀にはもう二度と起こらんでしょう。わしは孔雀の樹をヨーロッパとアメリカ中のお笑い草にするでしょう」

「ふむ」真っ先に平静を取り戻した弁護士が言った。「またお目にかかれて、私たちはみな欣快《きんかい》に耐えませんよ、大地主さん。それにあなたの御説明も、この件に於けるあなたのごく自然な動機も理解できます。しかし、まだすべてのことが腑《ふ》に落ちたわけではありません。あなたが消えてしまいたかったにしても、洞窟に贋の骨を置いて、ブラウン博士の首に絞首索《わなわ》がかかりそうにする必要がありましたか？　それに誰が骨をあそこに置いたんです？　こんなことを言うと、まったく狂気の沙汰に思われるかもしれませんが、私に理解できる限りでは、ブラウン博士が自分で置いたように思えるんですが」

博士は初めて顔を上げた。

「さよう。私が置いたんです」と彼は言った。「私は、自分を殺人の嫌疑で告発するための証拠をすべてでっち上げた、最初のアダムの息子だと思いますな！」

今度は大地主が驚いた顔をする番だった。老紳士はいささか取り乱したように、一方から他方を見た。

「骨だと！　殺人の告発だと！」と怒鳴った。「一体全体、これはどういうことだ？　誰の骨なんだ？」

「言うなればあなたの骨です」博士は慎重に認めた。「私はあなたが本当に死んだのであって、魔法によって消えたのではないことをはっきりさせなければならなかったんです」

大地主は、友人たち全員が自分の雲隠れに困惑したよりも、もっと絶望的に困惑しているようだった。「なぜだ？」と彼はたずねた。「わしは魔法のように見せかけることが肝腎なのだと思っていた。君はなぜ、そんなにわしを死なせたかったんだ？」

ブラウン博士は面を上げていたが、今度はゆっくりと片手を上げた。腕を伸ばして、渚に覆いかぶさっている岬を、洞窟の入口の真上を差し示した。そこはまさにあの春の日の朝、ペインターが初めて上陸した浜辺だった。あの時、彼は初めて清新な驚きをおぼえて孔雀の樹を見上げたのだ。だが、その樹はもうなかった。

その事自体は一同にとって驚きではなかった。孔雀の樹の伐採は、当然ながら、トレハーン体制の抜本的改革の手始めだったからだ。しかし、一同はそれを承知してはいても、すっかり忘れていたので、そのことの意味合いが突然、天のしるしのごとく心に蘇った。

「あれが理由です」と博士は言った。「私はあのために十四年間働いて来たんです」

羽根のような樹がかつては見慣れた光景だった剝き出しの岬を、一同はもう見ていなかった。ほかに見るものがあったからだ。今大地主を見ている者は誰でも、この群衆のどこに狂人がいるかについて、考えを変えただろう。その風景の変化が雷のように彼を襲ったことは、たちまち明らかになった。少なくとも彼は、〝消えた大地主〟の話が消えた樹の話の序幕にすぎないなどとは夢にも考えていなかったのだ。そのあとの三十分間、彼は支離滅裂な言葉や諫《いさ》めるようなことをわめき散らしたが、それも次第に収まって、説明を求めたり、筋の通らぬ質問を何度も繰り返したりした。大地主は日頃敬意を払われていたが、しまいには事実上、黙らされなければならなかった。そうしてやっと博士が自分の話をする時間と静粛が用意されたのである。それはおそらく特異な物語で、知っているのは彼だけだった。博士の語りは途中で遮《さえぎ》られないでもなかったが、切れ目なしに彼自身の言葉で、ここに発表しても良いだろう。

「第一に、私は何も信じないということをはっきり御了解いただきたい。私は自分の信じる無なるものに名前をつけたりもしません。さもなければ、無神論者になってしまうでしょう。私は天国と地獄のことなど、これっぽっちも考えたことがありませんでした。我々は泥の中にいる蚯蚓《みみず》だというのが一番ありそうなことだと思いますが、私はたまたま車輪に轢《ひ》かれたほかの蚯蚓を気の毒に思うのです。そして、私自身はたまたま、可能な時にはよそを向く蚯蚓なのです。私は信心というものに関心を持たないし、詩などはなおさら関心がありません。犯罪学を頭に詰め込んでいるが、ほかの色々な教養も持っているこのアッシュさんとは違います。教養《カルチャー》なぞは、バクテリアの培養《カルチャー》以外何も知りません。時々、アッシュさんはペインターさんに負けない芸術の批評家だと思うことがあります。ただ、彼は現実生活のうちに英雄や悪漢を探すんですがね。しかし、私は非常なる実際家で、私の足がかりは単に科学的な事実でした。この村で私は一つの事実を発見しました——熱病を。その正体はわかりませんでした。海岸のこの一画に特有のものらしく、譫妄《せんもう》状態と神経衰弱という特異な反応を引き起こしました。私は病院で変わった症例を研究するようにそれを精密に研究し、他の科学者と連絡して意見を交換しました。しかし、誰もそれについて作業仮説すら持っていませんでした。もちろん、無知な農民たちは、あの孔雀の樹が何かとんでもない毒を持っているのだと言っておりましたが。

ところが、孔雀の樹は有毒だったのです。孔雀の樹が熱病を起こしていたのです。私は地味にコツコツと研究して、厖大な数の症例の程度と詳細を比較し、それを確かめました。比較できる患者は恐ろしく大勢いましたよ。その結果、私はハーヴィーが血液循環を発見したように、あいつを発見しました。誰でもあの樹に近づくと具合が悪くなりました。一番影響を受けなかったのは、まさに法則を証明する例外——大地主さんと娘さんのような、異常に健康で元気旺盛な人たちでした。言い換えれば、農民は正しかったんです。しかし、こんな風に言うと、誰かが叫ぶでしょう。『だが、それなら、病は超自然的なものだと信ずるのか?』と。実際、みなさんもそうおっしゃるでしょうが、私が不満に思うのは、まさにそのことなのです。迷信ではないかという疑い、恐怖に対するこの愚かな恐怖のおかげで、何百という人間が死ぬままに放置され、病気が発見されないのではないかと思うんです。あなた方は事実という森林の向こうに初めから陽の光が見えない限り、森へ入って行こうとしません。あなた方の大切な尊厳を奇蹟から護るために、いわゆる自然な説明がつくとあらかじめ約束されなければ、飾らない話の始まりすら聞こうとしないのです。自然な説明がないとしたら、どうです！　あっても見つけることができないとしたら！　それが存在するかどうか、私にわからないとしたら！　私の知っている事実と取り組む上で、そのことがあなたや私に一体何の関わりがあるんです？　私自身の直感では、自然な説明は存在すると思います。もし調査を十分進めることができれば、枯草熱のような恐ろしい病気か、花粉の影響に似た何らかの影響によって、一切の事実が説明されるでしょう。私にはその説明が見つけられませんでした。私が見つけたのは事実です。その事実とは、あそこの天辺に生えていた三本の樹が——まるで巨人が丘の上に立ち、棍棒で人を大勢叩きのめすように確実に——死を左右にふり撒いていたということなのです。それなら証拠を突きつけて厄介物を始末させれば良かったとおっしゃるでしょうね。もっともっと大勢の死人の行列が村を通って墓場へ行った頃には、学界を納得させられたかもしれません。しかし、私は学界ではなく、お屋敷の旦那様を納得させなければなりませんでした。それは全然違うことだと言っても、大地主さんはお赦し下さるでしょう。私は一度やってみました。カッとして、弁明のしようもないひどいことを言ってしまい、大地主さんの偏見は、あの樹のように新たに根を張ってしまいました。私は一つの途方もない偶然に直面し、それが私のしようとする一切のことを妨げました。一つのことが、私の科学をすべてたわごとのように思わせたのです。それは民間の伝説でした。

大地主さん、あなたはもし枯草熱の伝説があったら、枯草熱という病気が存在することを信じないでしょう。もし花粉にまつわる民話があったら、花粉など民話にすぎないとおっしゃるでしょう。学者の敵意よりも、さらに重く絶望的なものが私の足を引っ張っていました。それは無知な人々の支持でした。私の真実は、教育のある人間が嘘八百と決めてかかる物語とどうしようもなくからみ合っていました。私は二度と説明を試みませんでした。それどころか謝罪して、常識的な見解に考えを改めたふりをし、様子を見守りました。その間に、もっと大きい——もっとひねくれているかもしれませんが——計画が心の中にだんだんと形を成して来ました。私はヴェイン嬢が、トレハーン氏と結婚しようとすまいと——結婚したことは、あとで知りました——たいそう彼の感化を受けているので、彼女が財産を相続したその日が毒の樹の最後の日であることを知っていました。しかし、大地主さんが死ぬまで彼女は相続も、いや、干渉すらできません。合理的な精神には、大地主さんが死ななければならないことは自明となりました。しかし、私は合理的なだけでなく人間的でもありたかったので、彼の死を一時的なものにしたいと思ったんです。

たしかに、私の計画を完成したのは一連の偶然の出来事ですが、私はそういう偶然を待っていたのです。ですから、斧が最初にあの樹の方へ投げつけられた時、私はそれが物語の中でどんな役割を演ずるかを予感しました。私たちの考えがいかに近いか、私はただ悪疫の塔に彼よりももっと入念な包囲攻撃を仕掛けているだけだということを知ったら、木樵は驚いたことでしょう。しかし、このあたりの人間の半分が確実な死と呼ぶであろうものに大地主さんが自分から突っ込んで行った時、私はチャンスに跳びつきました。あとから追いかけて行って、先程彼が話した通りのことを言いました。今となってはヴェインさんが私を赦してくれるとは思いませんが、それでも、私はこの人を大いに讃《ほ》め称えます——人々は狂人と呼ぶでしょうが、じつは遊び好きな人であることを。気宇壮大ないたずらは、気宇壮大な老人でなければできません。彼は登った木から大急ぎで下りたので、帽子が枝に引っかかったのを取る閑もありませんでした。

　初めのうち、私は計算違いをしたと思いました。彼が失踪すれば、少なくともしばらく経てば、死んだと見なされると思っていたのですが、死体がなければ正式な手続きは行えないとアッシュが教えてくれました。私は少々苛立ちましたが、すぐに死体をでっち上げる仕事に取りかかりました。医者にとって骸骨を入手することは難しくありません。実際、私は一つ持っていたのですが、元気なペインターさんは私より一日早く森へ行ったので、私は彼が井戸を発見してから、そこに骨を入れるしかありませんでした。しかし、彼の話がもう一つのチャンスをくれました。私は帽子に穴が空いている場所を憶えていて、頭蓋骨にそれと一致する穴を空けました。ほかの手がかりを作った理由は、さほど明白でないかもしれません。今でもすっかり御納得いただけないかもしれませんが、私は人間の皮を被った鬼ではありません。私は殺人犯を少なくとも一人暗示しなければ、殺人があったように思わせられませんでしたが、疑いが誰かにかかるなら、自分にかかるようにしようと決心しました。ですから、みなさんが斧に布を巻いた目的がわからないと首を傾げたことにも驚きません。それを巻いた人間が犯人だと思わせる以外に、目的はなかったからです。追跡は私で終わらなければならなかったのですが、いざそれが大詰めに到ると、私は馬鹿馬鹿しさに耐えられなくなり、そちらの紳士の画架と顎鬚に勝手な真似をしてしまいました。私はそんな危険を冒すことのできる唯一の人間でした――最後の最後に大地主さんを登場させて、犯罪などなかったことを証明できるのは私だけだったからです。紳士諸君、これが孔雀の樹に関する真相です。そして、あそこにある剝き出しの岩山――風が荒野《あらの》を吹くようにその上を吹いていますが、あれこそ、大勢の人間が苦労して大伽藍《だいがらん》を建てるように、私が苦労して造り上げた荒地なのです。

もうほかに言うことはないと思いますが、それでも私の血の中で騒ぐものがあるので、それを言ってみましょう。あなた方はすでにこれほど信用している農民たちを、少し信用することができなかったのですか？　あの人たちは人間で、それなりの重要性を持っていました――かれらの先祖でさえ、まったくの愚か者ではありませんでした。あなた方は庭師があの樹のことを話せば狂人呼ばわりしましたが、彼はあなた方の庭を狂人のように設計して、草木を植えてはいません。あなた方はあの樹のことでは木樵を信じようとしませんでしたが、ほかのことは彼に任せていました。もしも貧乏人があなた方の考えるように無分別だとしたら、世界のあらゆる営みはどうなってしまうか考えたことがおありですか？　だが、それでもあなた方は自分の合理主義にしがみつく。そしてあなた方の合理主義とは、何千という人間が真だと思った故に、そのことは虚偽に違いない――多くの人間の眼が見た故に、それが存在するはずはないというものだったのです」

博士は挑戦するようにアッシュの方を見たが、海風が老弁護士の赤い鬣《たてがみ》を搔き乱していたけれども、ナポレオンのような顔が掻き乱されることはなかった。それは今までになかった温和さを得て、一種の美しささえ湛えていた。

「私がいかに間違っていたかを考えると嬉しくてならないから」と彼は答えた。「博士、今は我々の理論について言い争うのはやめておきましょう。しかし、私自身と同様、大地主さんに公平であるために、あなたの大雑把《おおざっぱ》な推論に異議を申し立てるべきでしょう。私は農民を尊敬するし、あなたがかれらを重んずることにも敬意を払いますが、かれらの語る話はべつです。私はかれらのために何でもしますが、信じることはできませんな。結局、かれらの心の中では真実と空想が混ぜこぜになっている。一方、教育のある人間のうちでは、その二つは切り離されています。何にしろ、かれらの言葉を鵜呑みにしたらどんなことになるか、お考えになったことがないでしょう。熱病で死んだ者の幽霊の半分が今頃歩きまわっているかもしれませんし、この人々は親切ですが、それでも魔女を火炙《ひあぶ》りにしかねないと思います。駄目です、博士、かれらが虐げられて来たことは認めますし、多くの点で我々に優っていることも認めますが、それでも私はかれらの言うことを証拠に何かを受け入れることはできません」

博士は重々しく敬意をこめて一礼したが、そのあと、一同はこの日最後に、彼のいささか不気味な微笑を見たのである。

「そうでしょうな。しかし、あなたはかれらの言うことを証拠に、私を絞首刑にするところだったんですよ」

博士はそう言って、まるで機械的にそうするかのように一同に背を向け、長年診察に回っている村の方へ顔を向けた。

煙の庭

ロンドンが終わるそのあたりはまったく世界の終わりのように見え、郊外の外れに立っている最後の街灯柱は虚空の野にポッンと一つ浮かんだ星のようだった。そこはもう一つの点で世界の終わりに似ていた。来るまでに時間がかかったことだ。キャサリン・クロフォードという娘は健脚だった。山岳民の立派な体格をしていたし、ロンドンの灰色の迷宮を歩いている間も、彼女と共に山からの風が吹き抜けるかのようだった。彼女はウェストモーランドの高地にある村の出身で、薄茶色の髪や、整っているわけではないが不細工とは反対のあけひろげな目鼻立ち、真面目そうな、じつに美しい灰色の両眼に、そうした村の穏やかな色合いを持ち歩いていたからである。しかし、山岳民は足早に歩いているうち、ロンドン郊外の迷宮を果てしなく耐え難《がた》いものに感じはじめた。これから行くところについて、詳しいことはほとんど知らなかった。その家の所番地と、モーブレイ夫人なる人物、いや、あのモーブレイ夫人の話相手としてそこへ行くこと以外には——夫人は名高い閨秀《けいしゅう》作家にして流行の詩人であり、モーブレイ夫人の夫という終身の地位に落ち着いてしまった物堅い医師と結婚しているそうだった。ようやく見つかったその家は、家々のまさに最後の列の端で、郊外の庭が開けた野原に消えて行く場所にあった。

　空は一面夕暮れの色彩に満たされていたが、まだ正午《ひる》のように明るく、まるで終わりのない日没の国にいるようだった。夕陽は家々の庭の細い木々の葉が燦《きら》めくさなかに、黄金《きん》色の驟雨《しゅうう》となって降り注いでいた。庭にはたいてい低い柵や生垣があり、黄色い空に向かって、彼方の野原と同じくらい開かれていた。あたりはたいそう静かだったので、遠くの芝生でしゃべったり笑ったりする声が時折澄んだ鈴の音のように聞こえて来た。とりわけ何度も聞こえて来る一つの声は、「スペインの御婦人たち」という古い舟唄を口笛で吹いたり歌ったりしているようだった。その声は次第に近づいて来て、彼女が角《かど》にある最後の庭の門の中に入った時、最初に出会った人物が歌っていた。その男はスタンダード仕立て*1の薔薇《ばら》が赤々と絢爛《けんらん》に咲き並んだ庭に立ち、黄金色の空と白い小さな家を背にしていた。家にはところどころ小綺麗な彩色が施してあり、田舎《コテージャー》の農民のために建てられるのではない種類の小家《コテージ》だった。

　灰色の服を着た男は痩《や》せていて、優雅でないこともなく、ヘナヘナになった麦藁《むぎわら》帽子を浅黒い顔と黒い顎鬚《あごひげ》の上へ目深《まぶか》に被り、鬚の中からほとんど鬚よりも黒い葉巻を突き出していた。御婦人を見ると、葉巻を口から取って丁寧に言った。

「今晩は。クロフォード嬢《さん》ですね。モーブレイ夫人からことづかっていますが、夫人は一、二分したらここへ出て来ますから、よろしければ先に庭を御覧になってはいかがかということです。煙草を吸っても構わんでしょうね。薔薇につく虫を殺すために吸ってるんです。それが喫煙の唯一の起源だということは、御存知でしょう？　我々男性は、喫煙室にいるクラブの会員から建築現場の人夫に至るまで、怠《なま》けずせっせと煙草を吸いますが、それはどこか近所に薔薇が植わっているかもしれないので、自己犠牲を払っているんですよ。ちっとも褒めてはもらえませんがね。僕もたいていの仲間と同様、生来煙草嫌いだという不利を背負いながら、何とか克服して――」

彼が途中で口を閉ざしたのは、自分を見る灰色の眼が少し虚《うつ》ろで、よそよそしくさえあったからだ。彼は厳《おごそ》かな憂鬱ともいえる調子で語っていて、彼女はユーモアを感じたが、センスの良いユーモアかどうかは自信がなかった。実際、最初に一目見た時、この男にかすかに不吉なものを感じたのだ。その顔は鷲《わし》のよう、姿は猫のようで、まるで伝説のグリフィンさながらだ。鷲とライオン、あるいは豹《ひょう》から作り上げた怪獣である。キャサリンは伝説の動物をあまり好もしく思わなかった。

「あなたはモーブレイ博士ですか？」キャサリンはやや硬くなって、たずねた。

「そんな幸せ者じゃありません」と男はこたえた。「こんなに美しい薔薇も、こんなに美

＊1　高い台木に接木をして作るやり方を言う。

しい——所帯と言いましょうかね、それも持っていません。でも、モーブレイは庭のどこかにいて、噴霧器とかいう低級な科学器械で薔薇に薬をかけていますよ。彼は立派な園芸家ですが、僕が煙草を吸うように休みなく、文句一つ言わないで霧吹きをするわけじゃありません」

彼はこう言うとクルリとふり返り、庭の向こうにいる友人を大声で呼んだ。その声はさいぜんの歌の余響と相俟《あいま》って、どこか船の船長を思わせた。実際、それがこの男の仕事だったのである。遠くの薔薇の茂みから前屈みになった人の姿が離れて、申し訳なさそうに進み出た。

モーブレイ博士もくたびれた麦藁帽子を被り、顎鬚を生やしていたが、似ているのはそこまでだった。顎鬚は金髪で、身体つきはたくましく、肩が張っていた。顔はにこやかで、微笑む青い両眼が、美男子《グッド・ルッキング》と言うには少し離れすぎていたが、そのために表情の気持ちの良い率直さはむしろ増していた。二人の男を較べると、色の浅黒い船長の鼻の両側についている深く窪《くぼ》んだ目は、寄りすぎているように見えた。

「クロフォードさんに説明していたんだよ」と船長は言った。「君の薔薇のちょっとした病気を治す方法としては、僕のやり方の方が優れていることをね。科学者の仲間内では、葉巻がすっかり噴霧器に取って代わってるんだ」

「君の葉巻は薔薇を枯らしそうだがね」と博士はこたえた。「どうして、いつもここで一番強い葉巻をふかすんだ？」

「とんでもない、一番弱いのを吸ってるんだ」船長はしかつめらしい顔でこたえた。「欲しい人がいれば、もう一つの種類もここにある」

彼は四角い上着の襟をまくって、チョッキの胸ポケットに入っている見るからに剣呑《けんのん》な、棒状に巻いた葉を見せた。その時、あとの二人は、彼が腰に幅広い革のベルトを巻いていることにも気づいた。ベルトには革の鞘《さや》に入った大きな曲がったナイフがバックルで留めてあった。

「私は煙草よりも健康を選ぶね」モーブレイは笑って言った。「私は医者だが、自分だけの薬を飲んでるんだ。新鮮な空気だよ。人はそういう嗜好を培《つちか》っているうちに、しまいには空気も、土の匂いも、基本的なものを何も味わえなくなってしまう。ソロー[*2]の言うことに同感するね——夜明けはお茶やコーヒーに優る一日の始まりだという言葉に」

「それは本当だが、ビールやラムに優るとはいえない」と船乗りはこたえた。「だが、君の言う嗜好の問題だ。やあ、あれは誰だい？」

話している間に家のフランス窓がいきなり開き、黒服を着た男が出て来て、三人のわき

＊2　ヘンリー・デイヴィド・ソロー（一八一七－六二）。アメリカの思想家。『ウォールデン』の著者。

を通り過ぎると、庭の門から外へ出た。まるで苛々《いらいら》しているように足早に歩き、歩きながら帽子と手袋を身につけた。帽子を被る前に、赤い髪が半円形に生えている、禿げ上がってでこぼこした頭が見えた。男は手袋を嵌《は》める前に小さい紙切れをもっと小さく千切り、路傍の薔薇の中へ投げ捨てた。

「ああ、神智学協会だか倫理学協会だかから来たマリオンの友達だと思うよ」と博士が言った。「名前はマイアルという。ロンドンの商人で、薬屋か何かだ」

「上々の御機嫌でも、倫理的な御機嫌でもなさそうだな」と船長が言った。「君たち自然崇拝者はいつでも落ち着いていると思ったがね。ともかく、奥方を解放してくれたようだ。彼女がやって来るぞ」

　芸術家はそんな風に見えないと言われているが、マリオン・モーブレイは本当に芸術家らしく見えた。それは身体にまといつく緑の服と、光輪に似たラファエロ前派風の茶色の髪のせいではなかった。そうしたものは人を審美家のように見せるだけだったろう。だが、彼女の顔には真の感情の強さがあったのだ。鋭い目は広がりに、すなわち欲望に満ちていたが、それは大きすぎて感覚的なものにはなれない欲望だった。こういう魂が焔に焼かれるとしたら、純粋に精神的な野心の焔だろうと思われた。彼女はいとも優雅に詫びを言って客に手を差し伸べたあと、その手をすぐさま花々の方へ伸ばした。まったく自然だが、劇的なほどきっぱりした仕草だった。

「家の中に、薔薇をもっと飾りたくてたまりませんの」と彼女は言った。「でも、鋏《はさみ》を失《な》くしてしまいました。馬鹿みたいに聞こえるでしょうが、衝動に取り憑かれると、薔薇を両手で捥《も》ぎ取りたい気持ちになるんです。薔薇はお好きじゃありませんこと、クロフォードさん？　私は時々薔薇なしでいられなくなるんです」

船長は早くも腰に手を伸ばして、風変わりな曲がったナイフを陽射しにさらしていた。光っているが、醜《みにく》い形だった。彼は瞬《また》く間に花のついた長い小枝を一つ二つ叩き切り、舞台で花束を渡すようにお辞儀をして、夫人に渡した。

「まあ、有難う」夫人は弱々しい声で言ったが、なぜか見かけの裏に悲劇的齟齬《そご》[*3]が隠されているような感じだった。次の瞬間、彼女は気を取り直して、少し笑った。「馬鹿げているのは知っています。でも、私は醜い物やロンドン郊外の暮らしが――郊外の外れであっても――厭《いや》でたまりませんの。御存知ですか、クロフォードさん、お隣の人は山高帽を被って庭を歩きまわるんですのよ。必ず山高帽を被っているんです。日の沈む頃、あの月桂樹の生垣の上をその帽子が通るのが見えます。その頃、街から帰って来るんでしょうね。あの月桂樹を崇めることになっているでしょう」と考えても見て下さい。私たち哀れな詩人は月桂樹を崇めることになっているでしょう」と

＊3　原語は tragic irony。劇中の人物の言動が災いを招くことを観客は知っているが、人物当人は知らないといった状況をいう。

言って、もっと自然に笑った。「ところが、上を向くと、その月桂樹が花冠みたいに山高帽に巻きついているんですもの。それを見た時の私の気持ちを考えて下さい」

実際、一同が夕食の支度をするため家へ入る前に、不愉快な帽子が生垣の上に現われるのをキャサリンは見た。まるで夕陽の射すロマンティックな薔薇の園に、小市民的な体面第一主義の影が落ちたようだった。

晩餐の席で給仕をしたのは執事のように黒服を着た男だったが、キャサリンはそのこと自体に意味もなく気詰まりを感じた。その芸術的な玩具《おもちゃ》の家では、男の使用人が場違いに思われたのだ。パーカーと呼ばれるその男には、いかにも使用人らしく見える点を除いて、何も目立ったところがなかった。無表情な顔をした背の高い男で、オランダ人形のようにペッタリした黒い髪の毛をしていた。博士がハーリー街[*4]に住んでいたら、この男も所を得ただろうが、郊外では彼は大きすぎた。とはいえ、彼はこの場に不似合いな唯一の要素ではなく、主要な要素でもなかった。フォンブランクという名前らしい船長は相変わらずキャサリンを戸惑わせ、必ずしも喜ばせなかった。彼女の持つ北方人的な清教主義は、彼の態度に何やら粗暴なものを感じたのだ。彼が自分の家にいるかのように振舞ったと言うのは、適切であるまい。まるで外国に、どこか異国の港のカフェか居酒屋にいるように振舞ったと言う方が正確だろう。モーブレイ夫人は菜食主義者だった。夫はもっと素朴なやり方で素朴な生活をしていたが、水を飲むほど洗練されていた。だが、フォンブランク船長はラム酒の大壜を一人占めして、いかにも美味《うま》そうに飲み、食事はたいそう濃厚で臭いの強い煙草の煙のうちに終わった。この間ずっと、船長は庭で言ったのと同じ軽口を叩いて、女主人やキャサリンとやり合っていた。

「僕が酒を飲んで煙草を吸うのは、子供のように無邪気だからなんです。僕は飴ん棒のように葉巻を楽しむことができますが、あなたたち、疲れきった菜食主義者はそうした飴ん棒を軽蔑する。それを言えばラム酒だって一種の液体の飴ん棒です。船乗りを酔わせると言いますが、結局のところ、酔っ払うことは幼児のような信仰と信頼のべつの形でなくて何でしょう？　自分の身をすっかり警官に委《ゆだ》ねられる船乗りの無邪気さは、まるで聖者みたいじゃありませんか。他人が居眠りするのを見ようとして年中素面《しらふ》でいるという、冷笑的で疑い深い習慣は大嫌いですな」

「くだらないお話が済んだら」モーブレイ夫人が立ち上がって言った。「向こうの部屋へ参りましょう」くだらない話は夫人にも、話相手の女性にも特別な印象を与えなかったが、後者は今も反感を抑えながら語り手を見ていた。それは主として船長が、同じくらい抑えてはいるが、自分に反感を持っているように思われたからだった。彼の皮肉は女主人に対するものか自分に対するものかわからなかったが、いくらか挑発的だったし、キャサリン

＊4　ロンドンで成功した医者が住むとされる街路。

は煙につつまれた船長の青黒い顎鬚と象牙色の顔に少しメフィストフェレス的なものを感じていた。

部屋を出て行く時、御婦人方は開いたフランス窓の前にふと立ちどまり、キャサリンは次第に暗くなる芝生を見やった。驚いたことに、茜色に染まった西空からはもう雲が湧き出していて、黄昏《たそがれ》は雨に乱されていた。沈黙があり、それからキャサリンがやや唐突に言った。

「あのお隣さんは、よほど庭が好きなんですね。奥様が薔薇をお好きなのと同じくらいに」

「あら、どういう意味？」夫人はうしろをふり向いて、たずねた。

「こんなに雨が降っているのに、まだ花の中に立っていますわ」キャサリンは見つめながら言った。「もうじき、あたりは真っ暗になるでしょう……薄闇の中に黒い帽子が今も見えます」

「もしかしたら」閨秀詩人は小声で言った。「美の感覚が突然奇妙な形で、あの人の心に芽生えたのかもしれないわ。黒い地面の下にある種があの素晴らしい薔薇に育つなら、黒い帽子の下にある魂は一体何に育つかしら？　あらゆる物が上へ向かって行きます。私たちの罪でさえ、上へ向かう階段なのよ。偉大なる螺旋形の道、曲がりくねる星々の階段には、下へ降りて行くところはどこにもないんです。黒い帽子も、結局は月桂冠になるかもしれません」

夫人はチラとうしろをふり返り、二人の男がもう部屋からぶらぶら出て来たのを見た。すると彼女の声はもっと無頓着な、しかし、内緒話をするような小声になった。

「それに、あの人が間違っているとも限らないわ。もしかすると、万物の素晴らしい車輪の中では、雨も日光や何かと同じように美しいのかもしれません。あなた、湿った土や、薔薇が水を飲む深い音はお好きじゃありません？」

「何にしても、薔薇はみんな禁酒主義者ですわね」キャサリンは微笑んでこたえた。

女主人も微笑んだ。「フォンブランク船長に少し驚かれたのじゃないかしら。あの人は変わり者で、東洋を旅したからといって、あの曲がった東洋の短剣を持ち歩いているし、自分が船乗りだと示すためだけにラム酒を飲むような馬鹿げたことをするんです。でも、古いお友達なの。もう何年も前に知り合ったんです。それに、あの人も海では義務《つとめ》を果たして、その方面では人に知られているのよ。あの人はまだ動物の水準に留まっているんじゃないかと思いますけど、少なくとも戦う動物です」

「ええ、お芝居の海賊を思わせますわ」キャサリンは笑いながら言った。「隠された金銀財宝を探して、このお家《うち》を歩きまわっているのかもしれませんわ」

モーブレイ夫人は少しハッとしたらしく、それから無言で暗闇を覗き込んだ。しまいに声の調子を変えて言った。

「あなたがそうおっしゃるなんて妙ですわね」

「どうしてですか？」キャサリンは訝《いぶか》しんでたずねた。

「この家には隠された財宝があるからです。ああいう泥棒なら盗むかもしれません。金銀とは違うけれど、同じくらい値うちのあるものです——たとえ、お金に替えてもね。あなたに何でこんなことを言っているのかわかりませんけれども、私があなたを疑っていないことは、おわかりになるでしょう。さあ、向こうの部屋へ参りましょう」そう言うと、モーブレイ夫人はやや唐突にそちらへ歩き出した。

　キャサリン・クロフォードは、意識の中は実際的な物事で一杯になっている女だったが、無意識の心にはそれなりの詩情があって、それはすべて清浄を主調とするものだった。白い光や透きとおった水、川の流れに洗われて滑らかになった丸石や、風が曲線を描いてあたりを払う様子が好きだった。たぶん、それはワーズワース[*5]が一番良い詩を書いた頃、彼女の故郷の湖で見つけた詩情だったのだろうが、原理的には、マリオン・モーブレイの家の芸術的な質素さのうちにもあり得るものだった。しかし、海賊じみたフォンブランクのほとんど空想的な姿が舞台を一杯にしているためか、嵐含みの夏の温気《うんき》がそうした清澄さを濁らしているためか、彼女は重苦しさをおぼえた。薔薇園さえも、戸外の場所というより、赤と緑のカーテンを引いた部屋のように思われた。彼女自身の部屋には十分涼しくて心和《なご》む色合いのカーテンが引いてあったが、寝ついたのはふだんより遅くで、そのあとは昏々《こんこん》と眠った。

キャサリンは何かこんぐらがった夢からハッと目醒めたが、夢の内容は少しも思い出せなかった。暗闇に感覚が研ぎ澄まされ、奇妙な匂いがするのをはっきりと意識した。その匂いは蒸気のようで、濃厚で、鼻孔には不愉快でなかったが、なぜか、それ故《ゆえ》にかえって神経に障《さわ》った。知っている煙草の匂いではなかったけれども、彼女はそれを船長が茶色い指で示した不気味な黒い葉巻と結びつけた。あの人がまだ庭で煙草を吸っているのかもしれない、あの黒くて恐ろしい煙草は暗闇で吸うのに良さそうだ、と彼女はぼんやり考えた。だが、考えたのも身動きをしたのも半分無意識のうちにだった。ベッドから半分身を起こしたのを憶えていた。そのあとは夢の続きしか記憶にないが、その夢はもう少し記憶に残った。それは喫煙と奇妙な匂いと薔薇園の香りのごちゃ混ぜにすぎなかったが、ごちゃ混ぜであると同時に一つの謎を成しているように思われた。ある時は薔薇の花自体が一種の紫の煙だった。ある時は輝いて紫から燃え立つ真紅色に変わり、まるで巨人の葉巻の吸いさしのようだった。あの煙の庭は薄黄色い顔と青黒い顎鬚に取り憑かれていた。彼女は「青鬚」という言葉を心に思い、口に出しかけて、目醒めた。

朝は安心であると共に、ほとんど驚きでもあった。部屋には彼女の愛する白い光が溢れ、その光は原初の驚異の光とも言えそうだった。半開きになった博士の研究室ないし診察室

＊5　ウィリアム・ワーズワース（一七七〇－一八五〇）。英国の詩人。

に並んでいた。窓辺に立ちどまって、銀色の曙光《しょこう》が庭の上に輝くのを見た。彼女は家のそばを飛びはじめた鳥の数をなにげなく数えていたが、四十羽まで数えた時、椅子がバタンと倒れる音がして、そのあと大声で叫び、何度も悪態をつく声が聞こえた。

声は緊張して不自然だったが、最初の数音節を聞くと、博士の声だとわかった。

「失くなった。いいか、あれが失くなったんだぞ！」

返事は聞こえなかったが、召使いのパーカーが何か言ったのではないかと思った。パーカーの声はその顔と同じようにはっきりしなかった。

博士が興奮の収まらぬ様子でまた言い返した。

「あの薬だよ。この馬鹿、間抜け！　しっかり見張っているように言っておいた薬だ！」

今度は相手の声がぼんやりと聞こえ、こう言っているようだった。「失くなったのはほんの少しです、旦那様」

「少しでも、なぜ失くなった？」とモーブレイ博士は叫んだ。「家内はどこにいる？」

たぶん、部屋の外でスカートの衣擦《きぬず》れの音がするのを聞いたのだろう。博士は扉を勢い良く開けると、キャサリンと顔を突き合わせ、びっくりして後退《あとじさ》った。キャサリンが今当惑して中を覗いている部屋は、小綺麗で地味でさえあったが、倒れた椅子がまだ絨毯《じゅうたん》の上に転がっていた。部屋には書棚が造りつけられ、薬屋にあるような壜や小壜が一列に並んでいた。輝かしい早朝の陽光《ひかり》の中で、その色は宝石のようだった。光る緑の壜に「毒薬」と書いた大きなレッテルが貼ってあったが、今問題になっているのは、テーブルの上にある、デカンターに似たガラスの容器に関わることらしかった。それには鮮やかな赤茶色の塵《ちり》か粉が半分以上詰まっていた。

厳しい科学的な雰囲気の漂うこの場面にいると、長身の召使いはふだんよりも重要で、その場にふさわしい人物に見えた。実際、キャサリンはすぐに気づいたのだが、彼は食卓で給仕をした召使いよりももっと親密な存在だった。少なくとも博士の助手といった雰囲気があり、取り乱した雇い主と較べると、私営精神病院の看護士と言ってもおかしくなかった。

キャサリンがおずおずと部屋に入った時、パーカーはこう言っていた。「こんなことになって申し訳ありません。ですが、薬の量は注意深くたしかめておりましたから、失くなったのはほんのわずかだと保証いたします。誰にも大して害になるような量ではありません」

「ろくでもない病気がまた始まったんだ」博士はせっかちに言った。「家内が食堂にいるかどうか、見て来てくれ」

パーカーが部屋を出て行く間に、博士は気を静めて、絨毯の上に倒れた椅子を起こし、身振りでキャサリンに椅子を勧めた。それから窓辺に行って窓敷居の上に身をのり出し、庭を覗いた。大きな肩が動き、震えていたが、藪で次第に鳴きしきる鳥の声のほかには何の音もしなかった。やがて博士はふだんの声で言った。

「あなたには言っておくべきだったのでしょうな。ともかく、今は言わなければならない」

ふたたび沈黙があり、それから彼は言った。「御存知のように、妻は詩人です。創造的な芸術家とかいうものです。良識ある人間はみな知っていることですが、天才を普通の行動規範で裁くことはできないのです。天才は一種の霊感の必要にたびたび迫られて生きておりますからな」

「どういう意味ですの?」キャサリンはじれったくなって、訊ねた。言訳めいた前置きが神経に障ったのだ。

「あの壜には一種の阿片が入っています」博士は唐突に言った。「非常に珍しい種類の阿片です。妻は時々それを吸うんです。それだけですよ。パーカーが急いで彼女《あれ》を見つけてくれるといいんですが」

「私、見つけられると思いますわ」キャサリンは何かする機会が見つかったことにホッとして、言った。その科学の部屋から出られることにも少なからずホッとしたのだった。

「庭の小径を歩いていらっしゃるのを見たと思いますから」

薔薇園に出てみると、庭は夜明けの清々《すがすが》しさに満ちていて、キャサリンのモヤモヤした悪夢は一掃された。緑と真紅の部屋の屋根が、蓋のように取り外されたようだった。キャサリンはうねうねと曲がるいくつもの小径を歩いて行ったが、人影はなく、ここかしこを小鳥が跳びまわっているだけだった。やがて、とある道の曲がり角へ来て立ちどまった。日の照《あ》たる小径の真ん中、一羽の鳥から二、三ヤード離れたところに、何か大きい緑の襤褸布《ぼろきれ》のようにもみくちゃになった物が横たわっていた。だが、実際はマリオン・モーブレイの贅沢な緑のドレスで、その向こうには倒れた彼女の顔が、光輪のような髪の毛の中で青ざめ、痛々しく強張った片腕を薔薇の方へ突き出していた——ちょうど、キャサリンと初めて会った時、腕を差し伸ばしていたように。キャサリンは小さな悲鳴を上げ、鳥がパッと飛び立って、木の中へ潜った。やがてキャサリンは倒れた人の上に屈み込むと、恐怖の喇叭《らっぱ》が一斉《いっせい》に鳴り渡る中で、夫人の顔に血の気が失《う》せ、腕が強張っている理由を知った。

一時間経っても、キャサリンは衝撃のあとに長く残る硬直した非現実の世界にいたが、喪に服する家の数多《あまた》の辛《つら》い雑用を機械的に、だが効率良く手伝っていた。どうやって人々に告げたのか自分でも憶えていないが、多くを語る必要はなかった。医師モーブレイがほんの二、三秒黙って妻の死体を調べると、夫モーブレイに悪い報せを伝えた。それからこちらをふり向いたが、キャサリンは彼も倒れはしないかと心配したほどだった。

しかし、夫としての問題を決然と解決しても、医師としての彼はなお一つの問題に直面していた。彼の医療助手はこれまでずっと信頼できる人物だったが、失くなった薬の量は子猫を殺すにも足りないと今も強く言い張っていたのである。彼は庭へ出て、芝生にいる人々の中に混じった。死んだ婦人は、明るい光で調べるため、そこで長椅子に寝かされていた。パーカーは死体が調べられるのを見ても同じ主張を繰り返し、無表情なその顔は頑固そうに強張っていた。

「もしも彼の言う通りなら」とフォンブランク船長が言った。「奥方は薬を他所《よそ》から手に入れたに違いない。それだけだ。最近、誰か知らない人間がここへ来なかったかい？」

彼は芝生を一、二度行ったり来たりしたあと、誰かに引き留められたような仕草をして、急に立ちどまった。

「あの神智学者は薬屋だって言わなかったかい？　彼がどれだけ神智学や倫理学に打ち込んでいるか知らないが、ここへ来たのは神智学の用件のためじゃなかった。それに、神かけて倫理的な用件のためでも」

この問題をまず突き詰めてみようと一同の意見が一致した。パーカーが近所の本通り《ハイ・ストリート》に遣わされ、三十分程すると、黒服をまとったマイアル氏が庭へ戻って来たが、前に出て行った時ほど足早にではなかった。彼は死者に敬意を表して帽子を取り、赤い髪の毛の下にある顔は死人よりも白かった。

だが、顔は青ざめていても言うことはしっかりしており、その主張が調査をふたたび行き詰まらせた。彼は特種な阿片を一度夫人に提供した事実を認め、そこまでは自分にかかる責任を逃れようとしなかった。だが、薬を昨日、あるいは最近渡したことは激しく否定し、もう随分長い間渡していないのだと言った。彼が特に強調した一つの点は、ほとんど個人的な不満のようだった——薬を提供できなかったのは、手に入らなかったからだというのだ。

「妻は何らかのやり方で、薬を手に入れたに違いない」博士は独断的な、独裁的ですらある口調で言った。「しかし、君でないとすると、どこから手に入れたんだ?」

「私だって、どこから手に入れることができたでしょう?」商人は同じくらい熱くなって、言い返した。「刻み煙草みたいに売っているとお考えのようですね。言っておきますが、英国にはもうあの薬はないんです——重病患者に与えたくても、薬屋は入手できないんですよ。面目ありませんが、私は数ヶ月前、最後の手持ち分を奥さんに渡しました。昨日もっと欲しいと言われた時は、さしあげるつもりがないだけじゃなく、できないんだと言ったんです。彼女がくれた短い手紙の切れ端がありますよ。私がカッとなって破いた場所に今もあります」

彼は黒い手袋をした指で、生垣の下のここかしこに落ちている白い物を示した。船長がその方へ大股に歩いて行くと、無言で踏みつけ、黒い土の中へ押し込んだ。彼は青ざめていたが落ち着いてこちらをふり返り、静かに医師に言った。「良く考えなければいかんよ、モーブレイ。気の毒なマリオンの死は、思った以上の謎だ」

「謎なんかあるものか」モーブレイは腹立たしげに言った。「こいつは薬を持っていたと、自分で言ってるじゃないか」

「今はもう持っていませんよ――王室の宝器を持っていないようにね」と薬屋は繰り返した。「あの薬は今じゃそれくらい稀少で、金銀の山よりも値うちがあるんです」

キャサリンの心に記憶が動きだし、前の晩、不幸なマリオンが財宝について同じ奇妙な言葉を言ったことを考えて、冷たい戦慄が走った。死んだ女の目をダイヤモンドのように昏《くら》ませた隠された秘宝が、この赤い死の粉末にすぎないなどということがあるだろうか？

医師は調査の難渋を見て、一種の鬱憤を感じているようだった。青ざめた薬屋を脅《おど》しつけたが、最初の小さな発見のことで召使いを脅しつけた時よりも凄まじい剣幕だった。実際、キャサリンはモーブレイ医師に、こういういつも愛想の良い人間に時折感じるものを感じはじめた。彼の落ち着きは絶えざる満足の強い流れか潮であって、物事が思い通りに行かなくなると、烈《はげ》しい気性の人間よりも忍耐力がないのではなかろうか。彼はたぶん、時に強い男《ストロング・マン》と呼ばれる種類の人間なのだ。欲望の達成には強いが、抑制は苦手なのだ。ともあれ、彼の目下の望みは、こうした場面では滑稽なほど具体的で、薬屋を絞首刑にすることのようだった。

「いいかね、モーブレイ、みんな君の気持ちはわかっているが、そんなにいきり立ってはいかんよ」と船長が諫《いさ》めた。「君がそんな風だと、我々みんな悪役になってしまう。マイアルさんは、法はもちろん正義に照らして扱われる権利がある。おそらく、この事件では法律が関わって来るだろうがね」

「私の邪魔をするなら、フォンブランク」と博士は言った。「今までけして言わなかったことを言わせてもらうぞ」

「一体、どういう意味だ?」

芝生にいる面々はひどく立腹した様子になり、死者の前も憚《はばか》らずに殴り合いを始めそうだった。その時、鳥の歌声のように優しいが、雷霆《らいてい》のように意外な邪魔が入った。数ヤード先から誰かが穏やかに、しかし幾分声を高くして言ったのだ。「どうか私にお手伝いをさせてください」

一同がそちらをふり向くと、隣家の住人の山高帽が、厚ぼったい目蓋をした、大きい、締まりのない顔の上にのっかって、月桂樹の低い縁《へり》の向こうから乗り出していた。

「少しはお役に立てると思うんです」男はそう言うと、次の瞬間には低い生垣を悠然と跨《また》ぎ、芝生を一同の方へ歩いて来た。重々しい足取りで歩く大柄な男で、ゆったりしたフロックコートを着ていた。きれいに髭を剃った顔は太っているが屍《しかばねいろ》色だった。物柔らかな、感傷的とも言える調子でしゃべり、それは彼の厚かましさと、やがて明らかになる職業と対照的だった。

「ここに何の御用がおありです？」モーブレイ医師は驚きから立ち直ると、鋭く言った。

「あなた方の御用をつとめたいんです。みなさんに必要なのは同情ですよ」と見知らぬ紳士は言った。「同情……同情と、そして光明です。私は両方を差し上げられると思います。お気の毒な御婦人だ。私はもう何ヶ月も同情を持ってあの方を見守っていました。ですから、両方を差し上げられると思うんです」

「もし塀ごしに見ていらしたなら」船長は眉を顰《ひそ》めて言った。「その理由を知りたいですな。ここには疑わしい事実がいくつもあり、あなたも疑わしい振舞いをなさったように思えますが」

「同情よりも疑いを持つのが」見知らぬ男はため息をついて言った。「たぶん、私の職務の欠点なのでしょう。ですが、このお気の毒な御婦人を悼《いた》む気持ちはまったく本心からです。私が奥様の悩みに関わっていたとお疑いですか？」

「あなたは誰方《どなた》なんです？」腹を立てた医師は訊ねた。

「トレイルと申します」山高帽の男は言った。「公式な肩書は持っておりますが、ヤードでしか使ったことがありません。ロンドン警視庁《スコットランド・ヤード》ですよ。隣近所の方々の間で使う必要はありませんからね」

「あなたは探偵なんですな、本当に？」船長がそう言ったが、返事はなかった。新来の調査人はすでに死体を調べていたからである。故人に敬意を払ってはいたが、職業柄遠慮はなかった。しばらくするとまた立ち上がり、彼の一番の特徴である大きな垂れた目蓋の下から一同を見て、素っ気なく言った。「もうみなさんをお帰しになっても結構ですよ、モーブレイ博士。薬屋さんと助手の方《かた》はたしかに行ってもかまいません。不幸な御婦人が亡くなったのは、どちらのせいでもありませんから」

「自殺だと言うんですか？」と相手はたずねた。

「殺人だと言いたいのです」とトレイル氏は言った。「ですが、薬屋さんに殺されたのではないと言える理由があります」

「なぜなんです？」

「あの薬で死んだのではないからです」と隣家の男は言った。

「何だって？」船長は少しハッとして、叫んだ。「それなら、どうやって殺されたというんだ？」

「短く鋭い道具で殺されたんです。切っ先をこのために特別に準備してありました」トレイルは講義でもするような平坦な口調で言った。「争った形跡はありますが、短いささやかな揉み合いだったんでしょう。お気の毒に。ほら、これを見て下さい」と言って、死者の片方の手をそっと持ち上げ、手首に棘《とげ》を刺した跡か刺し傷らしいものがついているのを指し示した。

「たぶん注射針でしょう」博士が低い声で言った。「妻はふだん阿片を煙管《きせる》で吸っていましたが、注射器と針も使ったのかもしれません」

探偵は首を振り、垂れ下がった目蓋がその緩《ゆる》い動作につれて、はためいているかのようだった。「自分で注射を打ったのなら」と悲しげに言った。「はっきりした穿孔《せんこう》ができるでしょう。これは刺した傷というより引っ掻き傷です。それに、袖のレースが少し破けているのがおわかりでしょう」

「でも、そんなもので死ぬでしょうか？」キャサリンは思わず訊ねた。「手首に引っ掻き傷がついただけなんでしょう？」

「ああ」とトレイル氏はそう言って、短い沈黙ののちに、また語り続けた。「モーブレイ博士、ただの阿片では死体があれほど硬直することはなかろうと申し上げても、そうだと言って下さるでしょうね。あの効果はむしろ植物性の毒を直接《じか》に注射した場合に似ています——とくに即効性の東洋の毒です。お気の毒に、お気の毒に、まったく恐ろしい話です」

「しかし、わかりやすく言うと、どういうことだとお考えなんですか？」船長がたずねた。

「思うに」とトレイルは言った。「もし短剣が見つかったら、それは毒を塗った短剣でしょう。これでおわかりですか、フォンブランク船長？」

次の瞬間、彼はまたうなだれ、少し病的な、涙もろいと言っても良い同情を示した。

「お気の毒な御婦人です。大そう薔薇が好きだったんでしょう？　詩人が言うように、彼女に薔薇を、薔薇をふり撒《ま》けですな。[*6]そうすれば、今でも一種の安らぎが彼女に与えられるかもしれないという気がしますよ」

トレイルは重たげな半ば閉じた目で庭を見まわし、さらに同情をこめてフォンブランクに語りかけた。

「船長、あなたが最後に夫人に花を剪《き》ってあげたのは、もっと楽しい機会《おり》にでしたな。またああしてあげられたらと思わずにいられませんよ」

船長の手は半ば無意識に、ナイフの柄が掛かっていた場所へ伸びた。それから急に何かを思い出したように、その手はだらんと垂れた。しかし、上着の垂れが一瞬めくれた時、革の鞘が空《から》になっているのが見えた。ナイフは失くなっていたのだ。

「じつに悲しい話です、恐ろしい話です」山高帽を被った男はまるで小説の話でもするように、よそよそしく言った。「もちろん、今申し上げたのは花についてのくだらん思いつきです。我々の死者への務めは、そんなことではありません」

ほかの者はまだ少し面喰らっているようだったが、キャサリンはまるでバジリスク[*7]に石に変えられたように船長を見つめていた。実際、彼女にとってはその瞬間から怪物だらけと言っても良い奇怪な想像の空白期間が始まったのだ。グリフィンに似た男のことを最初

＊6　マシュー・アーノルドの詩「死せる者への祈り Requiescat」からの引用。

に考えて以来、何か神話めいたものがその庭に垂れ込めていた。それは何昼夜もつづき、その間に探偵は吸血鬼よろしく家をうろついているようだったが、吸血鬼は怪物としてさほど恐ろしいものではなかった。キャサリンは自分が何を考えているのか、いやむしろ考えまいとしているのか、はっきりわからなかった。しかし、他の未知の感情が心の表面に浮かび上がって来て、それとは正反対のものである沈んだ思いとなぜか共存しているのを感じていた。船長に対して最初に持った反感は、このところ心からむしろ消えていた。短い間だったけれども、船長はその人柄を知るにつれて印象が良くなっており、危機に際して彼が取った分別ある行動は、夫君の取り乱した嘆きと怒り――それは当然のことかもしれないが――からの救いになった。それに阿片の秘密が暴露されたことが、この家にかかっていた雲を説明し、夫人と海賊の客人についてキャサリンが抱きかけた疑いをすっかり晴らした。少なくとも船長に関する限り、この疑念はもう捨てても良さそうだったし、そうする理由が最近もう一つできた。フォンブランクの目が彼女を追いまわしており、彼女のようにユーモアがあって、それ故に慎ましい婦人がその意味を誤解するはずはなかった。そして驚いたことに、彼女自身のうちにも、この感情の喜劇が突然疑惑の悲劇に変わることを好まない気持ちがあったのである。それからの数夜、キャサリンはまた安らかに眠れず、押し殺したり抑圧したりした考えがしばしばそうなるように、疑惑は夢の中で暴れ、力を揮《ふる》った。青鬚の動機《モチーフ》とも言うべきものが、幻想的な街々や巨大な植物に満ちた見慣れぬ国々の途方もない場面を駆け抜け、その中を、青い鬚を生やし、赤いナイフを持つただ一人の人物が通り抜けた。まるでこの船乗りは港々に妻がいるだけでなく、殺した妻がいるかのようだった。そして遠いけれどもはっきりした声が語るように、例の探偵の言葉が何度も繰り返された——「もし短剣を見つけることができたら、それは毒を塗った短剣でしょう」だが、翌朝彼女はごくあたりまえのことのように、その短剣を見つけたのだ。キャサリンは階上《うえ》の部屋から下りて来て、フランス窓を通り、ふたたび庭へ出ていた。薔薇の茂みの中の小径を通ろうとした時、まわりを見ると、船長が庭の門に寄りかかっていた。怠惰でどこか懶《ものう》げな態度には何も変わったところはなかったが、キャサリンの目はある輝く一点に留まり、そこに釘づけになった。そこにはまた陽の光が曲がった刃の上に燦めいていたのである。船長は少しむっつりしてナイフで木柵を切りつけていたが、二人の目が合うと、やめた。

「それじゃ、また見つけたんですね」キャサリンにはそう言うのが精一杯だった。

「うん、見つけたよ」船長はやや陰気にこたえた。それから少し間《ま》を置いて、「ほかにもいくつかの物を見つけた。これが失くなったいきさつも含めてね」

「つまり」キャサリンはたどたどしく訊ねた。「あの——モーブレイ夫人《さん》のことも何か見

＊7　伝説の怪獣。強力な毒を持ち、見ただけで生物を石にすると伝えられる。

つけたというんですの?」

「僕が見つけたと言うのは、正確じゃないだろうね」船長は答えた。「山高帽と厚ぼったい目蓋の辛気臭《しんき》いお隣さんが見つけたんだが、あの人は今二階にいて、もっと色々なことを見つけ出しているよ。でも、マリオンがどうやって殺されたのかを知っているかとお訊ねなら、知っているよ。むしろ知らなければ良かったと思う」
一、二分、意味もなく柵を切りつけたあと、彼はナイフの先端《さき》を木に打ち込み、いきなり無遠慮な態度でキャサリンに面と向かった。
「いいかね。僕自身のことを少し説明したいんだ。僕らが初めて知り合った時、僕は非常に不真面目だったと思う。君の真面目さと善良さに感心したものだから、揶揄《からか》わずにいられなかったんだ。わかるかい? でも、完全に不真面目ではなかった——それに、完全に間違ってもいなかった。君を怒らせた馬鹿な話を思い出してくれ。それがそんなに馬鹿なことだったかどうか、考えてくれ。ラム酒と煙草は本当に、ある種の物より子供っぽい無邪気なものじゃないかね? 下等な船乗りの酒場で、ここで起きたことよりもひどい悲劇が起こっただろうか? 僕の嗜好は低俗な嗜好だ。何なら、低俗な悪徳と言っても良い。しかし、我々の欲求にも良いところが一つある。欲求であるということだ。快楽は満足にすぎないかもしれないが、満足させることができる。我々は喉が渇いているから酒を飲むのであって、喉を渇かせたいからではない。ところが、こういう芸術家たちは渇きのために渇くんだ。無限を欲しがり、それを手に入れてしまう気の毒な連中なんだ。酔っ払うのは良くないかもしれないが、無限に酔っ払うことはできない。ぶっ倒れてしまうからね。かれら芸術家にはもっと恐ろしいことが起こる。どこまでもどこまでも、永久に昇りつづけるんだよ。テーブルの下に倒れて鼾《いびき》をかく方が、阿片の煙に乗って、七つの天を上って行くよりましじゃないか？」

キャサリンは何か考え、ためらう様子だったが、しまいに答えた。

「それには一理あるかもしれませんけど、あなたが言った馬鹿げたこと全部の説明にはならないわ」少し微笑《わら》って、こう言い足した。「煙草を吸うのは薔薇のためだと言ったでしょう。まさか、あの言葉の裏に厳粛な真実があったとはおっしゃらないわよね」

船長はハッとして、それから前に進み出た。ナイフは柵に突き刺されたまま震えていた。「いや、神かけて、真実はあったんだ」と彼は言った。「何より一番狂ったことに思えるかもしれないが、本当なんだ。薔薇を煙で燻《いぶ》す僕のやり方を信頼してくれたら、今日この家に死と地獄はなかっただろう」

キャサリンは相手の顔をなおもまじまじと見ていたが、船長自身の眼差しは揺るぎもせず、一点の疑いも示さなかった。船長はゆっくりと柵のところへ戻り、ナイフを引き抜いた。二人のうちの片方がまた口を利くまで、庭には長い沈黙があった。船長は難しい説明をどうやって始めたものかと思いあぐねているようだった。しまいに語り始めたが、その言葉はこの薔薇園の謎のうちで、もっとも小さなものではなかった。

「君は」彼は小声でたずねた。「マリオンが本当に死んだと思っているかい？」

「死んだ！」キャサリンは鸚鵡《おうむ》返しに言った。「ええ、もちろん、死んでしまったわ」

船長はナイフをじっと見つめて、不本意そうにうなずいたようだった。それから、こう言い足した。

「彼女の幽霊が歩きまわっていると思うかい？」

「どういう意味？　あなたはそう思うの？」

「いや。しかし、あの薬は今も減りつづけているんだ」

キャサリンは少し蒼ざめた顔で、こう繰り返すことしかできなかった。「今も減りつづけている？」

「実際、ほとんどなくなってしまった。何なら、二階へ行ってみればわかるよ」船長は口をつぐみ、一時《いっとき》、非常に真剣な面持ちで彼女を見つめた。「君が勇敢なことは知っている。本当に、この悪夢の結末を見とどけたいかい？」

「そうしなかったら、もっとひどい悪夢になるでしょう」とキャサリンは答えた。すると船長は無頓着に、かつ決然とナイフを薔薇の中へ投げ込み、家に向かって行った。

キャサリンはそれを見ると、最後のかすかな疑念を抱いた。

「なぜ短剣を庭に置いて行くの？」と唐突にたずねた。

「この庭は短剣だらけだよ」船長はそう言って、二階へ上がった。

猫のように素早く階段を上がった彼は、キャサリンよりも少し先を歩いていた——キャサリン自身も高地人らしく身軽だったのだが。腰羽目や装飾用のカーテンの灰色と緑がこれほど物寂しく、非人間的にすら見えたことはないと考える時間が、彼女にはあった。踊場に上がると、博士の書斎の扉の前で、また船長と向かい合わせになった。船長はキャサリンと同じくらい青ざめた顔で立ちどまり、今は彼女を導くよりも通《とお》せんぼをしていたのである。

「どうしたの？」とキャサリンは叫び、それから不吉な予感がして、「ほかに誰か死んだの？」

「そう」とフォンブランクは答えた。「ほかの誰かが死んだんだ」

沈黙のうちに、部屋の中から、あの奇妙な調査人が重い足取りで、しかし忍びやかに動きまわる音が聞こえた。フォンブランクは新たな衝動に駆られて、ふたたび口を開いた。

「キャサリン、僕が君のことをどう思っているか知っているだろうが、これから言おうとすることは、僕自身のことじゃないんだ。僕みたいな男が言うのは変かもしれないが、君なら理解できるとなぜかそう思う。中へ入る前に、外のことを憶えておいてくれ。僕のことじゃなく、君のことをだ。雲一つない空と、あらゆる平凡な美徳と、風のように澄んだ強いものをだ。信じてくれ、結局はそういうものが現実なんだ。この呪われた家にかかっている雲よりも現実なんだ。それにしがみついていてくれ。神様の風と洗い流す川が実在するんだと自分に言い聞かせてくれ。少なくとも、この部屋の中にある物と同じくらい実在するんだとね」

「ええ、おっしゃることは理解できると思うわ」とキャサリンは言った。「さあ、私を通して下さい」探偵がいることを別とすれば、博士の書斎は、彼女が最後に入った時と較べて二つの点だけが違っていた。その二つは、目で見ると随分大きさに差があったが、恐ろしい意味に於《お》いてはほとんど同等に思われた。窓の下のソファーに、シーツに覆われて、死体としか思えぬものが横たわっていたが、その大きさと、かかっているシーツの皺《しわ》の寄り方から、すでに見た死体ではないことがわかった。キャサリンはそれを見る必要もなかった。ほとんど部屋へ入る前から、それが夫人でなく夫であることを知っていた。そして中央のテーブルには阿片の入っていたガラスの容器と、「毒薬」という札を貼った緑の壜があった。しかし、阿片の容器はすっかり空《から》になっていた。

探偵はまるで決まりが悪いかのように穏やかな物腰で進み出ると、以前の皮肉めいた同情の言葉よりも、もっと心のこもった口調で話した。山高帽を被っていないと、彼はずっと老けて見えた。額が禿げ上がり、後ろの方の白髪が、あまり良く梳《と》かされずに逆立っていたからである。理屈に合わないことだが、キャサリンは、帽子がなく白髪が見えていると、この男も以前より印象が良くなったように感じた。実際、彼が話しかけた時の口調は父親めいていて、悲愴でさえあり、彼女はそれに腹も立てなかった。

「あなたが私に先入見を持っておられるのは当然です」と彼は言った。「それは的外れではありません。私を病的な人間だと思っておられる。ことによると殺人犯ではないかとお思いになったこともあるでしょう。そう、あなたは正しかったのです。殺人ではなく、病的という点に関してですがね。お気の毒なモーブレイ夫人と同様、私も良くない雰囲気の中に生活しておりまして、それも同じような理由からなのです――私には良からぬ道へ曲がってしまった芸術家のようなところがあるんですよ……自分の商売である悲劇に興味を持たずにいられません。しかし、私の感情がすべて偽善的なものだとお考えなら、間違いです。私は生計のために多くを失いました。紳士らしく振舞うことは望めませんが、しばしば人間らしい感情を持つのです。ただ、健全な精神の人間らしくないだけです。ここにおられる船長は、あらゆる種類の物騒な場所を放浪しました。それはしばしば正気を保つための良い方法です。平凡でいるための良い方法だと言っても、彼は賛辞と受け取ってくれるでしょう。しかし、我々温柔《おとな》しい人間は、お気の毒な夫人がそうしたように、一つの知的快楽を追求することによって本当に狂うことがあり得るんです。私の知的快楽は犯罪学ですが、これはそれ自体犯罪だと思うことがありますよ。ことに、薬物に関する分野を専攻しておりますとね。しかし、麻薬を探していると、自分も麻薬常用者のように病気になると思うことがよくありますよ」

キャサリンは、彼がその不自然な部屋の中で自分を楽にさせるために、彼自身のことをぺらぺらとしゃべっているのだと気づいた。彼の人の好さは疑わなかったし、それを軽んじてもいなかった。しかし、まだ答の出ていない謎が今も彼女の心にのしかかっており、麻薬について言った最後の文句が、そのことを思い出させた。

「でも、あなたはおっしゃったと思いますが」とキャサリンは言い返した。「モーブレイ夫人は麻薬で殺されたのではないと」

「いかにも」とトレイル氏は言った。「ですが、それでも、これは麻薬の悲劇なのです。麻薬で死んだのではありませんが、それでも麻薬が死の原因だったのです」

彼はまた黙り込み、相手の青ざめた訝しげな顔を見て、言い足した。

「夫人は麻薬で殺されたのではありません。麻薬のために殺されたんです。あなたが最後にこの部屋へ入った時、モーブレイ博士におかしなところはありませんでしたか?」

「自然なことでしょうけれど、興奮していらっしゃいました」キャサリンは疑わしげに答えた。

「いいえ、不自然に興奮していたんです」とトレイルはこたえた。「あんなにしっかりした人は、他人の悪癖が暴露されたくらいで、それほど興奮するはずがないのです。あの朝、彼を嵐のように揺さぶったのは、自分自身の悪癖でした。彼はたしかに夫人が麻薬を盗んだことに腹を立てましたが、その理由は単純で、残りの分が自分のために必要だったからです。私の耳は遠くの話し声が良く聞こえましてね、クロフォードさん、一度あなたが窓辺で海賊と宝物の話をしていたのを聞きましたよ。想像できませんか——二人の海賊が同じ宝物を少しずつ盗んで行って、しまいに片方が、それが消えてゆくのを見て、怒り狂ってもう一人を殺すのを？　この家で起こったのは、そういうことなのでして、たぶん、我々はそれを狂気と呼んで同情すべきなのです。麻薬はあの不幸な男の生活となり、それは恐ろしく幸福な生活でした。彼の健康も、元気も、人道主義も、一切はあの汚れた根から花開いたのです。最後の残りが、物語[*8]にある野生の驢馬《ろば》の皮のように縮んで行った時、それが彼にとってどんなことだったか想像できますか？　彼には死も同然でした。実際、文字通り死だったのです。彼はずっと前から覚悟していました。この壜を本当に空にしたら」トレイルは阿片の容器に触った。「すぐ、こちらを使うと」と言って、大きい痩せた手を緑の毒薬の壜に置いた。「そして、ついに終わりが来ました。阿片は全部失くなりました。緑の壜の中身は、ほんの少ししか失くなっていません。ですが、これはもっと効き目の強い阿片なのです」

蕭殺《しょうさつ》たる真実の曙光が暗い家に次第に射し込んで来たことをキャサリンは疑わなかったが、青ざめた顔には今なお納得のゆかぬ表情が浮かんでいた。「旦那様が奥様を殺して、

＊8　バルザック「あら皮 La Peau de Chagrin」のこと。

自殺したとおっしゃるんですか？」彼女は素朴な言い方をした。「でも、麻薬でないとしたら、どうやって殺したんです？　ほんとに、一体どうやって殺したんでしょう？　私がこの部屋を出る時、あの方は薬が失くなったのにびっくりしている御様子でした。そのあと、奥様が庭の向こう側で、雷にでも撃たれたように倒れているのを見つけたんです。どうやって奥様を殺すことができたんですか？」

「刺し殺したんです」とトレイルはこたえた。「夫人が庭の向こう側にいた時、少々変わったやり方で刺し殺したんです」

「でも、旦那様はあそこにいませんでした！」とキャサリンは叫んだ。「二階のこの部屋にいたんです」

「刺した時は、そこにいなかったんです」と探偵は答えた。

「僕はクロフォードさんに言いました」船長が小声で言った。「この庭は短剣だらけだと」

「さよう。木に生える緑の短剣ですね」トレイルが語りつづけた。「何なら、地面に縛りつけられているが、武器を持つ野生生物に殺されたと言っても良いでしょう」

彼の物言いの少し病的な発想が、キャサリンの心に緑の神話の怪物がいる庭という漠然とした感じを起こさせた。しかし、陽の光がその茂みに射し込んでいて、陽の光は白く、恐ろしかった。

「彼はあなたが庭へ最初に入って来られた時、罪を犯していたんです」とトレイルが言った。「自分の手で犯した罪です。あなたは日向に立って、彼がそうするのを見ていました。しかし、暗闇の中で行われた犯罪にも、あれほど人知れない奇妙なものはめったにありません」

彼は少し間を置いてから、また話し始めた。同じことをべつの観点から説明しようとするようだった。

「犯行は麻薬のために行われたと申しましたが、麻薬によってとは言いませんでした。今は申し上げますが、噴霧器によって行われたので、注射器によってではありませんでした。あなたが彼と最初に会った時、彼が持っていたありふれた園芸用の道具でやったのです。しかし、緑の薔薇の樹に噴《ふ》きかけたものは、この緑の壜に入っていました」

「薔薇に毒をふり撒いたんですの」キャサリンはほとんど機械的にそう言った。

「そう」と船長が言った。「薔薇に毒を撒いたんだ。そして棘にも」

船長はそれまでしばらく黙っていたが、キャサリンは気が気でないように彼を見つめていた。彼女の次の質問も同じ方向を指していた。ただ切れぎれにこう言ったのだ。「それでナイフは……」

「その件にはすぐ答えられます」とトレイルが答えた。「ナイフがあったことは、何も関係がありませんでした。ナイフが失くなったことは大いに関係がありました。殺人者がナイフを盗んで隠したのは、一つには、それが失くなれば船長の不利になると思ったからでしょう。事実、私は船長を疑いましたし、あなただってそうでしょう。しかし、それよりずっと実際的な理由がありました。夫人の鋏を盗んで隠したのと同じ理由です。夫人は指で薔薇を引き抜きたいといつも思っている、と言っていたでしょう。手元に道具がなければ、彼女はいつか晴れた朝にそれをやると犯人は知っていました。そして夫人は、ある晴れた朝、それをやったんです」

キャサリンは、シーツに被われて窓から射す光の中に横たわっているものを二度と見ずに、部屋を出た。その部屋を去り、その家を去り、何よりもあの庭を去ること以外、何も望んでいなかった。道に出ると、小綺麗な家々の列に無意識に背を向け、イングランドの開けた野と遠い森の方へ顔を向けた。そして、すでにその歩みで蕨《わらび》を踏みしだき、鳥を驚かしていた時、初めてフォンブランクが今も自分と歩いていることに、ちぐはぐなものを感じたのだ。だが、二人は最後まで道連れになり、ある境界線を共に越えていた。キャサリンが最初の晩にうっすらと見て、世界の終わりのようだと思った境界線だ。そして物語が語るように、それはべつの点で世界の終わりに似ていた——もっと良い世界の始まりだという点で。

剣の五

フランス人とイギリス人の友達同士が、ほかならぬその朝その話題を論じ合ったことは、たしかに奇妙な偶然だった。もっとも、その偶然も哲学的精神の持主には、さほど信じ難《がた》いものとは思われないかもしれない——二人がフォンテーヌブローの南の田舎を徒歩旅行した一月《ひとつき》の間、毎朝同じ話題について論じ合っていたと言い添えたならば。実際、フランス人の論理的で忍耐強い精神に最終的な批評の機会を与えたのは、この繰り返しと多様な角度からの論争だった。

「君」と彼は言った。「君はフランス式決闘の意味がわからないと何度も言った。僕にも、イギリス人がフランス式決闘を批判する意味がわからないと言わせてくれたまえ。たとえば、昨日そのことを話し合った時、君はル・ムートン老人とヴァロンと自称するユダヤ人の新聞記者の一件のことで、僕をからかった。年老《としと》った上院議員が手首にかすり傷を負って決闘を放棄したという理由で、君はそれを茶番と呼んだ」

「茶番だったことは否定できまい」相手は無表情にこたえた。

「しかし、今」と彼の友人は話をつづけた。「僕らがたまたまオラージュ城の前を通り過ぎるからといって、君は、いつだか知らんが、流れ者のオーストリアの傭兵にあそこで殺された老伯爵の死骸を掘り返し、イギリス風の正義感を発揮して、それを忌まわしい悲劇だったと言うんだ」

「でも、悲劇だったことは否定できないだろう」と英国人は繰り返した。「気の毒な若い伯爵夫人は、その悲劇の影がさしているところには暮らせないと、城を売ってパリへ行ったそうじゃないか」

「パリにはそれなりの宗教的な慰《なぐさ》めがある」フランス人はいささか強張った微笑を浮かべて言った。「だが、君の言うことは理に合わないと思うね。物事が危険すぎたり安全すぎたりするから良くない、なんてことはあり得ない。決闘で血が流れなければ、君は気の毒なフランスの剣士を馬鹿呼ばわりする。流血沙汰に終わったら、何と呼ぶのかね？」

「血まみれの馬鹿と呼ぶよ」と英国人はこたえた。

それぞれの国を代表するこの二人を見ていると、国民性というものがいかに現実であり、人種とは——少なくとも、人種と普通結びつけられる肉体的な型《タイプ》とはいかに無関係であるかが納得できるかもしれない。というのも、ポール・フォランは背が高くほっそりして金髪白皙《はくせき》だったが、指の先まで、皇帝鬚《ひげ》の先まで、あるいは細長い靴の先までフランス人であり、何よりも眉を吊り上げ、おでこにたえず皺《しわ》を寄せている、好奇心のある種の真剣さに於《お》いてフランス人だった。彼が考えていることは、顔を見ればわかった。かたやハリー・マンクは背が低く、がっしりしていて色は浅黒かったが、イギリス人らしさに溢《あふ》れんばかりだった——灰色のツイード服も短い茶色の口髭もイギリス人だったし、何よりも、礼を失しない限り好奇心をまったく示さぬ点に於いてイギリス人だった。彼はイギリス社会の妥協のユーモアを、ことに機嫌の良さ《グッド・ヒューマー》を衣装のごとく身にまとっていたが、その灰色のツイード服は、陽のあたる国々のどこへでもイギリスの灰色の天気を持ち込むかのようだった。二人共若く、二人共有名なフランスの大学の——一人は法学、一人は英語の——教授だったが、前者すなわちフォランは刑法のある面を深く研究していたので、特定の犯罪の問題についてしばしば相談を受けた。決闘に関する意見が度々《たびたび》食い違ったのは、謀殺と故殺に関するフォランの見解のせいだった。二人はたいてい休暇を一緒に取り、今も、道の半マイル程うしろにある「七星亭」という宿屋で朝食をしたためたばかりだった。

谷の向こう側から日が昇って、二人の道が通っている側をまともに照らしていた。地面は川に向かって、段々になった庭のような一連の卓状地となって下ってゆき、二人のすぐ上の卓状地には古城の荒れた地所と陰気な家表《やおもて》があった。その左右には、樅《もみ》の木と松の木が同じように陰気な家表をなして、遠い昔、斃《たお》れて塵《ちり》となった軍勢の迷える槍騎兵のように、果てしなく並んでいた。まだ赤味を帯びている朝一番の日光の輻《や》が、胡瓜《きゅうり》か何かの野菜を植える温床のガラス枠の列に輝いて、この屋敷に少なくとも最近までは人が住んでいたことを暗示し、家自体の暗いダイヤモンド形の窓ガラスを温め、ここかしこでダイヤモンドをルビーに変えていた。しかし、庭には巨大な苔が生えたように気まぐれに木立が茂っており、その憂鬱な迷路のどこかで悪意あるタルノウ大佐——オーストリアの軍人だが、その後オーストリアの密偵と疑われていなくもない人物——が、屋敷の最後の当主モーリス・ドラージュの喉に刃を突き立てたことを二人は知っていた。邸園は下り坂になり、生垣の向こうの景色はやがて大きな庭の塀にさえぎられたが、蔦《つた》や年古《としふ》りた蔓植物に覆われた塀は、塀というより生垣のように見えた。

「君自身決闘をしたことがあるのは知っているし、君が人でなしとは程遠いことも知っている」マンクはしぶしぶそう認めて、話を続けた。「僕はというとね、一人の男をどんなに憎んでも、殺したいなんて思わないだろう」

「僕は彼を殺したかったのかどうか、わからない」と相手は言った。「彼に殺されたかったと言う方が正しいだろう。いいかい、僕は彼が僕を殺し得ることを望んだんだ。そこがわかってもらえないところだ。この論争で僕の主張にどれだけの自信があるか示すには——やっ！　あれは一体何だ？」

蔦のからんだ頭上の塀の上に、一つの人影が現われた。朝空を後ろにしてほとんど真っ黒く見えたため、顔は全然わからず、逆上した仕草だけが見えた。その人物は次の瞬間塀から跳び下り、助けを求めるように両手を広げて、二人の行く道に立った。

「あなた方は医者ですか？　どちらかお一人でも」と未知の男は叫んだ。「ともかく、助けに来て下さい——人が殺されたんです」

今はその人影が痩《や》せた青年であることがわかった。青年の黒い髪と黒い服は、普段整っているものにしか見られない突然の乱れを示していた。光沢《つや》のある黒い巻毛が一つ、枝に引っ張られて目にかかっており、薄黄色の手袋を嵌めていたが、片方の手袋は指の付根が破れていた。

「人が殺された？」マンクが鸚鵡《おうむ》返しに言った。「どうして殺されたんです？」

黄色い手袋を嵌めた手が絶望の仕草をした。

「ああ、よくある、ろくでもない話です！」と青年は叫んだ。「酒を飲み過ぎ、言葉が過ぎ、その決着が翌朝です。でも、神かけて言いますが、我々はけしてここまでやるつもりはなかったんです！」

フォランは素っ気ない威厳のうしろに隠れている稲妻のような動きを見せて、すでに低い塀を攀《よ》じ登り、その上に立っていた。イギリス人の友達も同じくらい活発に、しかし、さほど関心のない様子であとに続いた。塀の上に立つや否や足下の芝生に見えた光景は、一切を説明すると共に、かれら自身の論争への乱暴だが適確な註釈を成していた。

芝生にはほかに、黒のフロックコートと山高帽を身につけた三人の男がいた。急を伝えた青年のほかに三人である。青年自身のシルクハットは跳び越した塀のそばに転がっていた。ところで、彼が塀を跳び越したのは、事後にたちまち恐怖か後悔に襲われて、慌ててそうしたらしい。フォランは気がついたが、庭の塀に沿ってほんの一、二ヤード先に扉があり、ふだん使っていないと見えてかんぬきは錆び、地衣類が生えていたけれども、普通ならそこから出るのが自然であったろう。しかし、彼の目は当然のことながら、二人の人物に釘づけになった。その二人は白いシャツとズボンという格好で、周囲を他の者が取り巻いている。ついさっき剣を交えたに違いなかった。一人は今も決闘に使う細身の剣を持っており、剣は白い条《すじ》にしか見えなかったが、目敏《めざと》い者ならその先端が赤く染まっているのに気づいたかもしれない。白いシャツを着たもう一人の人物は緑の芝生に白い襤褸《ぼろきれ》布のごとく横たわり、同じ型の少し古い剣が手から落ちて、草の上に光っていた。黒い上着を着た介添人の一人が彼の上に屈み込み、見知らぬ二人が近寄ると鉛色の顔を上げた。眼鏡をかけ、黒い三角形の顎鬚を生やしていた。

「手遅れだ。死んでいる」と彼は言った。

いまだに剣を持っている男は、悪態よりもひどい言葉にならぬ声を発して、剣を投げ棄てた。背の高い上品な男で、決闘のために上着を脱いでいても洒落《しゃれ》た雰囲気を漂わせていた。中々端整な鷲鼻《わしばな》の横顔は、赤い髪と先の尖った赤い顎鬚のためにいっそう白く見えた。傍らにいる男が彼の肩に手を置いて、少し後押ししているように見えたが、逃げろと言っているのかもしれない。この証人——フランスではそう言うのだ——は背が高く恰幅《かっぷく》の良い男で、長く黒いフロックコートの四角い形に合わせてカットしたような、長く黒い顎鬚を生やし、この場にはいささか似合わない片眼鏡をかけていた。一団の最後の一人、殺した男の正式な支援者の二人目は、ほかの面々から少し離れて、身動きもせずに立っていた——巨漢で、連れよりもずっと若く、彫像のように古典的で、ほとんど彫像のように無表情な顔をしていた。最終的な宣告を聞くと、この悲劇の一団に共通な仕草をして、葬礼の時のように山高帽を取ったが、それがイギリス人の目に軽いショックを与えた。青年の髪の毛はたいそう短く刈ってあり、たいそう色が薄かったので、禿頭のように見えたからである。この髪型はフランスでは普通だったが、この男の若さと美貌には似合わないように思われた。まるでアポロンが東方の隠者のように剃髪しているようだった。

「紳士諸君」とフォランはしまいに言った。「諸君が私をこの恐ろしい事件に巻き込んだので、はっきり言わせてもらいます。私は形式にこだわる立場にはありません。私自身、人を殺しかけたことがありますし、剣の突き返しはほとんど制禦できない場合があるのを知っています。私は」とかすかな辛辣《しんらつ》さを滲ませて、言い足した。「人道主義者ではありませんから、一人が剣で斃されたからといって、三人の人間をギロチンの刃で殺そうとは思いません。私は役人ではありませんが、役人への影響力を持っていますし、こう言ってもよろしければ、失うべき名声もあります。諸君は少なくとも、この決闘が私のそれのように公正で不可避のものだったことを私に納得させなければいけません。さもないと、私は『七星亭』の主人である友人のもとへ戻らなければいけませんし、彼はもう一人の私の友人、警察署長と連絡を取れるようにしてくれるでしょう」

彼はそれ以上何の断りも言わずに芝生を横切り、倒れている人物を見た。その人物は明らかに生き残った者の誰よりも、助けを求めに走って来た介添人よりも若かったので、ことさらに悲愴だった。青ざめた顔に髭はなく、髪は鮮やかな金髪で、イギリス風に梳《す》いてあったから、マンクは改めて強い同情を感じた。死因に疑いの余地はなかった。ちょっと調べただけで、剣が心臓をまともに刺し貫いていることがわかった。

大きな黒い顎鬚を生やした巨漢が沈黙を破って、こたえた。

「率直にお話し下さったことに感謝します。今回、私はいささか憂鬱な意味で、あなたのお相手をする役だからです。私はブルーノ男爵と申しまして、この家屋敷の持主ですが、命取りの侮辱が与えられたのはここ、私のテーブルに於いてでした。私は不運な友人ル・カロンのために」――と言って、赤い顎鬚の剣士を紹介する仕草をした。「それが致命的な侮辱であり、ただちに決闘の申し込みがなされたことを申し上げねばなりません。それはトランプでイカサマをしたという非難であり、臆病者という非難でとどめを刺されました。故人を悪し様《あざま》に言うつもりはありませんが、生きている者のためにも何か言わなければなりません」

マンクは死んだ男の介添人たちの方をふり向いて、尋ねた。「今の話はたしかですか？」

「正しいと思います」黄色い手袋をした青年は言った。「非は双方にありました」

それから、青年は唐突に言い足した。「僕はワルドー・ロレーヌと申します。お恥ずかしい話ですが、気の毒な友人をここへ遊びに連れて来た愚か者は僕なのです。彼はイギリス人でヒューバート・クレインといい、僕はパリで彼と知り合い、ただ楽しく遊んでもらうつもりだったんです！　ところが、彼にしてやれたのは、この血腥《ちなまぐさ》い決闘で介添人になることだけでした。こちらのヴァンダム博士は、やはりあの家《うち》へ初めて来たのですが、御親切にも僕と一緒に介添人を引き受けてくれました。公平に言って、決闘はちゃんとしていたと言わざるを得ませんが、しかし、言い争いは――」彼は言葉を切り、羞恥心の影が浅黒い顔を曇らせた。「正直なところ、僕はそれを判断できる状態ではなく、悪夢のようなものしか記憶に残っていません。はっきり申しますと、酔って何もわからなくなっていたんです」

眼鏡をかけた青ざめた男、ヴァンダム博士は悲しげに首を振りながら、なおも死体を見つめていた。

「私はお役に立てませんな」と彼は言った。「私は『七星亭』にいて、こちらへ来た時には、もう闘いの支度をするばかりだったのです」

「私と一緒に証人になったムッシュー・ヴァランスが」男爵は髪を短く刈った男を差して言った。「口論について私が言ったことを確かめてくれるでしょう」

「この人は何か書類を持っていましたか？」フォランが少し間を置いて、たずねた。「遺体を調べてもかまいませんか？」

異論はなく、調査人は死んだ男と、芝生に脱ぎ捨ててあるチョッキと上着を調べたあと、ついに一通の手紙を見つけた。それは短いが、これまで聞かされた話を裏づける内容だった。「エイブラハム・クレイン」と署名があり、ハッダーズフィールドにいる故人の父親からの手紙とおぼしい。実際、マンクはその名が北部地方の製造業の大立物の名であることに気づいた。手紙は青年がパリへ遣わされた用件に関するもので、ミラー、モス＆ハルトマン商会のパリ支店との契約を確認するというのが、その用向きらしかったが、フランスの首都の浮華《ふか》を避けよというやや強い調子の命令からすると、父親は息子を死に至らしめた放蕩の噂を聞いていたのだろうと思われた。ごく平凡なこの手紙には、一つだけ調査人を少なからず当惑させる点があった。最後にこう書いてあったのだ——手紙の主はミラー、モス＆ハルトマン商会の一件の首尾を聞きに自らパリへ赴《おもむ》くかもしれない、その場合は「七星亭」に泊まり、オラージュ城にいる息子を呼び出す、と。父が強く非難する放蕩生活を送っている場所を、息子が所番地まで教えるというのは、いかにも奇妙なことに思われた。ほかにポケットに入っていたのは、ありきたりの日用品を除くと古いロケットだけで、それには黒髪の婦人の色褪せた肖像写真が入っていた。

フォランは手紙を指の中で折り曲げ、眉をひそめて立っていたが、やがて唐突に言った。

「男爵、お宅へうかがってもよろしいですか？」

男爵は無言でうなずいた。一同は故人の介添人に死体の番をさせて、斜面をゆっくり登って行った。ゆっくりと行ったのには二つ理由があった——第一に、急坂で曲がりくねる小径は、死にかけた竜の尾のような松の根が曲がりくねっているため、いっそう凸凹《でこぼこ》になり、竜の緑の不自然な血糊とも思える緑の泥のためにツルツル滑ったからだ。そして第二に、フォランが時折立ちどまって、荒廃したこの場所の細部に、不必要とも思われる注意を向けたからだった。男爵はこの城を手に入れてからまだ日が浅いのか、外見に構わないかのどちらかだった。

かつて庭だったところは巨きな雑草に食い荒らされ、斜面にある胡瓜の枠を通り過ぎた時、枠の中が空《から》っぽで、一つのガラスに、氷の中の星のような、不注意による割れ目が入っているのをフォランは見た。フォランは一分近くその穴をじっと見つめていた。

細長いフランス窓から家に入ると、一同はまずトランプをする円卓がある円い外側の部屋に入った。形からすると、そこは小塔部屋《タレット・ルーム》*1のようでもあったが、装飾の多い十八世紀風の様式で、白と金色が際立ち、四阿《あずまや》のように明るく陽あたりが良さそうだった。しかし、華やかであると同時に色褪せてもいて、白は黄色に、金色は茶色になっていた。目下のと

*1　家の隅などに造った装飾的な小さい塔の内部の部屋をいう。

ころ、この朽廃《きゆうはい》した様子はもっと最近の混乱の無言だが雄弁な劇の背景にすぎなかった。カードが床とテーブルにばら撒かれ、まるで持っていた手から投げつけられたか、叩き落とされたかのようだった。到る処にシャンペンの壜が立っているか転がっているかして、半分が割れ、ほとんど全部が空《から》だった。椅子が一脚引っくり返っていた。ロレーヌが今の彼には悪夢のように思える乱痴気騒ぎについて言ったことを信ずるのは容易だった。

「教育上有益な光景《ながめ》ではありませんな」男爵がため息をついて言った。「それでも、教訓を含んでいると思いますが」

「妙に思われるかもしれませんがね」とフォランはこたえた。「私自身の道徳的問題に於いては、これはむしろ安心させるものです。人が死んだからには、大酒を飲んだことさえも嬉しいのです」

彼はそう言いながら素早く身を屈めて、絨毯から一握りのカードを拾い上げた。

「スペードの五だ」と英語で、何か考え込むようにマンクに言った。「昔のスペイン人なら剣の五と言ったろうな。『スペード』が『エスパーダ』、すなわち剣であることは知ってるだろう？　これは剣の四――つまり、スペードの四だ。これはスペードの三。これは――お宅に電話はありますか？」

「ええ――べつの部屋にあります。この家のべつの戸口から入って、すぐの部屋です」男爵は少し不意をつかれたように答えた。

「よろしければ、使わせていただきます」フォランはそう言って、素早くトランプの部屋から出て行った。彼は家の中の、もっと広くて暗い客間を大股に歩いて行ったが、その部屋は何かの理由で、厳《いかめ》しく古めかしい装飾がそのままになっていた。頭上には鹿の角が飾ってあって、樫の木と綴《つづ》れ織りの薄暗がりに鎧《よろい》が光り、奥の扉へ向かって歩いて行く時、あるものがフォランの目をとらえた。暖炉の片側に交差した二振りの剣が飾ってあり、反対側の同じ場所には、その鉤《かぎ》だけがあったのだ。あの二振りの細身の剣が古めかしかった理由がわかった。不吉な空《から》の鉤の下には、小鬼《ゴブリン》のようにグロテスクな智天使《ケルビム》を彫刻した黒檀の飾り箪笥が立っていた。

フォランは、まるで黒い智天使が天使らしからざる好奇心を持って、自分をじっと見ているような気がした。彼は飾り箪笥の抽斗《ひきだし》をしばし見つめてから、通り過ぎた。

背後に扉を閉めると、建物のもっと遠いところでべつの扉が閉まる音が聞こえたが、それはこの家の向こう側を走る道の方だった。沈黙が訪れた。鈴の音も、電話で話す声も聞こえなかった。

ブルーノ男爵は片眼鏡を外し、少し神経質に長く黒い顎鬚を引っぱっていた。

「あの」とマンクに話しかけた。「御友人の名誉心をあてにしてよろしいのでしょうな?」

「彼の名誉心は確かだと思います」英国人は「彼の」というところをかすかに強調して、言った。

生き残った決闘者ル・カロンが初めて、荒っぽく口を利いた。

「電話をさせるがいい。この惨めな事件を殺人だなどと言うフランスの陪審はいやしないよ。事故みたいなものだったんだ」

「避けられた事故ですな」マンクは冷やかに言った。

フォランが戻って来たが、額から思案の皺が消えていた。「男爵」と彼は言った。「私はささやかな疑問を解消しました。この悲劇を個人的な災難として扱うつもりですが、それには一つ条件があります――みなさん全員が今週のうちにパリで私に会って、納得のゆく説明をして下さることです。木曜の夜、『カフェ・ロンスヴォー』の外でというのはいかがです。御都合はよろしいですか？　御承知いただけましたか？　よろしい、では、庭へ戻りましょう」

フランス窓からまた外へ出ると、日はすでに天高く上り、眼下の斜面と芝生が隅々まで鮮やかに光り輝いていた。木立の角《かど》を曲がって決闘場の上に出た時、フォランははたと立ちどまり、男爵の腕を鉤爪のような手でつかんだ。

「何てことだ！　こりゃあいけない。あなた方は今すぐ立ち去らなければいけません」

「何ですと？」と相手は言った。

「早手まわしだな」と調査人は言った。「父親がもうここに来ている」

一同が彼の視線を追って塀際の庭を見下ろすと、最初に目に入ったのは、錆びた古い庭の扉が開き、道路の白い光が射し込んでいることだった。それから、扉よりも二、三ヤード内側に、白い顎鬚を生やした長身痩軀《そうく》の男がいることに気づいた。男は黒ずくめの服装をして、清教徒《ピューリタン》の牧師のように見えた。芝生に立ち、死者を見下ろしていた。灰色の服を着て黒い帽子をかぶった若い娘が死体のそばに跪《ひざまず》き、二人の介添人はそうするのが礼儀だと直感したように少し退《さが》って、物憂げに地面を見つめていた。澄んだ陽射しの中で、一同はまるで照明をあてられた緑の舞台で一場面を演じているようだった。

「すぐ戻りなさい——三人共」フォランはほとんど乱暴な調子で言った。「もう一つの扉から出て行くんです。ともかく、あの人と顔を合わせちゃいかん」

男爵は一瞬ためらってから承知したようで、ル・カロンはすでにふり向いていた。殺害者と二人の介添人は家の方へ移って、ふたたび中に姿を消した。短髪の背の高い青年が一番後から、長い脚まで皮肉めいて見えるほど悠然と歩いて行った。三人のうちで彼だけがまったく動じていないようだった。

「クレインさんですね」フォランは息子を失った父親に言った。「私たちにお話しできることは、すでにお耳に入っているかと思いますが」

白鬚の老人はうなずいた。その顔には氷のような獰猛さがあり、目には抑制の利いた表情と対照的に荒々しいものがあった。こんな場合には当然と思われたが、この人は普段でもそうであることが、のちにわかったのである。

「私はトランプや酒がもたらす結果と、私が懼《おそ》れていたものに対する主の審判を見ました」彼はそう言うと、なぜか喜劇的というよりも悲劇的な、この場にそぐわぬ単純さでこう言い足した。「それに剣術ですよ、あなた。私は前々からフランス人が剣術で賞を取りたがる熱狂的な風潮に反対しておったのです。フットボールも賭けだの暴力沙汰だのがあって、ひどいにはひどいが、こんなことは起こりません。あなたはイギリス人でしょうな？」といきなりマンクに言った。「この忌まわしい殺人について、何か言うことはありませんか？」

「これは忌まわしい殺人です」マンクはきっぱりと言った。「つい三十分前に、私は友人にそう言っておりました」

「ああ、それであなたは？」老人は疑わしげにフォランを見て、言った。「あなたは、きっと決闘を弁護しておられたんでしょうな？」

フォランは穏やかにこたえた。「今は何も弁護している時ではありません。もし御子息が馬から落ちたのなら、私は馬を弁護しません。思いきり馬を悪くおっしゃれば良いでしょう。もしボートに乗って溺れたのなら、私はあなたと共にすべてのボートが海底に沈むことを祈りましょう」

娘は無邪気にフォランをじっと見つめていて、その眼差しは興味深げでもあり痛々しくもあったが、父親は気短に横を向いてマンクに言った。「あんたは少なくともイギリス人ですから、あんたと相談がしたい」そして、イギリス人をわきへ連れて行った。

けれども、娘は無言で身動きもせず、いまだにフォランを見ており、フォランも言葉に言い表わせない関心を持って相手を見返していた。彼女は兄のように色白で黄色い髪と白い顔をしており、顔立ちは端整ではないけれども、五十回に一回だけピタリと壺に嵌まる妖精の幸運に恵まれて、美人よりも美しかった。その目は水のように無色に見えたが、ダイヤモンドのようにきらめき、視線が合った時、フランス人は抑えがたい感情が次第に湧き上がるのを感じて、自分が面と向かっているのは、息子のふしだらや父親の狭量よりもずっと好ましい何かであることを悟った。

「おたずねしてもよろしいですか」娘はしっかりした口ぶりで言った。「先程あなたと一緒にいらした御三方は誰方《どなた》だったんですか？　兄を殺した人たちだったんですか？」

「マドモワゼル」フォランはなぜか胡麻化すことができなくなったのを感じて、言った。「あなたは厳しい言葉をお使いになるし、それはたしかに当然です。しかし、私は真実を偽ってあなたの前に立つわけに参りません。私自身ああいう武器を持って、ああいう人殺しをしそうになったのです」

「あなたは人殺しに見えないと思います」と娘は冷静に言った。「でも、あの人たちはそんな風に見えました。赤い顎鬚を生やした男はまるで狼みたいでした――着飾った狼、そこが一番性質《たち》の悪いところです。それに、あの大柄で横柄な男――大きな黒い顎鬚を生やして片方の目に眼鏡をかけた、あの人は恐ろしいという以外の何でしょう?」

「しかし」フォランは敬意をこめて言った。「着飾ることは悪いことではありませんし、罪を犯すよりも他人の罪の迷惑を蒙《こうむ》っている人間が、顎鬚と片眼鏡をつけていることもあり得ますよ」

「それはあの大きな顎鬚とあの小さな片眼鏡ではありませんわ」彼女は強く言い張った。「わたし、遠くからあの人たちを見ただけですけれど、自分が正しいことは良くわかっています」

「決闘する人間はみんな犯罪者で、罰せられるべきだとお考えなのでしょう」フォランはややかすれた声で言った。「ただ、私自身決闘をしたことがあるので——」

「そんなこと、思いません」と彼女は言った。「私はあの決闘者たちが罰せられるべきだと思うんです。そして、私が言いたいこととそうでないことをはっきりさせるために」——彼女の青ざめた顔は人をまごつかせる、しかし眩《まぶ》しいばかりの微笑みを浮かべた——「あなたにかれらを罰していただきたいんです」

奇妙な沈黙があり、娘は静かにつけ加えた。

「あなたは御自身で何かを御覧になりました。二人がどうして闘うことになったのか、裏に本当はどんな事情があるのか、きっと何か察していらっしゃいます。あなたは本当に悪いことが、トランプをめぐる諍《いさか》いよりもずっと悪いことがあるのを御存知です」

フォランは彼女にお辞儀をし、旧友から咎められた人間さながらに非を認めるようだった。

「マドモワゼル。御信頼下すったことを光栄に思います。そして私に依頼して下すったことを」

彼は同じくらい唐突に背筋をスッと伸ばすと、父親の方をふり返った。父親はマンクと話しながら、またそばへ来ていた。

「クレインさん」フォランは厳かに言った。「しばらく私を信用して下さいとお頼みします。こちらの紳士は、私があなたに御紹介できるイギリス人はみなそうですが、私を信頼できる男だと保証してくれるはずです。私はもう当局と連絡を取りましたから、ある意味で、その筋の代理人と見なして下さっても構いません。この恐るべき事件の責任者たちは監視下にあり、司法は何であれ正当な処置を取り得ることを保証できます。もしこの次の火曜日以降に、パリでお会いできるならば、お知らせすべきことをもっと多く申し上げることができます。一方、その――故人への礼を尽くす儀式に関して、お望みのことは何なりと手配いたしましょう」

クレイン老はなおも目に怒りをたぎらせていたが、一揖《いちゆう》した。フォランとマンクも挨拶を返し、城への道を引き返した。その途中、フランス人はふたたび胡瓜の枠のそばに立ちどまって、割れたガラスを指差した。

「今のところ、あれがこの話の中で一番大きい穴だな。地獄の口みたいに、あんぐりと開《あ》いていやがる」

「あれがかい！」友人は叫んだ。「あんな穴はいつだって空《あ》くじゃないか」

「今朝空いたんだ」とフォランは言った。「さもなければ——ともかく、ガラスの破片はまだ新しいよ。まわりに何も生えていないからね。それに、枠の中の土に踵《かかと》の跡がついている。連中の一人が決闘場へ下りて行く時、ガラスを踏み抜いたんだ。なぜだろう？」

「ああ、それなら」マンクが言った。「あのロレーヌという奴は昨夜《ゆうべ》へべれけに酔っていたそうじゃないか」

「しかし、今朝は違うだろう」とフォランがこたえた。「たしかに人間はたとえ真っ昼間《ぴるま》だろうと、へべれけに酔っ払って、目の前にある大きなガラス枠に足を突っ込むことがあり得る。しかし、突っ込んだ足をこんなに綺麗に抜くことができるかどうかは疑問だ。もしそれほど酔っ払っていたなら、人捕り罠は彼を転倒させて、ガラスがもっとたくさん割れただろう。こいつはへべれけに酔った男の仕業とは思えない。むしろ目が見えない男の——」

「目が見えない！」マンクはなぜか妙に背筋がムズムズして来て、言った。「だが、あの連中のうちには目の見えない奴はいないぜ。ほかに何か説明のしようはないのかい？」

「ある」とフォランはこたえた。「暗闇の中でやったんだ。それが、この一件の一番闇につつまれたところさ」

次の木曜日の晩、暮色がすでにこめて、パリの色さまざまな明かりが灯った頃、二人の友人同士が行くあとを誰か尾《つ》けてみたならば、あちこちのカフェを梯子《はしご》する以外に目的はないと思ったかもしれない。しかし、かれらの辿った道筋は紆余《うよ》曲折したかもしれないが、素人探偵の一貫した戦略に基づいて考えられたものだった。フォランはまず伯爵夫人の顔を見に行った。十五年前、同じ場所で決闘によって斃《たお》れた貴族の今も健在な未亡人である。彼は文字通り夫人を見に行ったのであって、訪問したのではなかった。夫人の家の向かいにあるカフェの外に坐り、アペリティフを玩弄《もてあそ》んでいるだけで満足したからだ。そのうちに夫人が馬車から降りて来た――眉の黒い貴婦人で、今も花のように生きているというよりは、絵のように変わらない美しさを持っていた。ミイラの棺に描かれた肖像のようだった。その時、フォランは死んだ男のポケットから取って来た古いロケットの肖像写真をチラと見ると、満足げにうなずき、川を渡って、町のさほど貴族的でない、純粋な商業地区というべきあたりへ行った。銀行や公の建物が並ぶどっしりした街路を足早に歩いて、とある大きなホテルに着いた。そのホテルはまわりと同じように重厚な設計で建てられていたが、外の歩道に例のごとく小さいテーブルがいくつも並んでいた。テーブルは装飾用の灌木《かんぼく》に隔てられ、白と紫の縞が入った日避けに覆われていて、一番奥の隅のテーブルに、夕暮の緑の残照を背にして、ブルーノ男爵の黒い巨体が友人二人に挟まれて坐っていた。日避けがかかっているために、男爵の高い黒の帽子は上の方が見えず、マンクは彼が建物全体を支えるバビロニアの黒い女神像柱《カリアティッド》のようだ、とふと思った。男爵の大きな四角い顎鬚には、たぶんアッシリア風のところもあっただろう。英国人は自国の女性の偏見に与《くみ》したい潜在意識的な誘惑を感じたが、フォランにそんな気持ちがないのは明らかだった。彼は三人の男がいる席に坐ると、意外なことに友愛と宴会気分さえも示したからだ。葡萄酒を取って三人に勧め、そのあと活発におしゃべりを始めた。そしてもしも想像上の観察者殿が彼のあとを追っていたなら、三十分程経ってようやく彼が少しぎこちない態度に戻り、一同に別れを告げて奇異な道行を続けるのを見たことだろう。

フォランは街灯のともった街をジグザグに歩いて、最初公衆電話へ、それからある役所へ行った。そこは死体が検屍を待つ場所であることがマンクにもわかった。フォランはここから、まるで醜悪な事実にでも直面したようなむっつりした顔で出て来たが、何も言わず、さらに警察の本署へ行って、当局の人間と暫時密談を交わした。それからまた川を渡り、足早にやはり無言で歩いて、パリのとある閑静な一画で、とある建物の古びた白い門に突きあたった。そこはかつて古い貴族的な意味で大邸宅《ホテル》だったし、今はもっと商業的だが、とりわけて静かなホテルだった。彼は外玄関と廊下を通って庭へ出た。そこはたいそう周囲から隔絶しており、日没の空そのものが金色と緑の混ざった専用の日避けのように

——黒ずんだ男爵の頭の上にかかっていた紫と銀の日避けのように見えた。樹下のテーブルには夜会服姿の客がチラホラいたが、フォランはすみやかにそのわきを通り、庭へ出る石段に近いテーブルへ向かって行った。そこには灰色の服をまとった金髪の娘の姿があった。マーガレット・クレインだった。フォランが近づくと面を上げたが、まるで息を切らしたようにこう言っただけだった。「殺人について何かわかりまして？」

フォランが返事をするよりも早く、石段の上に父親が現われた。娘の灰色の服はあらゆるものと調和しているように見えたが、老人の服の堅苦しい錆びた黒は、王党派の庭園で清教徒が抗議しているようだ[*2]とフォランはぼんやり思った。

「殺人だ」老人はどこにいても聞こえる耳障りな高声で繰り返した。「わしらが知りたいのは、それだ。この殺人のことだよ！」

「クレインさん」とフォランは言った。「私があなたのお立場をいかに感じているかは御存知だと思いますが、こういう犯罪に関わる問題では物言いに気をつけるべきだと御忠告申し上げるのが順当です。もしも裁判になりますと、あの人たちをむやみに罵《ののし》っても——それがたとえ私的な場でも——あなたのお立場はけして有利にはなりません。それに申し上げなければなりませんが、あの決闘は決闘としてまっとうなものだっただけでなく、決

＊2　王党派と清教徒が戦った十七世紀の清教徒革命を踏まえた比喩。

闘者たちもすこぶるまっとうな人間のようです」

「どういう意味です？」老人はたずねた。

「腹蔵《ふくぞう》なく申し上げますが、あれから私は連中に会いました」とフォランは言った。「いや、連中と一種の宴の晩を――あるいは、私が宴の晩にするつもりだったものを――過ごしました。しかし、かれらはあなた御自身と同じくらい宴会が嫌いだと申さねばなりません。実際、連中は仕事についてはあなた御自身とそっくりの習慣を持っているようでした。

はっきり申しますと、私はかれらに酒を飲ませ、トランプをさせようと試みたのです。しかし、男爵と友人たちはすげなく拒《こと》わり、約束があると言ったので、我々はブラック・コーヒーを飲み、少し変わった会話をしばらくしたあとに別れました」

「そう聞くと、ますますかれらが憎くなります」と娘は言った。

「察しが良いですね、マドモワゼル」フォランはますます感心して、言った。「じつは私も、そんな風にこの件を受け取ったのです。まだ実験にすぎないかもしれませんがね。私は男爵殿に言いました。『あなた方が酒を飲み、骰《さい》を振るお仲間だと思っている間は、あれを酔った上の事故だと受け取っていました。しかし、言わせていただきますが、良い齢《とし》をした男たちが、自分は素面《しらふ》で賭け事に興味もないのに、小僧っ子を取り囲んで一緒にトランプをするとなると、褒められたこととは思えません。人がそれをどう思うか御存知でしょう。古狸が一枚噛んでいる。いかにも腕利きらしく――と人は考えます。そして、これまた腕利きらしく剣術で相手を黙らせるとなると、なおさらいけない』」

「それで、向こうは何と言いましたか？」と娘が尋ねた。

「そのまま申し上げるのは辛《つら》いのですが」とフォランは言った。「しかし、私にとっても不愉快な驚きなんです。やつらをとうとう追い詰めたと思ったその時、あのル・カロンという赤鬚の男――そいつの剣が致命傷の一突きをしたのですが――が辛抱できなくなって、激情にかられた人間が変装をかなぐり捨てるように、いきなり口を挟んだのです。『私は故人に敬意を払いますが』と彼は言いました。『あなたに迫られて、よんどころなく話すのです。私に言えるのはただ、我々年長者があの坊やに無理矢理酒を飲ませたのではなく、彼が我々を無理強いしたのだということです。彼は城へ来た時、もう半分酔っ払っていて、道の先にある「七星亭」からシャンペンを取ってくれと男爵に言ってききませんでした。我々は節制していて、酒倉に酒も貯《たくわ》えていなかったからです。トランプをしようと言い張ったのも彼でした。トランプをするのが怖いんだろうと我々を嘲《あざけ》ったのも彼でした。揚句の果てに、出鱈目な大嘘をついて、我々がいかさまをしたと耐え難くなじったのも彼でした』」

「わしはそんなこと信じないぞ」とクレインは言ったが、娘は黙ったまま青ざめて、射抜くような目を素人探偵に向けていた。探偵は報告をつづけた。

「『ああ、私の言葉を信じてくれとは言いません』とル・カロンは語りつづけました。『ロレーヌ本人にお訊きなさい。ヴァンダム博士本人にお訊きなさい。博士は宿屋へ葡萄酒を取りに行ったので、喧嘩が起こった時にはいませんでした。向こうに腰を落ち着けていて、たぶん、喧嘩に関わらなかったのを悲しんではいなかったでしょう。博士も私同様、こういう事柄に関しては中産市民《ブルジョワ》でいたいんです。宿屋の主人その人に訊いてごらんなさい。葡萄酒を買ったのは、夜も更けて、あの青年が来てからだと言うでしょう。鉄道駅の人に訊いてごらんなさい。青年がいつ来たか教えてくれるでしょう。私の話が嘘か本当かを確かめるのは簡単ですよ』」

「あなたがお確かめになったことは」と娘は小声で言った。「お顔を拝見すればわかります。本当だったんでしょう」

「あなたは物事の核心《ハート》をお見透しだ」とフォランは言った。

「あの男たちの心根《ハート》は見えません。でも、心臓《ハート》があるべき空洞は見えます」

「今でもかれらを恐ろしいと思っておいでですね。誰にあなたを責められましょう」

「恐ろしいとも！」老人が叫んだ。「奴らはわしの息子を殺したんじゃないか？」

「私は助言者としてお話しするだけです」とフランス人は言った。「決闘をする者がまっとうな人間だとは信じられない、そのお気持ちはわかっています。私はただ事実として、あの男たちがまっとうな人間に見えるとだけ申し上げておきます。私はかれらの話の真偽を確かめただけでなく、多少かれらの経歴も調べました。商業に携わっているようですが、手堅く、かなり大がかりにやっているようです。私は警察の一件書類も見ていますから、連中についてほかに醜聞でもあれば、知ることができたはずです。申し訳ありませんが、私は決闘も時には正当なものだと考えるのです。この決闘が正当なものだと言って、あなた方のお気持ちを害するつもりはありません。ただフランス人の考えでは、連中がそれを正当化できるかもしれないと御忠告するだけです」
「そうですね」と娘が言った。「お話をうかがっておりますと、あの人たちがますます恐ろしくなってきます。ああ！　本当に恐ろしいのは、そういう人間なんです――いつでも正しいとされる人間ですわ。正直な人間は、私の兄のように、穴がたくさん空いていても放ったらかしていますが、邪《よこしま》な人間はいつも鎧を着ています。法律家が言うように、悪人の主張が完璧である時の、その主張ほど冒瀆的なものがあるでしょうか？　判事が厳かに訴訟の内容を要約して、陪審が同意して、警察が従い、すべてが油をさした歯車で順調にまわる時、その油の匂いほど油臭くて厭なものがあるでしょうか？　そんな時、私は感じるんです――審判《さばき》の日がかれらの白塗りした墓に罅《ひび》を入れるまでは待てないと」[*3]
「そして」フォランは静かに言った。「私が決闘をするのも、その時です」

＊3　参照、「マタイ伝」第二十三章二十七。「禍害《わざわい》なるかな、偽善なる学者、パリサイ人《びと》よ、汝らは白く塗りたる墓に似たり」云々。

娘は少しハッとして、「その時？」と繰り返した。

「その時です」フランス人は頭を上げて、繰り返した。「マドモワゼル、あなたは善き決闘者を弁護なさいました。私人たる紳士が私的な剣を抜く権利を証明なさいました。そうです。あなたとお父上をかくも嫌悪させる血腥い犯罪を私が行うのは、その時なんです。私が人殺しになるのはその時なんです。白塗りの漆喰《しっくい》に罅が入らず、神の怒りを待てない時なんです。そして思い出していただきたいのですが、あなた方を喪に服させている男たちとの会見の結末をまだお話ししておりません」

クレインは今も冷やかな疑いの目で相手を見ていたが、娘はフォランが言ったように鋭い直感を持っていた。その顔と目は、見つめているうちに輝いた。

「まさか――」と言いかけて、口をつぐんだ。

フォランは立ち上がった。「そうです。このような血に飢えた人間である私は、御立派な方々とこれ以上同席するわけに参りません。そう、マドモワゼル、私はお兄さんを殺した男に決闘を挑んだのです」

「挑んだ！」クレインが気色《けしき》ばんで言った。「挑んだだと――またも、この――この人殺しをか！」と言って、言葉を詰まらせた。しかし、娘はやはり立ち上がって、女王のように手を差し伸べた。

「いいえ、お父さま。この方は私たちの味方で、私のことを正しく見抜きました。でも、私も今はフランス人の機智に、私たちが理解していた以上のものがあるとわかりましたわ。ええ、それにフランスの決闘にも」

フォランは顔を赤らめ、声を低めてこたえた。「マドモワゼル、私の霊感はイギリスのものです」そう言うと少し唐突に一礼して、スタスタと立ち去った。内心面白がって彼を見ていたハリー・マンクがついて行った。

「僕自身が」とマンクは浮きうきして言った。「君の人生にイギリスの霊感を吹き込んでいるとは、期待するふりもできんね」

「くだらん」相手はやや突《つ》っ慳貪《けんどん》に言った。「用件に戻ろうじゃないか。思った通り、君の決闘に対する見方はクレイン老のそれに近いから、僕の代理人になるのは主義に悖《もと》るだろう。だから、クレイン老の不運な息子の介添人たちに僕の介添を頼んだんだ。あのロレーヌ青年は、この謎を探る上で大いに役立ってくれると思う。彼と話をしてみたが、非常に有能な男だと確信している」

「君は僕と何年も話をして」マンクは笑って言った。「僕が非常に愚かだと確信しているんだな」

「非常に誠実だと確信しているのさ」とフォランは言った。「だから、今回は手伝ってくれと頼まないんだ」

しかし、マンクは何の彼《か》のと言いながらも、慌《あわ》ただしく変則的に準備された新たな対戦に立ち会うことは拒まなかった。彼は変わり者の友と旅をして、すでに悪夢のどんでん返しや堂々めぐりを見ている気になりながら、数日後、オラージュ城の例の決闘場へ戻った。ブルーノ男爵の庭がふたたび選ばれたのは男爵側への妥協のようだったが、それはむしろ不快な特権であり、男爵たちも明らかにそう感じていた。実際、かれらはかつて宴をし、闘った場所に長居をしたくないので、男爵の自動車が、事の済み次第一同をパリへ乗せて行くため、外の道に待っていたのである。男爵は自分の家屋敷にあまり愛着を持っていないとフォランはずっと感じていたが、今回、彼の仲間はそこを幽霊のように再訪しているようだった。偏見を持つマーガレット・クレインなら、破滅の影が目に見えて連中の上に迫っていると言っただろう。しかし、かれらは温柔《おとな》しい中産市民的性格を持っているらしいから、たった一度やむなく刃傷沙汰を起こした場所に戻って、自然気が滅入っているのだと考える方が妥当だし、その性格とも一致していた。理由はともあれ、男爵の褐色の顔は重苦しく陰気で、人が死んだあの芝生に剣を手にしてふたたび立ったル・カロンは、ひどく顔色が蒼ざめ、顎鬚は真っ赤に見えて、つけ髭か、あるいは焔のような紅《べに》でも塗ったかのようだった。構えた剣の輝く切っ先がかすかに動いており、手が顫《ふる》えているのではないかとマンクは思った。

松の木々の影がさす邸園は手入れもされず、ほとんど殺風景なほど荒れ果てて、数世紀の歳月が過ぎ去っても気づかないような場所に思われた。朝の白い光は灰色の細部を際立たせるだけで、マンクはふと気がつくと、そこにあるのが遠い原始時代の灰色の植生であるような空想をしていた。無理もないが神経が張りつめていたから、そのせいだったかもしれない。何といっても、これはその場所で行われる三度目の決闘であり、二度は人が死んでいるのだ。彼は友人が最後の犠牲者になりはしないかと思わずにいられなかった。ともかく、彼には決闘の準備が耐え難いほど長く思われた。ル・カロンは不機嫌な男爵と長い間小声で相談をした。フォラン自身の介添人、ロレーヌと博士ですら、命懸けの一件を始めるよりも、待ってヒソヒソ話をしたがっているようだった。こうしたことがいっそう奇妙に思われたのは、ようやく闘いが始まると、まるで奇術のようにあっという間に終わったからである。

剣が二、三度触れ合ったと思うと、ル・カロンはもう丸腰になっていた。彼の武器は生き物のようにピクッと動いて手から離れ、燦《きら》めいてクルクル旋回《まわ》りながら、庭の塀の向こうへ飛んで行った。鋼の刃が道路の石にカチャンとぶつかる音がした。フォランが手首を一ひねりして、相手の武器を奪ったのだ。

フォランは背筋を伸ばし、剣で刀礼をした。

「紳士諸君」と彼は言った。「諸君さえよろしければ、私は満足しました。結局、あれは些細《ささい》なことから起きた喧嘩ですし、双方の名誉は今のところ保たれています。それに、みなさんは町へお帰りになりたいようですし――」

マンクは、友が敵方を穏やかに放免する気になって来たのを、大分前から感じていた。彼はずっと連中のことを真面目な商人だと真面目に語っていたからだ。だが、これが八方無事という呆気《あつけ》ない幕切れであるにしろないにしろ、向こうの面々の姿は縮んで、凡庸な醜《みにく》いものになった気がした。ル・カロンの鷲鼻はありふれた鉤のように見え、洒落た服も、人形に急いで服を着せたように、窮屈そうな感じに見えた。逞《たくま》しくて威厳のある男爵でさえ、何だか洋服屋の店先に出ている大きな人形のように見えた。だが、何よりも奇妙なのは、男爵のもう一人の仲間、短髪のヴァランスが足を開いてうしろに立ち、満面に苦々しげな笑みを浮かべていることだった。男爵と敗けた決闘者がやや不機嫌に庭の扉をくぐって自動車へ向かって行った時、フォランは奇妙な一団のこの最後の一人に近づいて、(マンクがびっくりしたことに)数分間早口に静かに話をした。男爵が塀の外から大声で彼の名を呼ぶと、この最後の一人もふり返って庭を出て行った。

「山賊ども退場だ！」フォランは声を明るい調子に変えて、言った。「さて、これから四人の探偵が上がって行って、山賊の根城を検《しら》べるとしよう」

彼はふり返り、ふたたび斜面を城の方へ登りはじめた。ほかの者は一列になって、あとに続いた。上り坂を半分程行った時、フォランのすぐうしろにいたマンクがいきなり声をかけた。

「結局、君は奴を殺さなかったな」

「殺す気はなかったんだ」とフランス人の友はこたえた。

「じゃ、何をやりたかったんだ?」

「あいつに剣術ができるかどうか知りたかった。あいつにはできやしない」

マンクは解《げ》せない様子で、自分の前に立つ男の丈高い、まっすぐな、灰色の服を着た背中を見たが、フォランがまた口を利くまで黙っていた。

「憶えているだろう」とフォランは語りつづけた。「クレイン老は、不運な息子が剣術で賞を取ったと言ってたじゃないか。しかし、人参《にんじん》色の頰髯を生やしたあのル・カロン氏は剣の持ち方も知らない。もちろん、それは当然だ。結局、僕が言ったように、彼は温柔しい商売人にすぎなくて、鋼よりも金を扱うんだ」

「でも、君」マンクは激昂し、背中に向かって語りかけた。「そりゃ一体、どういうことなのさ? クレインはなぜ決闘で殺されたんだ?」

「決闘なんかしなかった」フォランはふり返りもせずに言った。

うしろにいたヴァンダム博士が、急に驚いたような、あるいは何かをハッと悟ったような声を出した。そのあとたくさんの質問が続いたが、フォランはもう何も言わず、一同はやがて城の奥の細長い部屋に入った。そこには壁に武具がかかっていて、黒檀の飾り簞笥があり、彫刻された黒い智天使たちは以前よりも黒く見えた。フォランはかれらの色と形の間にある瀆聖《とくせい》に似た一種の矛盾をいっそう暗鬱に感じた。黒い智天使は黒ミサに似て

——地獄は湖に逆さに映る風景のごとく、天国を逆さにした模写だという考えの象徴だった。

彼は束の間の夢想をふり払い、飾り箪笥の抽斗の上に身を屈めた。ふたたび口を利いた時は快活な様子だった。

「この城を御存知ですね、ムッシュー・ロレーヌ。あなたはその飾り箪笥を、抽斗まで御存知だと思います。あれは最近開けられていますね」たしかに抽斗はきちんと閉まっておらず、フォランがグイと引っ張ると、飾り箪笥から抜けてしまった。彼はそれ以上何も言わず、抽斗を中身ごとトランプの部屋へ戻して、円卓の上に置いた。彼に差し招かれた三人の同役ないし探偵仲間は椅子を引き寄せて、円卓のまわりに坐った。抽斗には、バルザックなどが好んで描写したような骨董屋の品物が入っていた——散らかった茶色い硬貨の山、色のぼやけた宝石や飾り物、それには嘘か真実《まこと》かわからぬいわくがついている。

「で、それがどうしたんだ?」とマンクが訊いた。「その中から何か引っ張り出したいのかい?」

「そうじゃない」と調査人はこたえた。「むしろ、何かを入れたい気がするんだ」

彼はポケットから黒ずんだ肖像写真が入ったロケットを取り出し、考え込むように掌にのせた。

「我々は今自問しなければなりません」と探偵は仲間に言った。「クレイン青年はなぜこいつを持ち歩いていたんでしょう？　これは伯爵夫人の肖像ですが」

「彼はパリを随分歩きまわりました」ヴァンダム博士がややしかつめらしい顔をして言った。

「もし夫人が彼を良く知っていたのだとすると」フォランは話をつづけた。「彼の悲惨な最期を気に留めないのは妙だと思います」

「ことによると、少し良く知りすぎていたのかもしれませんよ」ロレーヌがちょっと笑って言った。「あるいは、言いにくいことですが、厄介払いができて喜んでいたのかもしれません。もっと言いにくい話もありましたからね、御亭主の老伯爵が――」

「あなたは城を良く御存知ですね。ムッシュー・ロレーヌ？」フォランは厳しいと言っても良い目で、相手をじっと見ながら繰り返した。「このロケットはあそこにあったんだと思いますが」そう言って、抽斗の色とりどりな品物の山の上にロケットを放《ほう》った。

ロレーヌは眼を文字通り黒いダイヤモンドのようにして、品物の山を魅入られたように見つめていた。まったく、興奮のあまり返事もできないようだった。フォランは解説をつづけた。

「想像するに、気の毒なクレインはここでそれを見つけたに違いありません。さもなくば誰かがここで見つけて、彼にやったんでしょう。さもなくば、誰かが――ところで、あそこにあるのは間違いなく本物のルネッサンス時代の鎖ですね。私の勘違いでなければイタリア製で、十五世紀のものでしょう。ここには貴重な物がいくつもあります。ムッシュー・ロレーヌ、あなたはその方の目利きだと思いますが」

「ルネッサンスのことなら、多少は知っています」ロレーヌはそう答え、青ざめたヴァンダム博士は眼鏡ごしに一瞬、彼におかしな視線を向けた。

「指輪もあったはずです」とフォランは言った。「私はロケットを返しました。ムッシュー・ロレーヌ、どうぞ指輪を返していただけませんか？」

ロレーヌは立ち上がったが、口元にまだ笑みを浮かべていた。チョッキのポケットに指を二本入れて、緑の宝石がついている小さな金の指輪を取り出した。

次の瞬間、フォランの腕がテーブルの上にサッと伸びて、彼の手首をつかもうとした。その動きは彼の剣の突きのように早かったが、それでも間に合わなかった。若きワルドー・ロレーヌ氏は口元に笑みを浮かべ、指にルネッサンス時代の指輪を嵌めて、五つ数えられるほどの間、立っていた。それから、ツルツルした床の上で足を滑らせ、死んでテーブルの上に倒れ込んだ——黒い巻毛が抽斗の贅沢ながらくたの中に混じった。彼が倒れるのとほとんど同時に、ヴァンダム博士は一っ跳びしてフランス窓から外へ逃げ出し、猫のように庭の下へ姿を消した。

「放っておきたまえ」フォランは鋼鉄のように確固とした口調で言った。「警察が見張っている。この間パリへ行ってクレインの死体を見た時、警察と打ち合わせしておいたんだ」

「しかし」と当惑した友人は言った。「君が遺体の傷を見たのは、その時だけじゃないだろう」

「僕が言ってるのは、指の傷だよ」とフォランは言った。

彼は一、二分無言で立ち、テーブルの上に倒れた男を見下ろしていたが、その顔には憐れみと称讃の念に近い何かがあった。

「奇妙だな」としまいに言った。「この男がまさにここで死ぬとは――生まれた時からまわりにあって、あれほど好きだった骨董品のゴミ箱に顔を突っ込んで死ぬとは。彼がユダヤ人だったことは、もちろんわかっているだろうが、まったく、何という天才だろう！若き日のディズレーリ[4]に似ている――この男だって、もしかすると成功して世間に名を轟かせたかもしれないんだ。しかし、ほんの一つ二つへまをやった。暗闇で胡瓜の枠を割ったために、あの死んだ古物《こぶつ》の中で死んでいる――まるで彼が生まれた質屋にいるように」

フォランが友人たちと交わした次の約束は、フランス警視庁の個室で会おうというものだった。マンクが約束の刻限に少し遅れてやって来ると、一同はもうテーブルを囲んでお

＊4　ベンジャミン・ディズレーリ（一八〇四－一八八一）。イギリスの政治家、小説家。ユダヤ人であったが、保守党の指導者として活躍した。

り、それが彼に最後のショックを与えた。クレイン父娘《おやこ》がフォランの向かいに坐っているのを見て驚いたわけではないし、赤い薔薇飾りをつけた白鬚の男が一座を仕切っていたが、それはたぶん警察長官その人だろうと察しがついた。だが、五つ目の席を占めているのがル・カロンの若い介添人ヴァランスの広い肩と、短く刈った頭と、恐ろしく整った顔であることを知ると、頭の中が混乱した。

マンクが入って来た時は、ちょうどクレイン老が話をしている際中《さいちゅう》で、老人は例のごとく不平の燻《くす》ぶる、自分だけは正しいと言わんばかりの憤《いきどお》りにかられてしゃべっていた。

「わしはミラー、モス&ハルトマン商会と事業提携をするという証書を作成するために息子を遣わしたんです。この会社は文明社会でも有数の商会で、アメリカにも、すべての植民地にも支店があり、イングランド銀行と同じくらい大きいのです。ところが、どうです？　息子は貴国へ足を踏み入れたとたんに骰子博奕《さいころばくち》はする、酒は飲む、ごろつきと決闘をするわで、抜き身の剣で野蛮な諍いをした揚句に殺されたんですぞ」

「クレインさん」とフォランが穏やかに言った。「あなたに反論すると共にお祝いを申し上げても、お赦しいただけるでしょうね。このように悲しい状況の下で、父親にとって一番嬉しい報せをお伝えします。あなたは息子さんを誤解していらっしゃる。彼は酒も飲まなかったし、骰子博奕も決闘もしませんでした。万事あなたの言いつけを守りました。ミラー、モス&ハルトマン商会との交渉に全力を傾けていました。彼はあなたのために働いて亡くなり、あなたを裏切るまいとして亡くなったのです」

娘が素早く身をのり出した。青ざめていたが、嬉しそうだった。

「どういう意味なんですの？」と娘は叫んだ。「それなら、剣を持って憎々しい顔をした、あの人たちは何者だったんです？　何をしていたんです？　一体誰なんです？」

「申し上げましょう」フランス人は冷静に答えた。「かれらはミラー氏と、モス氏とハルトマン氏です。イングランド銀行と同じくらい大きい、文明世界でも有数の商会ですよ」

テーブルの向こう側は呆然と沈黙し、語りつづけたのはフォランだったが、声の調子が一変して、挑むような響きがあった。

「ああ、あなた方現代社会の裕福な支配者たちは、何と現代社会を知らないんでしょう！　ミラー、モス＆ハルトマン商会について、世界中に支店があり、イングランド銀行と同じくらい大きいということ以外に何を御存知ですか？　かれらが地球の果てまで行くことは知っているが、どこから来たかを知っていますか？　持主の変わる会社や名前を変える人間を調べていますか？　ミラーは、もしそんな人間がかつて生きていたとしても、二十年前に死んだかもしれません。ミラーはミュラーかもしれないし、ミュラーはモーゼスかもしれません。今日、あらゆる商売の裏口がそうした新参者に開かれていますが、連中がどういう溝《どぶ》の中から出て来たかをあなたはお訊ねになったことがありますか？　そのくせ、あなたは息子さんが演芸場《ミュージック・ホール》へ行けば、もう地獄に堕ちたとお考えになり、彼が悪い仲間に近寄らないようにすべての居酒屋を閉めようとお望みになる。信じて下さい。それよりも銀行を閉めた方がましなんです」

マーガレット・クレインはなおも電気を帯びた目で見つめていた。

「でも、お慈悲ですから、何が起こったのか教えて下さい」と叫んだ。

調査人は椅子に坐ったままわずかに向きを変え、憂鬱そうにヴァランスを紹介する身ぶりをした。ヴァランスは石に色を塗りつけたような顔で、坐ったままテーブルを見ていた。

「ここにいるのは」とフォランが言った。「この奇妙な物語を内側から知っている人物です。彼自身の物語をとやかく言う必要はありません。この恐ろしい茶番劇を演じた五人のうちで、彼は間違いなく一番正直者であり、それ故《ゆえ》に牢屋に入った唯一の人間なんです。それはずっと昔、痴情にからんだ罪を犯したためで、そのために彼は、最低でもロサーリオ[*5]だったのが、最低の時はならず者《アパッシュ》になりました。だから、もっとお上品なあの悪党どもは彼の頸《くび》に縄をかけていて、今日、彼は裏切り者というよりも逃亡者なんです。彼はあの忌まわしい夜、悪魔に向かって蠟燭を掲げましたが、悪魔崇拝者ではありません。少なくとも、あの悪魔どもに対しては崇拝の念を持っていません」

長い沈黙があり、髪を刈ったアポロンの唇がしまいに歪んで動き出し、こう言った。

「私が奉仕しなければならなかったあの男たちについて、くどくど申し上げるつもりはありません。奴らの本当の名前はロレーヌとかカル・カロンとかではありません。ミラーやモスでないのと同様です。もっとも、社交界では最初の方を、商売ではあとの方を名乗っていましたがね。今は連中の本当の名前を気にする必要はありませんし、連中自身、そんなものを気にしたことはないと思いますよ。連中は第一に国際的な金貸しでした。私は奴らの思うままになり、大きなお雇い喧嘩屋兼護衛として使われていました——破滅した大勢の人間がそれ相応の仕返しをすることから、身を守るためです。あいつらは決闘なんて、十字軍に行くのと同じで、考えもしなかったでしょう。私は伯爵夫人を少し知っていました。夫人はこの件に関係ありませんが、ただ私は連中のために夫人の家を短期間借りたんです。ある晩ロレーヌが——あいつは若いけれども奴らの頭目で、ヨーロッパ一悪賢いならず者でした——たまたま例の骨董品の入っている抽斗を掻きまわしていました。黒い飾り箪笥から引き抜いて、トランプをするテーブルの上に置いといたんです。あいつは例の古いイタリアの指輪を見つけて、これには毒が仕込んであると言いました。ああいう玩具のことを良く知っていたんです。突然、奴は警察の足音を聞いた故買屋みたいに、抽斗を隠そうとする仕草をしました。でも、すぐに落ち着きを取り戻しました。何も危険はなかったんですが、その仕草は昔を物語っていました。奴をそんなに慌てさせたのは一人の男

＊5　フィリップ・マッシンジャーとネイザン・フィールドの原作をニコラス・ロウが脚色した戯曲「The Fair Penitent」（一七〇三）に登場する放蕩児。

来たんです。庭の斜面を上がって来たんです。そいつは黙って現われて、フランス窓の外に立っていました。痩せた金髪の若者で、入念に身ごしらえしてシルクハットをかぶっていましたが、それを脱いで入って来ました。『私はクレインと申します』と少し堅苦しくそう言うと、手袋を取って片手を差し出したので、ロレーヌが熱烈に握手をしました。ほかの者も挨拶して、そのうちにわかって来たのは、この男が、連中が大事な合併話を進めている会社の代表だということでした。玄関の間ではにぎやかな大歓迎という具合だったんですが、クレイン青年が帽子と手袋をトランプのテーブルに、ちょうど骨董品のわきに置いて、ブルーノ老について広い奥の間へ入ってから、雲行が怪しくなって来たようです。私には商売のことは良くわかりませんでしたが、それがわかるほかの三人の様子を見ているうちに、大体こんなことだろうと察しがつきました——ブルーノが一同を代表して、新しい共同経営者に何か提案していたんです。連中はそれを相手にとって非常に良い提案だと考えていましたが、先方はほかの点で必ずしも良いと思わなかったんです。連中は初めのうち自信満々のようでしたが、奥の間で話しているうち、ヴァンダムとル・カロンが陰気に目配せしました。そして突然、腹立たしげな怒鳴り声が中から聞こえて来ました。『父に損害をかけようというんですか?』それから、何か聞き取れない返事のあとに、『あなたを信頼して、ですと! 私を信頼しているのは父です。私はさっそく、このとんでもない提案を報告します……いや、駄目です。買収などされませんよ』私はロレーヌの顔を見ていましたが、その顔は黄色い羊皮紙みたいに老け込んだようで、その目はテーブルの古い宝石のようにキラリと光りました。奴はテーブルごしに身を乗り出すと、ヴァンダムの耳元に口を寄せて言いました。『このまま帰らしちゃいけない。もしあいつがこの家を出て行ったら、世界中でやっている俺たちの商売はおしまいだ』『でも、止められやしないぞ』と博士はささやき、歯をガチガチ鳴らしていました。『止められないだって！』ロレーヌがぞっとするような薄笑いを浮かべて、しかし、何だか恍惚《うっとり》としている人間のように繰り返しました。『なに、やろうと思えば何だってできるさ。もっとも、こいつはまだやったことがないがな』彼はがらくたの山から毒の指輪を取り上げました。それから、テーブルに置いてあった青年の手袋を帽子の中から素早く取り出しました。奥の部屋から、大きな話し声が聞こえて来ました。『おまえたちは盗人《ぬすっと》だと父に言ってやる！』ロレーヌは、青年が部屋へとび込んで来る寸前に、指輪をこっそり手袋の指の中に滑り込ませました。青年は帽子を被ると、腹立たしげに手袋を嵌め、フランス窓の方へ大股に歩いて行きました。そして夕陽に向かって窓を勢い良く開けると、外に踏み出して、庭の芝生にバッタリ倒れて死んだんです。高い帽子が斜面を転げ落ちて行きましたが、当人が倒れて身動きもしないのに、帽子がまだ藪の間を動いているのが何とも恐ろしかったのを憶えています」

「彼は旗を守る兵士のように死んだんだ」とフォランが言った。

「たぶん、そのあとのことは」ヴァランスは語りつづけた。「もうお察しでしょう。地獄そのものがあの夜ロレーヌに入れ知恵したに違いありません。というのも、この劇全体があいつの作で、細かい点まで計算し尽くされていたんです。殺人の難しいところは、どうやって死体を匿《かく》すかですが、あいつは死体を匿さず見せることにしました。見せびらかすと言っても良いかもしれません。奴は奥の間を行ったり来たりしながら、融通無碍《ゆうずうむげ》に変わる顔を思案に引きつらせていましたが、そのうち、交差した剣が飾ってあるのに目を留めました。『この男は決闘で死んだんだ』とあいつは言いました。『イギリスでなら、鴨を撃ちに行って死んだろうし、ロシアならダイナマイトでだ。フランスでは決闘で死んだんだ。我々みんなが軽い責めを負えば、重い方の罪は決して咎められないだろう。告解の上手なやり方と一緒さ』そう言って、またあの恐ろしい薄笑いを浮かべたんです。あいつは決闘だけじゃなく、その理由になる酒の上の喧嘩まで筋書を作りました。シャンペンを取りに行ったのはあの坊やが来てからだと連中が言ったのは、本当です。坊やが来てから注文したんです。彼が死んでから注文したんです。奴らは念入りにカードをばら撒き、念入りに家具を投げ出したり何かしました。ちなみに、トランプのカードを良く切らなかったので、ムッシュー・フォランを騙《だま》せなかったんです。それから連中はル・カロンを――一番見栄えがするので――ワイシャツ姿にして、死人も同じ格好にすると、もう止まっている心臓をロレーヌが剣で慎重に突き刺しました。まるで二度目の、もっと性質《たち》の悪い人殺しのようでした。それから夜が明ける直前に、暗闇にまぎれて死体を運び下ろしました。決闘の場所以外で人に死体を見られるとまずいからです。ロレーヌは細かいことを二十も考えました。飾り箪笥から伯爵夫人の古い写真を持って来て死人のポケットに入れたのは、調べる人を惑わすためです――実際、これは上手く行きましたがね。クレインさんの手紙を残しておいたのは、放蕩を戒める部分が作り話の裏づけになったからです。何も彼も辻褄が合っていて、ル・カロンが暗闇で胡瓜の枠を踏まなかったら、さすがのムッシュー・フォランも、この件に穴が空いているのを見つけられなかったろうと思いますね」

マーガレット・クレインは警視庁の建物からしっかりした足取りで出て来たが、石段の天辺でふらつき、倒れそうになった。フォランが彼女の肘をつかみ、二人はしばし見つめ合った。それから一緒に石段を下りて、通りを歩いた。彼女はあの暗澹《あんたん》たる冒険で兄を失ったが、ほかに何を得たかは五人の奇妙な男の――あるいは、彼女がのちにそう呼んだ剣の五の――物語とはまたべつの話である。マーガレットはあの事件についてもう一つ質問をし、二人がそのあと話したのは全然異なる事柄だった。彼女はただこう言ったのだ。

「あなたが確信したのは、兄の指に傷を見つけたからなんですか?」

「一つには指です」フォランは厳《おごそ》かにうなずいた。「もう一つは顔です。あの人の顔にはまだ爽《さわ》やかなものがあったので、私はすでに考えていたんです――彼は放蕩児などではなく、普通以上に立派に死んだのだろうと。それは若いけれども若さより気高いもの、美しさより美しいものでした。どこかよそで見たことのあるものでした。言うなれば、ロスタンの劇の場合とはあべこべだったんです。『ベルジュラック様《ムッシュー・ド・ベルジュラック》、私はあなたの従妹でござ《ジュ・スイ・タ・》います《クジーヌ》』*6」

「おっしゃることがわかりません」と彼女は言った。

「面差しが似ていたんですよ」と連れはこたえた。

*6　エドモン・ロスタン「シラノ・ド・ベルジュラック」第四幕第五齣のロクサーヌの台詞。ロクサーヌとシラノは従兄妹同士だが、かたや美女、かたや稀代の醜男《ぶおとこ》である。

裏切りの塔

日没直前の一時《いっとき》、冬枯れした灰色の森に縁取《ふちど》られた荒涼とした土地を、一人の青年が少々奇抜なやり方で歩いていた。静寂な、森のある荒野をうしろ向きに歩いていたのだ。その奇行に目を留める者は誰もいなかった。ハンガリーの辺境がバルカン半島に溶け込む果てしない森林の上を鷲《わし》が突き進むのを止めることもできなかったし、栗鼠《りす》や兎に論評されることも期待できなかった。この地方の農民が見ていたとしても、巡礼の誓いか何か、突飛な宗教的勤行だと説明して済ませただろう。そこは突飛な宗教的勤行の行われる土地だったからだ。青年の前へ（いや、この時はうしろへ）もう少し行ったところに、彼の目的地であり、以前にもたびたび目的地とした奇妙な修道院があった。そこはまるで城塞のようなところで、聖堂騎士団の古い礼拝堂にも似ており、修行僧たちが神聖な宝飾品の宝庫を夜昼怠《おこた》りなく見張り、王冠のように、また聖者の遺物のように護っているのだった。そこから一リーグと離れていない、丘が森の中からくっきりと聳《そび》え立つところに、世離れた信仰生活のさらに寂しい前哨点があった。そこは隠者の庵で、かつてヨーロッパの半分に名を轟かせた人物、華やかな外交家で野心ある政治家だった男が、今はたった一人で籠《こ》もっていた。稀に訪れる信心深い人々は、彼が新しい叡智《えいち》という目に見えない宝石を持っていると考えていた。かくも静謐《せいひつ》で空虚に見えるこの一帯は、そうした奇蹟によって生動していたのである。

しかしながら、くだんの青年は宗教的な誓いを果たしているのでも、宗教的な巡礼をしているのでもなかった。彼は丘の庵に住む名高い世捨て人を、二人共俗世間にいて俗人だった時、個人的に知っていたが、隠者の神聖な手本に倣《なら》うつもりはさらさらなかった。青年自身は、奇妙な宝石をおさめる神聖な小函《こばこ》ともいうべき修道院の客だったが、その用向きは純粋に政治的で、少しも神聖ではなかった。彼の職業は外交官だった。といっても、宮廷の作法に敬意を払いすぎてうしろ向きに歩いていると軽々《けいけい》に推測してはいけない。彼の国籍は英国人だったが、いささか遠くから敬意を表して、英国王の御前《みまえ》から後退《あとじさ》っているわけではなかったし、他の王侯にそうした礼儀を示しているのでもなかった。もっとも、ある女王への礼儀を示しているのだと本人は言ったかもしれない。手短に言うと、彼の道化《おどけ》た真似の理由は、少なからぬ道化た真似の理由がそうであるように、恋しているという——物語ではよくあるし、現実生活でも知られていなくはない状態にあることだった。彼は心ここにあらずで、あるいは心乱れて、たった今出て来たばかりの家をふり返っていたのだ——そこから何か最後の合図が見られないかと思い、あるいは、ただ樹の間にもう一目だけその姿を見ようとして。彼の表情は、今宵はことさら憧れに満ち、名残りを惜しむかのようだったが、それは彼にも説明できなかったであろう気分的な理由――実際的な困難からは説明できない悲哀と懸隔《けんかく》と別離の感覚のせいだった。夕雲が四旬節《レント》の悲劇を象徴する紫色に重々しく彩られているように、今宵は熱情が幾分運命の力を以《の》て彼に圧しかかっているようだった。神秘家肌の異教徒なら、きっと次に起こったことを前兆と呼んだろう。もっとも、現代風の実際家なら、うしろ向きに歩くことと馬鹿であることから大いに予測し得る結果だと仄《ほの》めかしたかもしれない。森で遠い銃声が聞こえ、青年はハッとして少し飛び上がったとたん、草の輪が足に引っかかり、大の字に引っくり返った。まるで遠くの射撃が彼を倒したかのようだった。

だが、前兆はこれで終わりではなかったし、必ずしも異教的とも言えなかった。倒れた場所から一瞬上を見た時、黒い森の上に、鮮やかな菫色の雲を背にして、四旬節の言い伝えを思い出させる悲劇的な紫色にふさわしいものが奇妙にも見えたのである。それは左右に伸ばした巨大な腕の間にある、大きな顔だった。大きな木の磔刑《たっけい》像の顔だ。像は丸彫りだが、ごく荒削りに、古朴な様式で彫刻されており、おそらく、この宗教的境界線の迷路に於《お》ける、ローマ・カトリック教の古い前哨点だったのだろう。彼は前にもそれを見たことがあるはずだった。像は森が切れたところにある小高い丘の上に立っていて、宝石を護る聖所――その塔はすでに木の葉の海からそそり立っているのが見えた――への一本道と向かい合っていたからである。しかし、梢の上に突き出したその頭の大きさは、転んだショックのあとで急に下から見上げると、何だか空に審判の日の様子が現われたように見えた。その足元で転んだのは不思議な運命のようだった。

青年は名をバートラム・ドレイクといい、ケンブリッジ大学出で、懐疑主義のあらゆる怡楽《いらく》と因習を受け継いだ上、彼自身の知的な気質が性急なものだから、快活である一方、彼のような職業の者にはよろしくないほど反抗的だった。浅黒いが、あけっぴろげで大胆不敵な顔をした、活発な落ち着きのない男だった。ところが、ほんの一瞬、何かヨーロッパに埋《うず》もれたキリスト教世界とも言うべきものが――それが神話となっている場所でさえ一つの記憶である何かが、彼の胸中に動いたのだ。彼は立ち上がると、大きな円形を成している暗灰色の森に困惑の視線を向けた。遠く、その森の中から彼の目指す塔がポツリと立っていたが、その時、ほかのものも目に入った。たった今転んで、また立ち上がった場所から二、三フィート離れたところに、もう一人の人物が倒れていたのだ。その人物は立ち上がらなかった。

彼は大股に歩いて行ってその身体の上に屈み込み、触ってみたが、相手がいつまでも動かない理由をすぐに厳然と了解した。さらなる驚きもなくはなかった。その男には会ったことがあるからだ。といっても、べつに変わった経緯《いきさつ》があるわけではない。今し方出て来た家に材木を運んで来た土地の人間だったのである。四角い無表情な顔にかけた眼鏡に見憶えがあった。ごく地味な角製の眼鏡だったが、普通の農夫のように寛い服をまとっている姿になぜか似合わず、この時の悲劇の中では、ほとんどグロテスクだった。眼鏡が顔にきちんとかかっていること自体が、死を突然信じ難いものにする日常習慣の些事《さじ》の一つだった。青年は数秒間男を見下ろしていたが、やがて周囲の死んだような静寂がじつは生ける静寂であることに気づいた。彼は一人ではなかったのだ。

一、二ヤード離れたところに、武装した男が彫像のごとく立っていた。がっしりした身体つきだが、少し猫背で、筒の長い旧式のマスケット銃を肩に斜めにかけ、手には抜いたサーベルを握って、それが銀の三日月のように光っていた。それ以外の点はというと、長い外套《がいとう》を着て長い顎鬚《あごひげ》を生やしており、ロシア人や東欧人に時々感じられることだが、外套はスカートに似て、大きな鬚には毛むくじゃらの仮面のような恐ろしさがあった――かすかだが、紛《まぎ》れもない東方の趣《おもむき》だ。身形《みなり》は粗野な制服のように見えたが、彼が今いる小さなスラヴ国家の制服ではないことを英国人は知っていた。その国の名は、物語をする都合上、トランシルヴァニア王国と呼んでおこう。しかし、ドレイクが、もうかなり慣れたその国の言葉で話しかけると、見知らぬ男も理解したことがはっきりわかった。そして、この顎鬚を生やした野蛮な人物の鳶《とび》色の眼が、悲しげなだけでなく、独特の秘密らしさを湛えて柔和でさえあることに、何か奇妙さを総仕上げするようなところがあった。

「この男を殺したのか？」英国人は厳しくたずねた。

相手は首を振り、それから抜身のサーベルを質問者の鼻先に突きつけるという、単純だが十分な仕草によって、疑いの眼差しに答えた。刃は綺麗で、血が一滴もついていないことは反駁《はんばく》できぬ事実だった。

「でも、殺そうとしていたんだろう」とドレイクは言った。「なぜ剣を抜いたんだ？」

「私がしようとしたのは――」見知らぬ男はそう言いかけて口ごもり、それから、いきなりサーベルを鞘に収めると、茂みの中にとび込んで姿を消した。ドレイクがあとを追う閑《ひま》もなかった。

森を目醒めさせた射撃の谺《こだま》が塔の向こうの遠い山々に消えてから、まださほど時間は経っておらず、その発砲が死因だとしか今は考えられなかった。弾丸《たま》が塔から飛んで来たことをドレイクは多くの理由から確信しており、彼が急いでその塔へ向かって行く理由は、惨事を最寄りの人家に知らせる必要だけではなかった。両側を土手で囲んだ真一文字の道路は、塔と磔刑像の前の小丘に橋を渡したようだった。彼はその道を急いで、まもなく奇妙な修道院の建物の影に入った。その建物は今は途方もない大きさだったが、形はやはり単純だった。円周の内側は大きな野営地のように広く、平らな天辺には一種の屋上庭園もあって、ここに永住する番人や捕虜がちょっとした運動をできるほどだったが、塔は円くて窓のないただ一つの壁に囲まれて地面から聳え立っていたからである。あまりに高いため、塔というより柱のように風景の中にそそり立っていた。この建物へ続く一本道の終わりには、深いが水の涸《か》れた濠《ほり》に一本の狭い橋が架かっていて、濠の外側には茨の生垣が輪になってつづいていたが、内側には大きな恐ろしい鉄の忍び返しが――いわば人間がつくった巨大な棘《とげ》がいくつもついていた。この囲いと隔離の完璧さは、古き国の宝を守ろうとする古き国の政策の一環だった。この建物も、中に住む人々も、〝百の宝石の陣中着〟として知られる宝物の守護に捧げられていたからである――もっとも、護るべき宝石の数は今では少し減っていたが。言い伝えによると、大王ヘクトール、この山地のほとんど有史以前の英雄が、鎖帷子《くさりかたびら》の代わりに、無数の小さなダイヤモンドがついている胴鎧ないし胸当てを持っていたという。古い色褪せた絵や綴《つづ》れ織りの中では、彼はつねに星の衣をまとったような扮装《いでたち》で馬に乗り、戦場へ出かけて行く姿が描かれていた。この言い伝えは枝分かれして近隣の敵国にも伝わっており、それ故《ゆえ》に、この遺物を所有することが、伝説が生きているこの地域では国家的かつ国際的な重大事なのだった。言い伝えは偽りだったかもしれない。しかし、小さいばらになった宝石は、あるいはそのうちで残っているものは、十分現実だった。

ドレイクはその陰鬱な要塞を、同じくらい陰鬱な気分で眺めていた。冬ももう終わりで、灰色の森は春の始まりというより兆《きざ》しである、控え目な名も知れぬ花でほのかな紫に染まっていたが、その時の彼自身の気分は、ロマンティックであると共に悲劇的でもあった。彼があとに残して来た一連の奇妙な出来事は、前兆として彼の注意を惹《ひ》かなかったとしても、謎として今も心を惹いていたに違いない。理由もなく殺された男、理由もなく抜いた剣、やはり理由もなく途切れた言葉、こうしたことすべてが危険を告げる夢の中の映像のように働きかけた。彼は自分の運命に暗雲が垂れ込めているのを感じ、少なくとも、その晩の成り行きに関する限り、それは間違っていなかった。客人として滞在する戦闘的な修道院にふたたび入った時、新たな災難がふりかかったからだ。そして翌日、転んだ時に見ていた森の小径をふたたび辿り、あれほど憧れの思いをこめて見やった家をふたたび訪れた時、家の扉は彼に対して閉ざされていた。

翌日、彼はその家にも塔にも背を向けて、新しい径を必死で歩き、右往左往しながら森を抜けて、向こうの丘の方へ上って行った。すでに仄めかした通り、この二、三日のうちに、悲劇であるだけでなく謎でもある事件が彼の身に起こったからだ。そして最後の災厄の光あるいは闇に照らして全体を顧《かえり》みた時、この土地に一人の旧友が、こうした謎を読み解く男がいることを思い出したのである。彼は隠者の住居へ向かっていた。そこはある偉大な人物の家――墓だと言う者もいるかもしれない――で、その人物は現在スティーヴン神父として知られているが、本名はかつて歴史的な条約に書き込まれ、各国の新聞の見出しに躍ったのだ。かつて慧眼《けいがん》によってその名を馳《は》せた彼の活動のすべてを語る余裕は、ここにはない。秘密外交と呼ばれるようになったものの世界で、彼は秘密の外交官以上の存在だった。いかなる外交上の術策も彼には秘密にしておけなかった。のちの神秘的才能の幾分か、人の気分や潜在意識を洞察する力が、当時も彼の役に立っていた。彼は小さい物事を見ただけでなく、大きい事柄として大きな目で見たのである。国際的億万長者の自殺を、雰囲気とその人物が時計の螺子《ねじ》を巻かなかったことから予想したのは、彼だった。ボストンのさる御婦人がお茶を手渡した時、椅子に平然と坐っていたことからドイツ人のスパイを見破り、アメリカに於けるドイツの一大陰謀を頓挫させたのも、彼だった。彼は今でもごくたまに、そうした外の世界の問題を意識することがあり、大きな不正が行われた場合は同じ能力を用いて、迷子《まいご》の羊の行方を追ったり、農夫の靴下から盗まれたささやかな貯《たくわ》えを取り戻してやったりした。

荒寥《こうりよう》たる斜面の天辺に沿って、ところどころ窪《くぼ》んでいる低い断崖か岩壁が長い段を成して連なっていた。その斜面の下の方は、角《つの》や鶏冠《とさか》の形をした冬の樹々の梢の中に消えていた。この岩壁が朝日に向かい合うと、石は大理石のように白々《しろじろ》と輝き、とくにある個所は人間の建物のような角張った様子をしていて、まぎれもなく人間の出入りする口が穿《うが》たれていた。その白い岩壁には黒い戸口があり、うつろで、まるで幽霊のように恐ろしかった。おおよそ人間の形をしており、ミイラの棺のように頭や肩があったからだ。この棺桶に似た穴のわきには、ただ一つの印として、平たい彩色した聖家族の画像《イコン》があったが、それは東方キリスト教の極度に装飾的な様式で描かれ、絵というよりも派手な色合いの図表を思わせた。しかし、その黄金色と緋と緑と空色は、墓穴から出て来た寓話の蝶のように、黒い穴のそばの岩にきらめいていた。バートラム・ドレイクはその墓の門へ大股に歩いて行き、まるで死者の名を呼ぶように大声で呼びかけた。

逆説を用いて真実を述べるならば、彼は死者の蘇生に驚かされることを予期していたが、予期せぬ形で驚かされたのだった。ウィーンの大劇場の特等席で夜会服を着たこの有名な友人と最後に会った時、友人は顔色が悪く、年齢《とし》よりも老け、物言いも退屈で皮肉なものになっていた。彼はその時の話題さえぼんやりと憶えていた――舞台の下げ幕か緞帳《どんちょう》に関する幻滅した批評で、偉大なる外交官は劇よりもそちらの方に関心があるようだった。ところが、同じ人間が寂しい山の黒い穴から出て来た時は、不自然なほど若々しく、子供に還《かえ》ったようにも見えたのである。力強い顔には血色が戻り、影の中から出て来た時、その目はまるで獣の目が暗闇で光るように光っていた。剃髪して栗色の髪が頭のまわりに輪になって残り、丈高い骨張った身体は昔より締まりがあって、背筋がしゃんとしているようだった。これは山地の清々《すがすが》しい空気と素朴な生活によって合理的に説明できるかも知れない。だが、諸々の空想に追いかけられて苦しんでいる訪問者がその時感じたのは、この男は真っ暗な庵室に秘密の太陽か命の泉を隠し持っている――あるいは山々の根元から滋養を吸っているようだということだった。

二人が交わした最初のわずかな挨拶の言葉で、彼は相手の変わりようについて述べた。隠者は自分がこの奇妙な地所をどんな風に受け入れているかを説明したがって――それはとても不可能だったが——いるようだった。

「ここは、僕がこの地上で見る最後の場所になるだろう」と彼は静かに言った。「いずれおさらばするが、それで良いと思っている。といっても、ここがつまらないというわけではなくて、むしろ逆だ。この庵は畢竟《ひっきょう》、生へのたった一つの足がかりだからね。たしかなのは、僕はここに留まって、よそへ迷い出て行かない方が良いということだ」

沈黙の後に、彼は燃える青い眼で森に覆われた谷間の向こうを見つめながら、言い足した。「憶えているかね。最後にあの劇場で会った時、僕は劇の場面と同じくらい幕の絵が好きだと言ったろう。あれは村里の風景で、橋が架かっていたね。僕はあの橋に凭《もた》れかかるか、小さい家の中を覗いてみたいと、天邪鬼《あまのじやく》にそんなことを感じた。それから、ふと思い出した——ほかのどの角度から見ても、あれは絵具を塗った薄い布にすぎないんだと。この山から見ている世界についても、同じことを感じるんだ。美しくないというわけじゃない。結局のところ、幕だって美しいこともあり得るからね。非現実だというのでもない。結局、幕は現実だからね。ただ、それは薄っぺらで、うしろにあるものこそ本当の劇だということさ。そして僕が場所を変えればおしまいになると感じるんだ。フランスの劇場で木槌を三度叩くあの音を僕は聞くだろう。そして、幕が開く。僕は死ぬだろう」

英国人は、根っから虫が好かない神秘の雲をふり払おうとして、言った。「正直な話、君ほどの知性を持つ男が、どうしてそんな迷信みたいなことをくよくよ考えていられるのか、わからない。君はかなり健康そうだが、君の心は間違いなく、その分だけ病的になっている。この鼠の穴を出て行くことが罪になると本気で言ってるのかい？」

「いや」と相手はこたえた。「罪になるとは言わんよ。死となるだろうと言ってるだけだ。下界へまた下りて行くことが僕の義務《つとめ》だということもあり得るが、その場合、死ぬことが僕の義務となるだろう。軍人だったら、いつでもそれが義務であるはずだが、僕はけして喜んでその義務を果たさなかっただろう。今は、もし遠くに僕を呼ぶ合図が見えたら、立ち上がってこの洞窟を去り、この世界におさらばするよ」

「一体どうして、そんなことがわかるんだ？」ドレイクは焦《じ》れったがって言った。「君はこの荒野に独りで住んで、狂人みたいに、自分は何でも知っていると思っている。誰も会いに来ないのかい？」

「いや、来るよ」スティーヴン神父は微笑んで言った。「このあたりの人が時々上がって来て、あれこれ質問する。僕がかれらの難儀を救えると思っているらしい」

暗い快活さをたたえたドレイクの顔がかすかに羞恥を帯び、気まずそうに笑って答えた。「狂人みたいに、なんて言ったことは謝らなきゃいけないな。僕も同じ用向きで上がって来たんだから。じつを言うと、君なら僕の難儀を救ってくれると思ってるんだ」

「できるだけのことはしよう」とスティーヴン神父はこたえた。「そんな顔をしているところを見ると、連中に大分悩まされているんじゃないかね」

二人は斜面の端に近い平らな岩に並んで腰を下ろし、バートラム・ドレイクは事情をすっかり、いや、言う必要のある部分だけ、語りはじめた。

「僕がこの国にいる理由、〝百の宝石の陣中着〟を保管するあの場所に、こんなに長く滞在している理由を言う必要はないだろう。君は誰よりも良く知っている。我々が知っている例のプロパガンダのために、イギリスの代表がここで宝物の保管状況について報告書を書くことを最初に言い出したのは君なんだから。君はたぶんこのことも知っていただろうが、あの変わった修道院の規則では、友好的な、そして名誉ある客人ですら、じつに厳格な制限の下に置かれる。連中は外界との往来をひどく恐れているから、僕は囚人同様でいなければならなかった。しかし、あそこの警戒措置は君が訪れた頃よりも厳しいんだ。新しい修道院長のパウルが丘の向こうから来て以来だよ。君は彼に会ったことがないだろう。修道院の外では誰も彼に会ったことがないし、僕には君の人となりを説明できないように、彼のことも説明できない。だが、君はなぜか今でも世界という円に似て、あらゆるものを包含しているように見える。それに対して、あの男は円の中心点に似て、ただ一つのものでしかないように見える。彼は渦巻の中心のように動かない。つまり、彼の不動性そのもののうちに方向と推進する速度があるように見えるんだが、一切がダイヤモンドを守ることだけに収斂《しゅうれん》しているんだ。あの院長は守備体制を変えて厳重にしたから、宝物が失くなったり漏出したりすることは物理的にありそうもない。今はこれだけ言っておくが、宝物は鋼鉄の小函に収められて屋上庭園の中央に置かれ、交代でしか眠らない修道僧たちと、年老《としと》った修道院長その人が見張っている。院長は日没前後の二、三時間を除いてほとんど眠らない。眠る時も小函のわきに腰かけていて、小函は院長以外誰も触ることができないし、院長は大型の旧式な銃に手をかけている。古めかしい喇叭《らっぱ》銃だが、そんなものでも狙いを誤たずに撃てるんだ。それに彼は時々急に目を醒まして、年老いた白い鷲みたいに、磔刑像のところまであの一本道を見渡しているんだ。見張りが彼の世界なんだ。ほかのあらゆる点で、彼は温厚で恵み深い。何マイル四方の貧しい者に食べ物を与えることを命じたが、まわりの森のどこかで——公認の通り道であるあの道は別として——足音やかすかな身動きの音がすると、狼を撃つように無慈悲に撃つ。あとで話すが、僕は理由があってそれを知っているんだ。

ともかく、さっき言ったように、あそこの規則はもともと厳しかったが、今は以前に増して厳しい。僕があそこへ入る時は起重機か戸外の昇降機で吊り上げられて、やっと入れたんだが、その機械は、建物の天辺から修道士が五、六人がかりで動かさなければならなかった。僕があそこから出ることは、全然考えられていなかった。君は書物というより絵を見るように人間の心を素早く読むから、このことも知っているかもしれないが、僕はそんな風に鎖で脚を縛られることにとても我慢できない性質《たち》なんだ。僕の欠点は堪《こら》え性《しょう》のなさと不敬だ。だから想像がつくと思うが、一週間か二週間したら、あの場所を焼き払いたくなっていたかもしれない。だが、僕の奴隷状態を耐えられないものにした本当の特別な理由は御存知あるまい」

「すまないね」とスティーヴン神父は言ったが、その声の誠実な響きを聞くと、ドレイクの焦れったい気持ちは急に熄《や》んで、自責の念が起こった。

「いや、すまないのはこっちだよ。まったく、僕が悪かったんだ」と彼は言った。「だが、たとえ僕のしたことが罪だとしても、罰を受けたことはわかってくれるだろう。一言で言うと、今君が話しかけている男に、この国の誰も話しかけようとしないんだ。僕はとんでもないことをしたと非難されているが、僕にはそれを否定できなくて、君なら代わりに否定してくれるかもしれないとわずかな期待をかけているんだ。下のあの谷間にいる何百人という人間が、たぶん僕の名を呪って、僕を殺せと叫んでさえいるかもしれない。だが、僕を疑いの目で見る大勢の人間のうちで、その人に疑われるのが耐えられない人間はただ一人なんだ」

「この辺に住んでいる男かね?」と隠者はたずねた。

「この辺に住んでいる女性だ」と英国人はこたえた。

世捨て人の目に光った皮肉は、予期せぬ答でなかったことを仄めかしていたが、彼は相手が話をつづけるまで何も言わなかった。

「君はあのお城《シャトー》みたいな建物を知ってるだろう。あるフランスの貴族が――追放された殿様だと思うが——磔刑像の向こうの森に蔽《おお》われた尾根に建てたものだ——ここからもその小塔が見えるよ。所有者が今誰なのかよく知らないが、何年も前からアミエル博士という有名な医師、フランス人というよりもフランスのユダヤ人が借りている。彼は崇高な人道的理想の持主とされていて、その理想にはこの小さな国の理想化も含まれているが、それはもちろん、我々の外務省にとっては結構なことだ。たぶん、そういう人物と『されている』だけだと言っては不当だろうし、正直言って、僕にはこの男を公平に評価できない。その理由はもうじきわかるだろう。だが、感情はべつとして、僕はなぜか彼について判断に迷っているんだ。人間の好き嫌いが赤い喫煙帽を被ることに左右されると言うと、馬鹿みたいに聞こえるだろう。だが、僕にできる一番近い表現は、それなんだ。少し禿げている頭に何も被らないと、あの男は色の浅黒い、顎鬚のピンと尖った、中々偉そうなフランスの科学者だ。ところが、あの赤いトルコ帽《フェズ》を被ったとたん、トルコ人よりもずっと下等なものになって、まるでアジア全体がレバントの向こうから僕を嘲笑い、いやらしい目つきで見ているような気がするんだ。いや、きっと、僕の気持ちが尋常でないから、そういう空想をするのかもしれない。人々は彼を信じていて、彼は本当にこの国の人々に、あるいは、ここでの我々の政策に献身していると言うべきだろう。現在、そして僕があそこにいた二、三週間、彼の家にはイギリス人が滞在していて、例の理想に肩入れして、彼の仕事は素晴らしいと言っている。一人はウッドヴィルという若い男で、僕と同じ学寮の出身だ。あちこちを旅行して、快走船の航海に関する本を書いていると思う。それに彼の妹がいる」

「君の話は今のところじつに明解だ」スティーヴン神父は抑えた調子で言った。

ドレイクはまた突然気が急《せ》いて来たようだった。「僕は狂った状態に陥っていて、君を病的と呼ぶ権利などないことは承知している。人を判断するのがひどく難しい状態なんだ。二人の人間、兄と妹が、あんなに似ているのにあんなに違うなんてことが、どうしてあり得るんだろう？　二人共所謂《いわゆる》美貌の持主で、しかも、同じ種類の美貌だ。一体なぜ、彼女の血色の良さは青白い肌のように澄んで見えるのに対し、彼の血色の良さは、化粧でもしたように不愉快なんだろう？　僕はなぜ彼女の髪を黄金《きん》だと思い、彼の髪を金鍍金《きんめつき》のように見るんだろう？　正直なところ、彼には何かわざとらしいものを感じてならないんだ。でも、こんな偏見のことで君を煩《わずら》わせに来たわけじゃない。ウッドヴィルには非難すべき点はほとんどない。競馬好きなことでは知られているが、世慣れた人間が驚くほどじゃない。そういう評判は召使いのグライムズという形をとって、彼のあとに尾《つ》いて来たんだと思う。この男は主人よりもずっと競馬に夢中で、それが目につくほどなんだ。知っての通り、あの城《シヤトー》には召使いがほとんどいなかった。庭仕事でさえ農民が外から来てやっていた。角製の眼鏡をかけた不運な男で、あとでこの話に出て来るよ。とにかく、ウッドヴィルはこのあたりの政治に関して健全な意見を持っていたか、そういうふりをしていた。その点は本心なんだと僕は思う。妹に関して言うと、彼女はジャンヌ・ダルクと同じくらい美しい情熱を持っている」

短い沈黙があり、それからスティーヴン神父が夢見るように言った。

「つまり、君は何とかして牢獄から逃げ出し、彼女を訪問したんだね」

「三回訪問した」ドレイクは恥ずかしそうに笑って、こたえた。「綱の先にぶら下がって頸《くび》の骨を折りそうになったよ。銃で何度も狙われた上にね。聞きたかったらあとで詳しく話すが、パウル僧院長が眠る日没の一時《いっとき》にこっそり抜け出して、また戻って来たんだ。肝腎なことは、つまるところ二つだった。例の起重機ないし昇降機に以前使われていたが、今は使わなくなった鉄の鎖を偶然見つけたことと、僧院長が眠っている間見張りをしていた老修道士の性格だ。人間というのは、何て不思議なものなんだろう。そして彼のたった一つの自我を軸と蝶番《ちょうつがい》にして回転する物事は何と大きいんだろう！ 修道僧たちはみんな取りつく島もなくて、僕が抜け出せたのは、ほとんど冷やかしに近い同情のおかげだった。イギリスの物語なら、僕の共謀者は失った恋を夢に見る若い反抗的な修道僧ということになるだろう。ところが、僕の味方は宗教生活を忠実に営む最古参の僧で、悪戯というに等しい気まぐれから手を貸してくれたんだ。罪のないパンダルス[*1]か、キリスト教徒の牧神《パン》[*2]といったものを想像できるかい？ 彼は神聖な宝石を売り渡すくらいなら死ぬだろうが、僕の恋がそれ自体恥ずかしからぬものだと確信すると、歯を剝いて笑う年老った小鬼《ゴブリン》みたいに、黙って笑いながら鎖で僕を下ろしてくれた。あのぶらぶらする鉄の梯子《はしご》につかまって揺れながら下りるのは、まるで地球から流れ星へ飛び移るような、中々凄い体験だった。それでも、僕は何とか下の忍び返しに引っかからないように飛び降りて、道路わきのこんもりした木立の下を這って行った。その間にも、塔の上のマスケット銃がパンと鳴って、谺が響き渡ると、頭上に枝を張っている樅《もみ》の木から、枝が一つ、僕の右手の道に落ちて来た。恐るべき老人だよ、あの僧院長は。ろくに眠らないいんだ」

二人は遠い森から聳え立つ奇妙な塔を見つめていたが、やがてドレイクは少し黙ったあと、また物語をつづけた。

「アミエル博士のお城《シャトー》には、庭の外れに杜松《ねず》と月桂樹の高い生垣がある。少なくとも外側は高くなっていて、斜面が岩棚みたいになったところの上に聳え立っているが、上の平らな庭から見ると割合に低いんだ。僕は午後遅く、薄明かりの中でこの岩棚へよじ登り、彼女は庭を下りて来て——まるで家の明かりが服にまとわりついているようだった——一緒におしゃべりをした。彼女の髪は木の葉のうしろに射す黄色い光みたいだったが、その姿

＊1　チョーサーの物語詩「トロイルスとクリセイデ」の登場人物。
＊2　ギリシア神話の神。ロンゴスの物語「ダフニスとクロエ」では恋する少年と少女の守護神である。

がどんな風に見えたかを言っても仕方がないな。そういうことが僕の現在の状況を地獄のようにしているんだがね。君は修道僧であって――おっと、男じゃないと言いそうになったが、とにかく、恋する男ではない」

「その議論を突き詰めるなら、僕は杜松の茂みではない」とスティーヴン神父は言った。

「だが、それが然《しか》るべきところに生えているのを嘆賞することはできるし、神の園には良い物がたくさん自生しているのを知っている。だが、こう言っても良ければ、そんなに立派な御婦人が君のそういう少し風変わりな関心を受け入れたのを見ると、君が気の毒なユダヤ紳士に嫉妬する理由が大いにあるとは思えないんだがね。たとえ、彼が喫煙帽をかぶるほど下劣で信義に欠ける男だとしても」

「君の言うことは、昨日まで正しかった」とドレイクは言った。「今になってわかったが、僕は昨日まで楽園にいたんだ。でも、一度だけ多く行きすぎた。三度目に戻って来た時、塔から飛んで来るどんな弾丸よりもひどい雷霆《らいてい》が僕を打ちのめした。老僧院長はそれまで僕が脱け出したことに一度も気づかなかったが、目醒めた時は奇蹟的な聴覚を持っていたに違いない。僕が藪の中をできるだけそっと這って行くたびに、何かが動く音を聞きつけたらしくて、何度も発砲したんだ。それでね、最後の時、僕はアミエル博士のために働いている眼鏡をかけた農民を見つけた。彼は十字架の少し手前に倒れて死んでいた。外国人風の男がサーベルを抜いて、そばに立っていた。でも、奇妙なことにサーベルには血もついていなくて、使われていなかったから、眼鏡をかけた農民を殺したのは僧院長の撃った弾に違いないと僕は結論した。こうしたことを考えながら、次第に疑いをつのらせて塔に戻ると、不吉なものを見た。正規の昇降機が僕のために降ろされていて、建物の中に入ると、僕の脱出は露見していることがわかった。だが、それよりもずっと悪いことがあったんだ。

みんなの顔が僕の方を向いた時——僕はけしてあの人々の顔を忘れないだろう——僕は自分が何か色恋沙汰以上のもののために裁かれているのを知った。僕が脱け出すのを見逃してくれた気の毒な老友も、小さいことなら、あんなに打ちひしがれてはいなかったろう。僧院長はというと、聖書に言うように、彼の面容は変わっていた[*3]——それは、恋愛だの何だのという小さな事柄よりも、彼自身の孤独な魂に近いことのためだった。うん、この悲劇の真相は言ってしまえば簡単だよ。過去一週間のうちに、秘蔵の小さなダイヤモンドが、どういうわけか減ってしまったらしいんだ。ダイヤモンドは僧院長と二人の修道僧が定期的に数えていたが、ダイヤの紛失も定期的に起こっていることがわかった。最後にもう一つの事実が明らかになった——僕には意味がわからないが、釈明もできない事実が。毎回、

＊3　「ダニエル書」第五章六、「ヨブ記」第十四章二十、「ルカ伝」第九章二十九などが念頭にあるか。

僕がこっそりお城《シャトー》を訪れたあとで、しかもその時だけ、ダイヤモンドがいくつか消えていたんだ。

僕には君に潔白を信じてくれと言う権利もない。僕らが見ているこの広大な風景の中にいる者は、誰一人僕の潔白を信じない。君がこの国で持っている大きな権威に訴えなかったら、そして、それに訴えることを僧院長がついに許してくれなかったら、僕はどうなっていたかわからないし、修道僧か農民に殺されていたかもしれない。アミエル博士は僕が犯人だと思っている。ウッドヴィルも僕が犯人だと思っている。彼の妹にはまだ会うこともできない」

ふたたび沈黙があり、やがてスティーヴン神父が少しぼんやりした様子で言った。「喫煙帽をかぶるだけじゃなくて、上履《うわば》きも履《は》くかね？」

「博士がかい？　いや。一体、どういう意味なんだ？」

「何も意味はないよ、履かないのならね。それについて、もう何も言うことはない。さて、次にするべき三つの質問が何かは明白だと思うな。第一に、木樵《きこり》は斧を持っていただろう。鶴嘴《つるはし》を持っていたこともあるかね？　特にほかの道具を持っていたことがあるかね？　第二に、君は鐘の音のような音を聞かなかったかね？　たとえば、銃声を聞いた時に？　だが、そのことはきっと君も考えただろう。第三に、この件を扱うための簡単な準備として訊くが、アミエル博士は鳥が好きかね？」

世捨て人の飾らない言葉に、ふたたび皮肉の影がさした。ドレイクは訝《いぶか》しげに眉をひそめて、暗い顔を相手に向けた。

「僕をからかってるのか？　どうなんだい」

「僕は君の潔白を信ずる、それが君の聞きたいことならばね」とスティーヴン神父はこたえた。「信じてくれ、僕はそいつを立証するために、然るべき糸口から始めてるんだ」

「だが、一体全体、誰が犯人なんだろう？」ドレイクは少し苛《いら》ついて言った。「僕は自分の不利になっても、ありのままの事実を話すが、あそこの坊さんたちはみんなびっくりして呆然とするばかりだった。このあたりの農民にしたって、仮に塔に入ることができたとしても——そんなこと、できっこないが——連中が神聖な〝百の宝石〟を瀆《けが》すなんてことは、かれらが今朝突然〝プリマス同胞教会〟[*4]に入ったというのと同じくらいの驚きさ。うん。僕みたいな外国人に疑いがかかるのは当然だし、このあたりのほかの外国人は僕みたいに不利な点は持っていない。ウッドヴィルは少し競馬で借金をしているかもしれないが、彼女の兄がそんなことをするなんて、僕はけして信じない——虫の好かない奴ではあるがね。アミエル博士については——」彼は口を閉ざし、何か考え込んで暗い顔をした。

「なるほど。しかし、そいつは間違った糸口から始めることになる」とスティーヴン神父

＊4　十九世紀前半にイングランドのプリマスで始まった、清教徒的傾向の強い宗派。

は言った。「なぜなら、それは何千万という人類から始めることで、その一人一人が謎なんだからね。僕は宝石を盗んだ者を見つけようとしているが、君は盗みたいと望んだ者を見つけ出そうとしているようだ。いいかね、些細で実際的な問題は、大きくて哲学的な問題でもあるんだ。望みということの濃淡の違いはほとんど無限にある。誰でもその気になれば何にでもなれるということが、あらゆる宗教の根元だ。皮肉屋が間違っているのは、英雄が臆病者かもしれないと言うからではなく、臆病者が英雄かもしれないことを理解しないからなんだ。今、君は小鳥を飼うことについて僕が言った言葉を突飛だと考え、競馬についての自分の言葉を妥当だと考えるかもしれない。しかし、請け合っても良いが、本当はその逆なんだ。君の言葉は何を考え得るかを扱っていたが、僕の言葉は何を為し得るかを扱っていたからだ。ロシアを飢餓に陥らせたので暗殺されたドイツの首相を憶えているかね？　何百万という農民が彼を殺したがったかもしれないが、モスクワにいるロシア農民《ムジーク》がミュンヘンの劇場にいる彼をどうやって殺せるんだ？　彼を殺した男は、熟練したロシアの舞踏家だったからそこに来たんだし、熟練したロシアの曲芸師だったから、そこから逃げ出した。すなわち、問題のけしからぬ政治家は、彼を殺したかったかもしれないすべてのロシア人に殺されたわけではなく、殺すことのできた一人のロシア人に殺されたんだ。さて、この舞台では君が唯一曲芸師に近い存在だが、僕が君について知っていることを別としても、君が塔の外にかけた縄の先端《さき》にぶら下がるだけで、塔の中の金庫の中身をどうして奪うことができたのかわからない。この物語の本当の謎と障碍は石の塔ではなくて、鋼鉄の小函だからだ。僕には、君にどうやって宝石を盗むことができたかわからない。誰にしても、どうやって盗むことができたかわからない。それが希望の持てる部分だ」

「今日は中々逆説を連発するね」イギリス人の友達は唸《うな》った。

「まったく実際的なことを言ってるんだよ」スティーヴンは穏やかに答えた。「それが出発点で、良い出発になる。我々は盗みがどういうやり方で行われたかについて、限られた数の推測を取り扱うだけで良い。君はさっき僕の三つの質問を小馬鹿にしたが、ああ言った時、僕はまずもって塔へ近づく方法を考えていたんだ。たしかに、非常に当てずっぽうだったことは認めるよ――本当にそうだ。僕自身さほど真剣に考えていなかったし、大きい収穫に辿り着くとも思わなかった。だが、あの質問にもこういう価値があった。この周辺百マイル四方にいるすべての人間の霊的な可能性について、出鱈目《でたらめ》な推量をしたのではなかった。現実の難題を克服する努力の始まりだった」

「残念ながら、僕は」とドレイクは言った。「そういうものだということも理解できなかったよ」

「いいかね」隠者は辛抱強く語り続けた。「塔に到達するという最初の問題のためには、まず、いかに漠然とであるにしても、何か秘密のトンネルや地下の入口について考えるのが妥当だった。だから、あとで謎めいた死に方をしたお城《シャトー》の奇妙な労働者が土を掘る道具を持っていたかどうかを尋ねることは、自然だった」

「うん、僕もそのことは考えた」ドレイクはうなずいた。「そして物理的に不可能だという結論に達した。塔の中は乾いた水槽みたいに空《から》っぽで、床はどこも丈夫なコンクリートなんだ。でも、鐘に関する二番目の質問はどういう意味だったんだい？」

「正直言って」とスティーヴン神父は言った。「君自身の話の中でもいまだにわからないのは、僧院長のことだ。彼はあんなに離れた低いところの、こんもり茂った森を人が通り抜ける音をいつもどうやって聞いたんだろう――その音が聞こえたから、出鱈目にかもしれないが、必ず銃を撃ったんだろう？　いいかね、そういう防備の仕組をつくるんだったら、侵入警報器の形で森に罠を仕掛けて、塔にいる番人に警告するのが一番自然じゃないかね。しかし、そういう物をつくるとなると、壁を突き抜けて森の中へ入る電線か管の仕掛けをつくらなければならないし、その種の物は、じつにうさん臭いやり方で、ほかの物の抜け道にもなるかもしれない。それは垂直の壁と死の落下という条件を――それは今のところ君に不利な条件だ。君だけが壁の向こうへ敢えて飛び下りたんだから――打ち砕くだろう。もちろん、僕の三つ目の出鱈目な質問も同じ種類のものだった。あの高い塔の天辺のあたりを飛べるのは、鳥だけだ。飛行機がたくさん飛べば、目敏《めざと》いパウルはそれに気づかないほどぼんやりしていなかったと思うからね。さて、これはおよそありそうもない

——非常に可能性が低いことだが——鳥を訓練して伝言をやりとりしたり、物を盗ませたりすることも不可能ではない。伝書鳩は前者を行うし、鸚鵡《おうむ》や鵲《かささぎ》はしばしば後者を行った。アミエル博士は科学者で人道主義者だが、博物学者で動物好きということも大いにあり得ると思ったんだ。それで、もし博士の生物学の研究が伝書鳩の飼育を専門にしていたら、あるいはもし彼の生涯の愛情が一羽の鵲に注がれていたら、この問題はとことん究明する価値があると考えたろう。しかし、それを問題の解決とするには手強《てごわ》い難点があったろうがね」

「彼の生涯の愛情が鵲に注がれていたなら良いんだが」バートラム・ドレイクは苦々しげに言った。「実際にはほかのものに注がれていて、どうやら僕の愛情が枯れるところに繁り栄えそうな気がするね。しかし、僕は奴が大嫌いだが、あいつがたぶん僕について言ってるような悪口は言いたくないな」

「そこにも方法の間違いがある」と相手は言った。「精神的には、たぶん博士も悪辣な行為ができないことはないだろう。たいていの人間はそうだ。だから、僕は物質的に彼にできるかどうかという点に固執するんだ。博士とウッドヴィル氏にどす黒い疑いをかけることは、いとも簡単だ。たしかに競馬は深みに嵌まることがあるし、破産した賭博師などどんな事でもやりかねない。また、紳士の呼び名を失うことを懼《おそ》れる紳士ほど卑劣になれる人間はいないことも本当だ。同じように、ユダヤ人たちがこのあたりの国々に、国際的であるだけでなく反国家的な網の目を張りめぐらしたことも、本当だ。そしてかれらの高利貸商売はたしかに非人間的で、貧しい者への圧迫もしばしば非人間的だが、かれらの一部は理想を掲げる時もっとも非人間的で、人道的である時もっとも非人間的であることも事実だ。我々が君やダイヤモンドについてでなく、アミエルやウッドヴィルについて話しているのなら、僕はこの一件に千もの謎とき物語を見つけ出すことができるだろう。緋色の喫煙帽について君が仄めかしたことを取り上げて、それは秘密結社のしるしであり象徴だと言うこともできるだろう。百の喫煙帽をかぶった百人のユダヤ人が到る処で策謀をめぐらしている——かれらの多くが実際そうしているが——と言うこともできるだろう。アルメレイダ[5]の『赤い帽子《ボネ・ルージュ》』がそうだったように、アミエルの赤い帽子から隠謀が次々に枝分かれしているのを示すこともできるだろう。あるいは、ウッドヴィルの髪の毛が金鍍金に見えるという君のつまらない文句にとびついて、彼を黄金の鬘《かつら》をつけた途方もないデカダン、ネロに匹敵する男として描くこともできるだろう。彼の競馬好きはたちまち円形競技場で行われたローマ帝国の戦車競走の狂気を帯びただろうし、一方、トルコ帽の先生は、こんな想像を許してもらえるなら、ウッドヴィル嬢を彼女のような女性が大勢いるハーレムへ連れて行くこともできるだろう。だが、こうした想像すべての誤りを正すのは、僕が最初に説明した具体的な難点だ。赤いトルコ帽や金色の鬘をかぶれば、塔の天辺にある鋼鉄の箱からごく小さな宝石をどうして盗み出すことができるのか、僕には今もわからない。

だが、もちろん、誰かの疑わしい行動について調べることをすっかり放棄すると言うのではない。博士が上履きを履いているかと訊いたのは、森を行く君の足音が聞かれたことともしや関係がありはしないかと思ったからだ。そういえば、森の中をうろついている誰かに出会ったかどうかも知りたいね」

「うん、会ったな」ドレイクは少しハッとして言った。「一度、グライムズの奴に会ったのを思い出したぞ」

「ウッドヴィル氏の召使いだね」スティーヴン神父は言った。

「そうだ。赤毛の野郎だ」ドレイクは眉を顰《しか》めて言った。「あいつも僕を見て、ちょっと驚いたようだった」

「気にするな」と隠者は答えた。「僕の髪の毛も赤毛と言えるかもしれないが、ダイヤモンドを盗んでいないことは保証する」

「ほかには誰にも会わなかった」とドレイクは続けた。「もちろん、サーベルを持った謎の男と、そいつがじっと見つめていた死人はべつとしてだ。あれが一番奇妙な謎だと思う

＊5　ミゲル・アルメレイダ（本名はウジェーヌ・ヴィゴー）。フランスのジャーナリスト。軍国主義に反対し、ドイツに対して融和的な立場をとった。投獄され、獄中で変死。「赤い帽子」は彼が一九一三年に創刊した諷刺週刊誌で、のちに日刊紙となる。

ね」

「その点にも同じ原則を当て嵌めた方が良い」と彼の友人はこたえた。「まだ使っていない抜身の剣で人が何を為し得るかを想像するのは難しいかもしれない。だが、結局、彼がやっていたかもしれないことはいくらでもあるよ――気の毒な木樵に斧なしで材木を切るやり方を教えることから、ある種の野蛮人がするように、記念物や魔除けをつくるために死人の首を切り落とすことまで。問題は森中の木を伐ったり、喚《わめ》き叫ぶ首狩り人でこの地方を一杯にしたりすれば、必ず宝石を箱から取り出せたか否かだ」

「あの男はたしかに何かしようとしていた」ドレイクは小声で言った。「『私がしようとしたのは』とつぶやいて、それから口をつぐんで、姿を消したんだ。なぜかわからないが、僕は深く確信していた――あの死んだ男に対して何かすることがあった。それは彼が死なないうちはできなかったことだと」

「何だって?」隠者は急に黙り込んでから、訊ねた。その声はまるで会話に突然第三者が加わったかのように聞こえた。

「彼が死なないうちはできなかったことだ」ドレイクは相手を見つめて、同じ文句を繰り返した。

「死ぬ」とスティーヴン神父も繰り返した。

ドレイクはなおも相手を見つめていたが、赤い髪の毛の下にある神父の顔はリネンの長衣のように白くなり、その眼は失くなった宝石のように輝いていた。

「たくさんのものが死ぬ」と神父は言った。「僕の言った鳥——あの大きな塔のまわりを飛び交う鳥も。君は死んだ鳥を見つけたことがあるかい？　神の許しがなければ一羽の雀も地に落ちない、と書いてあるだろう。[*6]死んだ鳥でさえ、貴重なものになる。しかし、ここではもっと小さい物が合図として役立つだろう」

ドレイクは今も話相手を見つめていたが、その男が突然発狂したという確信が深まるのを感じた。彼は困惑して言った。「君、どうしたんだ？」しかし、スティーヴン神父は立ち上がり、谷間越しに西の方を静かに見つめていた。西方は黄金《きん》色の陽光に溢れ、その光がここかしこで灰色の樹々の梢を銀色に変えていた。

「それは木槌を叩く音だ」と彼は言った。「幕を上げなければならない」

たしかに、何かが起こっていたのだ。バートラム・ドレイクの心にはその時それを推し量ることができなかったが、二人の会見が始まった時の奇妙な言葉を憶えていたから、隠者が何らかの形で隠者の庵に、そしてもっと多くの人間的なものに別れを告げていることはわかった。彼は手探りするような質問をいくつかしたが、あとになると、その言葉さえも思い出せなかった。

＊6　「マタイ伝」第十章二十九への言及。

「ついに合図が見えた」とスティーヴン神父は言った。「あの塔が風景の中に立っているように、裏切りがこの国に立っている。人々と死者の栄光に対する大きな罪が、あの谷間で敗け戦《いくさ》のように荒れ狂っている。だから僕は下りて行って、最後のお務めをしなければいけない。遠い昔、ヘクトール王がこの山々から下りて、最後の戦に、〝宝石の戦〟に赴いたように――王はそこで殺され、彼の神聖な鎖帷子も奪われそうになったんだが。なぜなら、敵がふたたび丘を越えて来たからだ。我々が思ってもみなかった姿をして」

つい先程まで、皮肉と毒舌まじりに犯人看破の細かい事柄を語り続けていた声が、詩と素朴な言葉の華《はな》をこうした人々の間で今も可能にする単純さを帯びていた。彼はすでに斜面をずんずん下りはじめた。置き去りにされたドレイクは、じつをいうと、自分自身の問題がこの最後の変化の中でどこかへ行ってしまったのではないかと疑い、ぐずぐずしていた。

「ああ、君自身のことは心配するな」とスティーヴン神父は言った。「〝宝石の戦〟は勝ち戦だったんだ」

友のあとに跟《つ》いて山の斜面を下りて行く間、ドレイクは、何か奇蹟によって解放された動かぬ物と一緒に道を進んでいるような、まるで大地が歩き始めた石像に揺さぶられているような、奇妙な心地だった。しかし、その石像はかなりの時間と距離にわたって彼に奇妙でやや気まぐれな踊りをおどらせ、ようやく立ちどまった頃、西空の大きな雲は夕焼け雲になっていた。ドレイクを少し驚かせたことに、二人は僧院の塔を通り過ぎて、森にある大きな木の十字架の足元を通っているようだった。

「我々は今夜この道を帰るだろう」スティーヴンは歩き出してから初めて口を開いた。「今夜、この地に圧《の》しかかる罪はとても重いので、ほかに道はない。十字架の道あるのみだ」

「どうしてそんな恐ろしい話し方をするんだ?」ドレイクが急に声を上げた。「そんな言い方をしたら、僕みたいな人間は十字架が嫌いになることがわからないのか? 実際、そろそろ嫌いになって来たと思うよ。僕の話がどういうものであるかを、かつてこの森を僕にとって素晴らしいものにしたのが何だったかを忘れないでくれたまえ。もし僕が木の間に見た神が異教の神で、ともかく幸せな神だったら、僕を咎《とが》めるかい? ここは僕にとって、愛と笑いに満ちていた手入らずの園生《そのう》なんだ。ところが、見上げると、あの像が太陽を真っ黒くして、この世界はとことん邪悪だと言っている」

「君にはわかってない」スティーヴン神父はごく静かにこたえた。「もしも世界がとことん邪悪だというだけの理由で、遠くに孤立している人間がいるとすれば、それは僕みたいな年寄りの修道僧じゃない。君のように若い、バイロン風の失恋した青年である可能性の方がずっと高い。そうだ、行く道の果てに十字架が待っているのを見つけるのは、悲観論者よりも断然楽観論者の方なんだ。それは宴会《フィースト》のあとの支払いのように、すべてが終わったあとに残る。キリスト教世界には祭日《フィースト》がたくさんあるが、それには責苦を受けて祭日を手に入れた殉教者の名が冠せられている。もしそうしたものが恐ろしいなら、イギリスの詩人が讃える国のためにイギリスの兵士がいかなる責苦を耐え忍ぶか訊いてみたまえ。イギリスの子供たちが花火で遊ぶのを見に行きたまえ。そうすれば、かれらの玩具の一つが聖女カタリナの受けた拷問にちなんで名づけられていることを知るだろう。*7 いいや、世界がゴミ屑であって、我々がそれを投げ捨てるというわけじゃない。星々のきらめく世界全体が、我々が失った宝石のような一個の宝石である時、我々はその代価を思い出すんだ。そして君が言うようにこの薄暗い茂みで上を向くと、その代価がわかる――それは神の死だった」

沈黙ののちに、神父は夢見る人のように言い足した。「そして人の死だ。我々は今夜この道を戻るだろう」

ドレイクには、自分たちが今どこに向かっているかに気づく十分な理由があった。見慣れた小径が丘を登って見慣れた杜松の生垣に到り、そのうしろに暗い屋敷の急な屋根がそそり立っていた。生垣のうしろの芝生で話す声も聞こえ、ある声の一つ二つの調子が彼の血を逆流させた。彼は立ちどまり、石のように重い声で言った。

「僕はもうここに入れない。たとえ、どんなことがあっても」

「結構」スティーヴン神父は平然とこたえた。「君は以前《まえ》にも外で待ったことがあるだろう」

神父は生垣の門から落ち着いて庭へ入り、あとに残されたドレイクは、幸福《しあわせ》だった時によくそこで人を待った外の岩棚ないし天然のテラスで鬱々と待ちあぐねていた。その間に、庭の遠くで交わされる会話の端々が否応なく聞こえて来て、彼の心は混乱と臆測に満たされたが、そこには希望が混じっていなくもなかった。スティーヴン神父はおそらくドレイクの言い分を述べ、彼の潔白を証明すると言っているようだった。だが、一種の約束もしていたに違いない。ウッドヴィルがこう言うのが聞こえたからだ。「何が何やらわかりませんが、是非にとおっしゃるなら、あとで参りましょう」スティーヴンが何か返事をし、その言葉の終わりは「三十分後に十字架」がどうとかいうものだった。

それから、ドレイクは娘の声がこう言うのを聞いた。「あなたがもっと良い報せを持って来て下さるように、神様にお祈りします」

「きっとそうしますよ」とスティーヴン神父が言った。

磔刑像の前の小さな丘へ向かってふたたび坂を下りて行く時、ドレイクは前ほど反抗的な気分ではなかった。それが隠者の言葉のせいだったのか、庭にいた女性が口にした祈り

＊7　アレクサンドリアのカタリナは車輪に手足をくくりつけて回すという拷問を受けたとされる。これに因《ちな》んで、「カタリナの輪」と名づけられた回転花火がある。

云々という言葉のせいだったのかはわからない。空は前日の日没よりも澄んでいると同時に曇っていた。光と闇が前よりも深い深淵によって隔てられているように見えたのだ。風景と同じくらい大きな灰色と紫の雲塊が、時に全地を覆ったかと思うと、時に新しい光の裂け目が入って、勢いが弱まった。これこそ夕暮れの数時間に夜と昼の巨大な交代の幾分かを与える大変化だった。雲の壁はその時背後の山々の上に昇りつつあり、お城《シャトー》の上に広がっていたが、空の西半分は透明な黄金色で、そこに黒々とした十字架がぽつんと孤独に立っていた。だが、そばへ近づいて見ると、じつはさほど孤独でもなかった。十字架の下に男が立っていたからだ。ドレイクは男の背に長い銃が斜めにかかっているのを見た。サーベルを持った顎鬚の男だった。

隠者は妙に元気良く男に近づいて行くと、掌で肩を叩いて言った。

「帰りなさい。そして君の主人たちに悪だくみはもう通用しないと言いなさい。君たちもキリスト教徒で、丘の向こうの君たちの国で聖遺物の一部を持っていたか、それに対する権利を持ったことがあるなら、こんな姑息《こそく》な策略で手に入れるべきではないことがわかるでしょう。大人しく帰りなさい」

男が今度はいかに素早く姿を消したか、ドレイクは気づかなかった。彼の目は、十字架の木の台座についた模様を何気なくなぞっているような隠者の指に釘づけになっていたからである。その指は本当に、虫喰いの穴のような穿孔《せんこう》を差していた。

「僧院長の撃った流れ弾《だま》だと思う」と神父は言った。「妙なことに、誰かが木の中から弾をほじくり出しているんだ」

「僧院長が」とドレイクが言った。「君らのお宗旨の像を傷つけるとは、不吉だね。彼はこの領邦と同様、遺物も大事にしているんだから」

「それ以上さ」隠者は台座の二、三ヤード手前の塚に腰を下ろして、言った。「君が言う通り、僧院長は心に一つの考えしか入れる余裕を持たない。だが、宝石に執心していることは疑いない」

大きな雲の天蓋がふたたび谷間を覆い、薄明をほとんど暗闇に変えた。スティーヴンは闇の中から話しかけた。

「領邦に関して言うと、僧院長は丘の向こうの国の出身で、その国は何百年も前に戦争をした。原因は――」

彼の言葉は遠くの爆発音に掻き消された。塔から射撃が行われたのだ。

音の最初の衝撃と共にスティーヴンはとび上がって、小さな塚の上にピンと背を伸ばした。世界はすっかり暗くなっていたため、彼の姿勢はほとんど見えなかったが、沈黙のうちに一分また一分と時間が経つにつれて、流れる雲の隙間から弱く赤い光が次第に射し、神父の灰色の姿をかすかに銀色で描いて、黄褐色の髪を薄紅の輪に変えた。彼は磔刑像の影のように両腕を伸ばし、すっかり硬直して立っていた。ドレイクは何か訊こうとしたが、言葉が出て来なかった。すると、また塔から死の音が聞こえて来て、隠者は下生えの中に大の字になって倒れ、石のように動かなかった。

ドレイクは無我夢中で神父の頭を持ち上げ、木の台座にのせた。だが、その顔にはもう死相があらわれていて、わずかな言葉をやっと語った声は、生まれたての赤ん坊の声のように弱々しく小さかった。

「僕はもう死ぬ」とスティーヴン神父は言った。「胸に真実を抱いて死んでゆく」

彼はまたしゃべろうとして、「願わくば――」と言いかけたが、じっと見守っていた友は、もう彼が死んでいることを知った。

バートラム・ドレイクは立ち上がったが、彼の全宇宙が崩れてまわりに横たわっていた。マッチを擦《す》ったが、ランプに火を点けられないうちに消えたため、滅亡の夜はいっそう完全なものとなった。ドレイクはスティーヴンが自分を救える真実を発見したことを確信していた。ほかの人間にはけして発見できないことも、同じようにはっきりと確信していた。友の死がほんの一瞬早すぎたために、自分は屈辱を受けて墓に入らなければならないだろう。彼を天まで持ち上げてから投げ落とした忌々しい皮肉に最後の仕上げをするかのごとく、お城《シャトー》からの道をやって来る友人たちの声が聞こえた。

一種の混乱した夢の中で、アミエル博士が死体を台座に持ち上げ、希望のない最後の外科的な試みのために外科の道具を取り出すのが見えた。博士はドレイクに背を向けており、ドレイクは肩ごしに覗いても見ないで、地面をじっと見つめていると、しまいに博士が言った。

「もう死んでいるようだ。しかし、弾丸は取り出したよ」

その穏やかな声には何か奇妙なものがあり、一同は突然、言葉こそ交わさないが、新しい感情に沸き返っているようだった。娘は驚きの声を上げ、それは喜びの声のようだったが、ドレイクにはわけがわからなかった。

「弾丸を摘出して良かった」とアミエル博士が言った。「ドレイク君のいうサーベルを持った先生が取り出そうとしていたものは、これなんだろう」

「ドレイク君には全面的に謝罪しなければいけませんね」とウッドヴィルが言った。

ドレイクは博士の肩ごしに顔を突き出し、みなが見つめているものを見た。スティーヴンの心臓を撃った弾は死体から二、三インチのところに置いてあり、光るだけでなく燦爛《さんらん》ときらめいていた。そんな風にきらめくのは、この世でただ一種類の石だけだった。

娘はドレイクのそばに立ち、彼はこの騒動の中で、障碍が取り除かれた感覚と生長と未来の感覚を、そしてあの繁った森の中でさえ春の約束を味わっていた。丘の向こうから来た異邦人の僧院長の裏切りという突飛な話、彼が大口径の銃にいかなる奇妙な弾丸を籠めたかという話をやっと理解したのは、跡を引きながら消えて行く悪夢の尻尾としてにすぎなかった。しかし、彼は台座の上のまばゆい一点を凝視しつづけ、まるで鏡を覗くように、友がこれまで言った言葉をすべてその中に見た。

というのも、隠者スティーヴンは本当に胸に真実を抱いて死んだのだ。その真実を彼の胸から取り出したのは、彷徨《さまよ》えるユダヤ人の鉗子《かんし》だった。それは肉体から引きずり出した魂のように、十字架の台座の上に置いてあった。その魂が星のごとく輝いていることを、見つめている男は不自然だと思わなかった。

魔術

——幻想的喜劇

登場人物

公爵
グリムソープ博士
シリル・スミス師
モリス・カリーオン
ヘイスティングス、公爵の秘書
見知らぬ男
パトリシア・カリーオン

劇中の出来事はすべて公爵の客間で起こる。

注

この劇は一九一三年十一月七日、ロンドンの小劇場《ザ・リトル・シアター》に於いて以下の出演者により上演された。

見知らぬ男	Franklin Dyall
パトリシア・カリーオン	Miss Grace Croft
シリル・スミス師	O.P. Heggie
グリムソープ博士	William Farren
公　　爵	Fred Lewis
ヘイスティングス	Frank Randell
モリス・カリーオン	Lyonel Watts

プレリュード

場面——細い若木の林、霧がかかり小雨《こさめ》の降る黄昏《たそがれ》。木の間の地面に森の花が咲いている。

見知らぬ男があらわれる。マントを着て、先の尖った頭巾を被っている。彼の服装は現代のものとも、その他いかなる時代のものとも見え、円錐形の頭巾を目深《まぶか》に被っているため、顔はほとんど見えない。

遠くから女の声が聞こえる。意味のわからない言葉を半ば歌い、半ば聖歌のように詠唱している。マントを着た人物は面を上げて、興味深げに聞き入る。歌声が近づいて来て、パトリシア・カリーオン入場。黒髪のほっそりした娘で、夢見るような表情をしている。芸術的な服を着ているが、髪の毛は少し乱れている。手に何か花咲く木の折れた枝を持っている。見知らぬ男に気がつかず、男は興味深げに女を見ているが、彼女は何のそぶりも見せない。突然、男に気づき、ハッと後退《あとじさ》る。

パトリシア　まあ！　あなたはどなた？
見知らぬ男　ああ！　僕が誰かですって？（独り言を言いながら、杖で地面に何か書きはじめる）

帽子はあれど、被るではなく、
剣を佩《お》びれど、殺すではなし。
いつも鞄にカードが一組、
　トランプをするにはあらず。

パトリシア　あなたは何者なの？　何をおっしゃっているの？
見知らぬ男　妖精の言葉です。おお、イヴの娘よ。
パトリシア　でも、妖精があなたみたいだなんて思わなかったわ。だって、わたしより背が高いじゃありませんの。
見知らぬ男　僕らは思い通りの背丈になれます。でも、エルフは人間と交わりたい時は大きくならずに、小さくなるんですよ。
パトリシア　私たちよりも偉大な存在だとおっしゃるの。
見知らぬ男　人間の娘よ、妖精の真の姿が見たければ、すべての星々の上に彼の頭を探し、海の底に彼の足を探しなさい。お婆さんたちは妖精は小さくて見えないと教えました。でも、いいですか、妖精は巨《おお》きすぎて見えないんです。かれらは古《いにしえ》の神々で、その前では巨人もピグミーのようだったんですから。かれらは四大《しだい》の精霊で、かれらのうちの誰をとっても地球より大きいんです。それなのに、あなた方は団栗《どんぐり》の中や蕈《きのこ》の上に妖精を探して、見つからないといって不思議がるんです。

パトリシア　でも、あなたは人間の形と大きさでいらっしゃるのね？

見知らぬ男　女の人と話したいからですよ。

パトリシア　（畏怖にかられて後退りながら）あなたはお話をしているうちに背が伸びて来たようですわ。

（場面は次第に消えてゆくように見え、第一場の舞台である公爵の客間に変わる。部屋には開いたフランス窓か、フランス窓ではなくても大きく開いた窓があり、庭と近くにある一軒の家が見える。夕方で、向こうの家に赤いランプが一つ灯っている。シリル・スミス師が帽子と蝙蝠《こうもり》傘を傍らに置いて坐っている。訪問客らしい。高教会派の牧師がつける首輪式付け襟のうちでも一番高い付け襟をつけ、自制心のある狂信者のあらゆる性質を持つ青年である。キリスト教社会主義者のようなタイプで、聖職を真剣に考えている。誠実な人間で、馬鹿ではない。

ヘイスティングス氏、手に書類を持ち、彼の方へ向かって入場。）

ヘイスティングス　ごきげんよう。スミス様ですね。（間《ま》）あなたは教区牧師様なんでしょう。

スミス　私は教区牧師です。

ヘイスティングス　私は公爵の秘書でございます。公爵はもうまもなくお目にかかりますが、今はお医者様と話し中なので、そうお伝えせよ、とのことです。

スミス　お加減が悪いんですか？

ヘイスティングス　（笑いながら）いいえ。博士《せんせい》は何かの運動への援助を求めるために、おいでになったのです。公爵はけして病気におなりになりません。

スミス　博士は今、公爵と一緒にいらっしゃるんですか？

ヘイスティングス　いえ、正確に言うと、違います。博士はあの方の御提案と関係のある新聞を取りに、道の向こうへおいでになりました。でも、そんなに遠くではありません。見えるでしょう。あれは、あの方の地所の端にある赤いランプです。

スミス　ああ、わかりました。どうもありがとう。必要なだけ待つとしましょう。

ヘイスティングス　（明るく）なに、そんなに長くはかかりませんよ。

（退場。

庭の扉からグリムソープ博士、新聞を広げて読みながら入場。古風な開業医で、まことに紳士らしく、少し古めかしい格好だが、服装に非常に気を遣っている。年齢は六十くらいで、ハックスレー[*1]の友達といっても不思議はなさそうである。）

博士　（新聞を折りたたんで）失礼、ここに人がいらっしゃることに気づかなかったものですから。

スミス　（にこやかに）どういたしまして。新来の聖職者は期待されることを期待してはいけませんからね。私はこの地元のことで公爵に会いに来ただけなんです。

博士　（微笑んで）奇態《きたい》ですな、私もですよ。しかし、私たちは両方から公爵の耳を引っ張ることになりそうですな。

スミス　私に関しては、何も隠し立ていたしません。私はこの教区に模範的な酒場をつくろうという同盟に入ったのです。平たく申しますと、そのための寄付をお願いしに来たんです。

博士　（しかつめらしく）そして、たまたま私はこの教区に模範的な酒場を建てさせまいとする請願に加わっているのです。我々の立場はますます似て来ましたね。

スミス　ええ、我々は双子だったに違いないと思いますね。

博士　（いくらか愛想良く）でも、模範的な酒場とは何です？　玩具《おもちゃ》のことですか？

スミス　私が言うのは、英国人がまっとうな飲み物を、まっとうに飲める場所です。それを玩具とお呼びになりますか？

博士　いや。奇術と呼ぶべきでしょう。あるいは聖職に敬意を表して、奇蹟と申しましょうか。

スミス　聖職へのお心遣い感謝します。私は司祭としての義務を果たしているんです。教会が人々に御馳走を食べることを認めないなら、どうして断食させる権利がありましょう。

博士　（辛辣《しんらつ》に）あなた方は人々に御馳走を食べさせたら、治療のために私のところへよこすんでしょう。

スミス　さよう。そしてあなたはかれらを治療し終わったら、埋葬のために私のところへよこすでしょう。

博士　（やや間をおいて、笑いながら）あなたは古い教義を持っておられる。古い冗談もお持ちになるのが公平というものですな。

スミス　（やはり笑いながら）ところで、あなたは貧しい人々が程々に飲むことを奇術だとおっしゃいますね。

博士　アルコールが食べ物でないというのは、化学的な発見だと思いますが。

スミス　酒をお飲みにならないんですか？

博士　（少し驚いて）酒を飲む！　しかし――ほかに飲むものがありますか？

＊1　ダーウィニズムの支持者として知られる英国の生物学者トマス・ハックスレー（一八二五－九五）のこと。

スミス　それでは、まっとうに飲むという奇術は、ともかく、あなたにもおできになるんですね？
博士　（やはり愛想良く）まずまず、そう期待しましょう。奇術といえば、こちらでは今日の午後、奇術や何かをやるそうですよ。
スミス　奇術を？　ほう？　なぜなんです？
（ヘイスティングス、両手に手紙を持って入場。）
ヘイスティングス　閣下はもうじきおいでになります。先に用件を片づけておくように言われました。
（両人に書信を渡す。）
スミス　（嬉しげに博士の方を向いて）しかし、こいつは素晴らしい。公爵は新しい酒場に五十ポンド寄付してくれましたよ。
ヘイスティングス　公爵はじつに気前の良いお方です。
（書類をまとめる。）
博士　（小切手を確かめて）まったく。しかし、これは少し奇妙ですな。公爵は新しい酒場に反対する同盟にも五十ポンドくださいましたぞ。
ヘイスティングス　公爵は非常に気前の良いお方ですからね。
（退場。）

スミス　（小切手を見つめながら）気前が良いですって！……心ここにあらずというべきでしょう。
博士　（腰掛けて葉巻に火をつけながら）そうですな。公爵は少し上《うわ》の空なところがありますな。（葉巻をくわえ、黙って煙を吸う）あの方は妥協が好きなんです。この種の人間を御存知ではありませんか。あなたが犬の中でも特に良い五つの品種のことを話している時、いつも結局、雑種犬を買うような人を？　公爵は世にも優しい方で、いつもみんなを喜ばせようとして、たいてい誰も喜ばせずに終わるんです。
スミス　ええ、その種のことは知っていると思います。
博士　たとえば、この奇術です。公爵には今、一緒に暮らすことになっている被後見人が二人いるのを御存知でしょう？
スミス　はい。アイルランドから甥御さんと姪御さんが来たとうかがいました。
博士　姪御さんは数ヶ月前にアイルランドから来ましたが、甥御さんは今夜アメリカから来るんです。（いきなり立ち上がって、部屋の中を歩きまわる）そのことをすっかりお話ししましょう。大切な酒場のことはともかくとして、あなたは正気の人間のようですからな。今夜は、正気の人間がみんな必要になると思うんです。
スミス　（やはり立ち上がって）何なりとお申しつけください。じつをいうと、あなたがここへ来られたのは、大切な酒場に抗議するためだけではないと拝察したのですが。

博士　（興奮を押し殺し、大股に歩きまわりながら）ええ、お察しの通りです。私はアイルランドにいる公爵の御兄弟のかかりつけの医師でした。あの家族のことはかなり良く知っていました。

スミス　（静かに）あの家族について、何かおかしなことを知っていらしたんですね。

博士　じつは、妖精とかその種のものを見たんです。

スミス　医学者の考えからすると、妖精を見ることは蛇を見るのと同じようなものなんでしょうね？

博士　（苦笑いして）それでも、アイルランドで見たんですからね。アイルランドで妖精を見るのはまともなことだと思います。モンテ・カルロで賭博をするようなものです。まったく恥ずかしくはありません。しかし、イングランドで妖精を見ることには一線を引きたいと思います。お気の毒な公爵の裏庭に、そして私の家の赤いランプから一ヤードと離れていないところに、幽霊や小鬼《ゴブリン》や魔女を連れて来るのには反対です。気遣いがないというものです。

スミス　でも、公爵の甥御さんと姪御さんは、ここちあなたのランプの間に魔女や妖精を見るということですか？

（庭の窓のところへ歩いて行き、外を見る。）

博士　甥御さんはアメリカにいました。アメリカでは妖精が見られないというのは、理にかなっています。しかし、あの家族にはこういった迷信がありまして、私はお嬢さんのことが心配なんです。

スミス　お嬢さんは何をするというんです？

博士　じつは、夕暮れにお屋敷の庭と森をさまよい歩くんですよ。湿気の多い夕暮れをわざわざ選びましてね。彼女はそれをケルトの薄明と呼んでいます。私自身はケルトの薄明なぞに用はありません。胸に障《さわ》る傾向がありますからな。ですが、なお悪いことに、彼女はいつも誰かに出会うと話しています――妖精だか、魔法使いだかに。これはよろしくありません。

スミス　公爵におっしゃいましたか？

博士　（気味悪い微笑を浮かべて）ええ、言いましたとも。その結果が奇術師です。

スミス　（びっくりして）奇術師？

博士　（灰皿に葉巻を捨てる）公爵は何とも言いようのない人です。もうじきおいでになりますから、御自分で判断できるでしょう。あの人の前に、二つか三つの事実か考えを並べてみたとしますね。すると、あの人がそこから作り上げるのは、いつもまったく関係のなさそうなものなんです。妖精の夢を見る娘とアメリカから来た実際家の弟のことを、ほかの誰に話しても、その人は何かわかりやすい形で問題を解決して、誰かを満足させるでしょう。娘をアメリカにやるか、アイルランドで好きなだけ妖精を見させてやるでしょう。ところが、公爵はこの場合、奇術師が役に立つと考えておられる。奇術が物事を明るくして、超自然のものに対する信仰者の関心と、知的な物事に対する不信者の関心を満足させると、漠然とそう考えておられるようですな。実際には、不信者は奇術師をインチキだと考えるし、信仰者もインチキだと考えます。奇術師は誰も満足させません。だから、公爵を満足させるんです。

（公爵、書類を持ってヘイスティングスと共に入場。公爵はツイード地の服を着た健康で元気な人で、少し視線の定まらない目をしている。現今の貴族の状態では、公爵は阿呆だが紳士であると説明する必要がある。）

公爵　おはよう、スミスさん。お待たせして申し訳ありませんが、今日はいささか忙しいものですからな。（書類を持ってテーブルの方へ行ったヘイスティングスに向かって）カリーオン氏が今日の午後来るのはわかっているな?

ヘイスティングス　はい、閣下。今頃汽車が駅に着いているでしょう。トラップ馬車を差し向けておきました。

公爵　御苦労。（他の二人の方を向いて）私の甥なんですよ、グリムソープ博士。モリスと申しまして、アメリカから来たカリーオン嬢の弟です。あちらで大したことをやっているそうです。石油か何かですな。時流に乗らなければいけませんなあ。

博士　スミスさんは、必ずしも時流に乗ることに賛成ではないと思いますが。

公爵　いや、いや！　進歩ですよ、あなた、進歩ですよ！　もちろん、あなた方がいかにお忙しいかは知っております。働きすぎはいけませんぞ。ヘイスティングスが言っておりましたが、私の寄付の仕方をお笑いになったそうですな。ですがね、私は問題の両面を見る主義なんです。角度ですよ、バッフル老が言っていたように。角度ですよ。（腕ですべてを抱きとめるような仕草をして）あなたは程々に飲む傾向を代表していて、あなたなりに良いことをする。博士は全然飲まない傾向を代表していて、博士なりに良いことをする。我々は古代ブリトン人にはなれませんからな。

（長い白けた沈黙。公爵が連想だか断想だかを唐突に口にすると、いつもこうなるのだ。）

スミス　（しまいに微《かす》かな声で）古代ブリトン人……

博士　（スミスに小声で）気になさらんでいい。あれはただ、あの人の心の広さなんです。

公爵　（相変わらず朗《ほが》らかに）あなた方が例の酒場のために建てている建物を見ましたぞ、スミスさん。じつに良い出来だ。まったく、じつに良い出来だ。民衆のための芸術ですな？　とくに西向きの扉の上の、あの木細工《きざいく》が気に入りました――新しい木目塗りをお使いなのを見て、嬉しいです……うむ、あれはフランス革命を思い出させますな。

（ふたたび沈黙。公爵が部屋の中をちょこまか動きまわっている間に、スミスは小声で博士に話しかける。）

スミス　あなたもフランス革命を思い出しますか？

博士　いや、ちっとも。閣下の言うことを聞いて、何か思い出したことはありません。

（庭で甲高い若いアメリカ人の声が聞こえる。〝ねえ、誰かこのトランクを一つ運んでくれませんか？〟

ヘイスティングス氏は庭へ出る。モリス・カリーオンを連れて戻って来る。モリスはまだ非常に若い男で、少年と言っても良いくらいだが、アメリカ式の服装も態度も非常に大人びている。黒髪で、やや小柄で活発、アメリカ風の特徴の下にある人種的なタイプはアイルランド人である。）

モリス　（滑稽に、窓から顔を突っ込んで）やあ、こちらに公爵はお住まいですか？

博士　（間近にいて、重々しく答える）ええ、一人だけおりますよ。

モリス　とにかく、僕が会いたいのはその人だと思います。僕は公爵の甥です。

（公爵は舞台の前面で片目をつぶりそうになりながら、何か思案していたが、その声を聞いてふり返り、モリスとねんごろに握手する。）

公爵　会えて嬉しいよ、おまえ。しっかり働いているそうじゃないか。

モリス　（笑いながら）ええ、まあまあですよ、公爵。それにポール・T・ヴァンダムさんのためには、もっとしっかり働いていると思います。僕はアリゾナであの御老人の鉱山を経営しているんです。

公爵　（賢《さか》しげに首を振って）ああ、じつに進取的な人だ！　何でもじつに進取的なやり方をするそうだね。たぶん、自分の金を大いに活用しているんだろう。我々はスペインの異端審問の時代に戻るわけにはいかないからな。

モリス　（沈黙。その間に三人の男はお互いを見る。）

公爵　（唐突に）それで、パトリシアは元気ですか？

モリス　（少し曖昧に）ああ、元気だと思うよ。あの子は……

（少しためらう。）

モリス　（微笑《わら》って）それじゃ、パトリシアはどこにいるんです？

博士　（ややぎこちない間《ま》があり、博士が口を開く。）

カリーオン嬢は庭を散歩しておられると思います。

モリス　（モリス、庭の扉のところへゆき、外を見る。）

随分寒い晩に散歩をするなあ。姉はいつもこんな晩を選んで空気を――それと湿気を吸いに行くんですか？

博士　（間をおいて）そう申してよろしければ、私はまったくあなたと同意見です。こんな天気の時は外出なさらぬよう、お姉さんにたびたび御忠告しました。

公爵　（両手を派手に振りまわして）芸術家気質ですな！　私がいつも芸術家気質と呼ぶものです！　ワーズワースとか、その類《たぐい》ですよ。

（沈黙。）

モリス　（目を丸くして）その類って？

公爵　（熱心に講釈を続ける）いいかい、何事も気質じゃないかね！　妖精を見るのはあの子の気質だ。妖精を見ないのは私の気質だ。私は地所を二十ぺんも歩きまわったが、一度も妖精を見たことがない。魔法使いだか何だかのことも、それと同様だよ。あの子にとっては、あそこに誰かがいる。我々にとっては、誰もいない。わからんかね？

モリス　（興奮して進み出ながら）あそこに誰かが！　どういう意味です？

公爵　（気軽に）うむ、あれを人間《マン》とは呼べないな。

モリス　（激しく）男《マン》！

公爵　うむ、バッフル老がよく言っていたが、人間《マン》とは何ぞや？

モリス　（アメリカ訛りを丸出しにして）よろしかったら、公爵、バッフル老は引っ込めてください。あなたがおっしゃるのは、つまり、誰かが図々《ずうずう》しくこう言うんですね、男が……

公爵　いや、男じゃないよ。魔術師だ、神話的なものなんだよ。

スミス　ただの男ではなく、まじない師《メディシン・マン》です。

博士　（しかつめらしく）私も医者《メディシン・マン》です。

モリス　それに、先生は神話的には見えませんね。

（彼は指を嚙み、落ち着きなく部屋の中をウロウロし始める。）

公爵　なあ、知っているだろう、芸術家気質というのは……

モリス　（急にふり返って）いいですか、公爵！　たいていの商業の方面では、僕らはかなり進んだ国です。こういう道徳の方面では、かなり遅れた国であることに甘んじています。ですから、もし姉がこんな夜に森を歩きまわるのを良いと思うかとおたずねになるなら、僕はそう思いません。

公爵　どうも君たちアメリカ人は、私が思ったほど進んではいないようだね。いやはや！　バッフル老がいつも言っていたが……

（公爵が話している間に、庭の遠くの方で歌う声が聞こえる。声は次第に近づいて来て、スミスがいきなり博士の方を向く。）

スミス　あれは誰の声です？

博士　それは私が判断することではありませんな！

モリス　（窓辺に歩いて行きながら）それには及びません。僕は誰だか知っています。

（パトリシア・カリーオン入場。）

モリス　（まだ興奮して）パトリシア、今までどこにいたんだ？

パトリシア　（少し疲れたように）ああ！　妖精の郷《くに》よ。

博士　（にこやかに）それはどの辺にあるんですか？

パトリシア　ほかの場所とは少しちがいます。どこにもないか、さもなければ、あなたのいる場所ならどこにでもあるんです。
モリス　（鋭く）そこに住人はいるのかい？
パトリシア　たいてい、二人だけよ。自分自身と自分の影と。でも、彼が私の影なのか、私が彼の影なのかはけしてわからないのよ。
モリス　彼？　誰のことだ？
パトリシア　（モリスが不愉快になっているのが初めて理解できた様子で、微笑みながら）まあ、堅苦しく考えなくてもいいのよ、モリス。彼は人間じゃないの。
モリス　何という名前なんだ？
パトリシア　あそこでは名前はないのよ。もしも名前を知っていたら、その人を本当に知ることはけしてできないの。
モリス　彼はどんな様子をしているんだい？
パトリシア　薄明かりの中で会っただけなの。御伽噺《おとぎばなし》に出てきたエルフのように、とんがり帽子か頭巾のついた長いマントを着ているようだわ。時々ここで窓の外を見ると、彼がこの家のまわりを影のように通りすぎるのが見えるの。そしてとんがり頭巾が、夕陽か夕月を背景にして黒く見えるんです。
スミス　彼は何の話をするんです？

パトリシア　真実を話すんです。たくさんの本当のことを。あの人は魔法使いなんです。
モリス　どうして魔法使いだとわかるんだい？　君に何か手品をして見せるんだろう。
パトリシア　手品なんかしなくても、魔法使いであることはわかるわ。でも、いっぺん屈みこんで、石を拾って、それを宙に投げたら、鳥みたいに神様のお空へ飛んで行ったわ。
モリス　魔法使いだと思ったのは、それが最初かい？
パトリシア　いいえ。最初に会った時、あの人は草の中に円や五芒星《ごぼうせい》を描いて、エルフの言葉をしゃべっていたの。
モリス　（疑い深く）エルフの言葉を知っているのかい？
パトリシア　聞くまではわからなかったわ。
モリス　（姉のために声を抑えようとするが、すっかり我慢できなくなつて、自分で思っているよりも、ずっと大きな声でしゃべる）いいかい、パトリシア、こういうことはもう限界だと思う。僕は君が妖精に関する三文詩人の詩を読むからといって、ろくでもない浮浪者か占い師に騙されるのを放っておくわけにはいかない。もしも、そのジプシーか何かがまた君を悩ませるようなら……
博士　（モリスの肩に手を置いて）まあ、もう少し詩情というものを斟酌《しんしゃく》してあげなければいけませんよ。我々は石油だけで生きてゆくことはできませんからな。
公爵　まったくです。それにアイルランド人で、ケルト系でしょう。バッフル老が言っていたが、素敵な歌がありますよ。格子縞のショールをかけたアイルランド娘と――バンシーの。[*2]（深くため息をつく）ああ、気の毒なグラッドストーン！[*3]

（例のごとき沈黙。）

スミス（博士に向かって）家族の迷信は健康に悪い、とあなた御自身はお考えだったと思いますが？

博士　家族の迷信は家族の不和よりも健康に良いと思います。（さりげなくパトリシアの方へ歩いて行く）若くて、今でもあの星や夕焼けを見られるのは素敵でしょうな。我々老いぼれは、あなたの物の見方が時々少し――言ってみれば――不安定だとしても、うるさいことは申しませんよ。もし空の星が間違って草の上を歩きまわっても、夕日が一度か二度東に沈んでも。我々はこう言うしかありません、「好きなだけ夢を見なさい。全人類に代わって夢を見なさい。もう夢見ることができない我々の代わりに夢を見なさい。しかし、違いを忘れてはいけません」

パトリシア　何の違いですの？

博士　美しいものとそこにあるものとの違いです。私の家の戸口にあるあの赤いランプは、美しくはないけれども、そこにあります。金と銀の星の光が消えた時は、あなたもあれがそこにあることを嬉しく思うかもしれませんよ。私はもう年寄りですが、私の赤い星を見て喜ぶ人が今でもいるんです。かれらが賢い人間だとは申しませんがね。

パトリシア　（少し感動して）ええ、先生が誰にも親切にしてくださるのは知っています。でも、空を漂う霊的な星があって、それはあの赤いランプよりも長く保《も》つかもしれないとお思いになりませんか？
スミス　（きっぱりと）思いますよ。しかし、それは動かない星です。
博士　あの赤いランプは私が生きている間は保つでしょう。
公爵　素晴らしい！　素晴らしい！　まるでテニソンの詩のようですな。（沈黙）思い出しますが、私が学生の時……
（赤いランプが消える。初めはパトリシア以外、誰も気づかない。パトリシアは興奮して指差す。）
パトリシア　赤い星が消えたわ。
モリス　どうしたんだい？
パトリシア　馬鹿な！（庭の扉へ走って行く）誰かがその前に立ってるだけさ。ねえ、公爵、庭に誰か立っていますよ。
パトリシア　（冷静に）あの人は庭を歩きまわると言ったでしょう。

＊2　名家の一員が死ぬ前に泣き声を上げるという妖精。
＊3　英国の政治家（一八〇九－九八）。

モリス　もしもそいつが、君の言う占い師なら……
（庭に姿を消し、その後に博士がつづく。）
公爵　（目を瞠《みは》って）庭に誰かいるだと！　本当に、この〝土地運動〟は……
（沈黙。
モリス、少し息を切らして、ふたたび現われる。）
モリス　すばしこい奴だな、君の友達は。影みたいに僕の手をすり抜けた。
パトリシア　彼は影だと言ったでしょう。
モリス　ふむ、影狩りをすることになりそうだ。角灯《ランタン》をお持ちですか、公爵？
パトリシア　いいえ、その必要はありませんわ。私が呼べば来ますわ。
（パトリシアは庭へ出て、半ば詠唱のような、意味のわからぬ言葉を大声で言う。それは入場する前に歌っていた歌に少し似ている。赤いランプがふたたび灯り、足が落葉を踏み分けて近づいて来るような小さな音がする。マントを着て、とんがり頭巾を被った見知らぬ男が庭の扉の外に立っているのが見える。）
パトリシア　あなたはどんな扉の中にも入れるのね。
（男が部屋へ入って来る。）
モリス　（庭の扉を背後に閉めて）さあ、どうだ、魔法使いめ、つかまえたぞ。僕らはおまえがインチキだと知ってるんだ。

スミス　（静かに）お言葉ですが、私たちが知っているとは思いません。私としては、博士の不可知論をいくぶん認めねばなりません。
モリス　（興奮して、ほとんど怒鳴りながらふり返る）あなた方牧師さんが、御自分の作り話以外の作り話を支持するとは知りませんでした。
スミス　私は万人が権利を持つものを支持します。それはたぶん、万人が権利を持つ唯一のものでしょう。
モリス　何なんです？
スミス　疑わしきは罰せられないということです。あなたの御主人の石油長者さんにも、その権利があります。彼はそれをもっと必要としていると思いますね。
モリス　この問題に関しては、あまり疑いの余地があるとは思いませんね、牧師さん。僕はこういう連中に何度も会いました――石ころを消すことができると言って、女の子から金を巻き上げる手合いです。
博士　（見知らぬ男に向かって）石ころを消すことができるんですか？
見知らぬ男　ええ。石ころを消すことならできます。
モリス　（無作法に）君みたいなやくざ者は時計や鎖を消す方法も知ってるんだろう。
見知らぬ男　ええ。時計や鎖を消す方法も知っています。
モリス　自分を消すのも上手なんだろうな。

見知らぬ男　やったことがあります。
モリス　（せせら笑って）今、消えて見せてくれないか？
見知らぬ男　（少し考えてから）いいえ、その代わりに姿を現わしましょう。（頭巾を後ろへまくり上げると、若いが、少しやつれた知的な顔つきの男の頭が現われる。彼はそれからマントのボタンを外して脱ぎ捨て、非の打ち所のない現代の夜会服をまとった姿を見せる。部屋の中を公爵の方へ歩いて行って、時計を取り出す）今晩は、閣下。表演をするには、まだ早すぎるようですね。ですが、こちらの紳士は（モリスの方を示して）早く見たがっておられるようです。
公爵　（少し戸惑って）やあ、今晩は。あの、実際――君は、その……
見知らぬ男　（お辞儀をして）そうです。僕は奇術師です。
（パトリシアを除いて、全員が笑う。ほかの面々が話に加わる間に、見知らぬ男は彼女に近寄る。）
見知らぬ男　（悲しげに）魔法使いでなくて、すみません。
パトリシア　泥棒なら良かったのに。
見知らぬ男　僕は盗みよりも悪い罪を犯しましたか？
パトリシア　この世で一番残酷な罪を犯したと思います。
見知らぬ男　一番残酷な罪とは何です？

パトリシア　子供の玩具を盗むことです。
見知らぬ男　何を盗んだんです？
パトリシア　御伽噺を。

（幕）

第二幕

同じ晩の一時間後、同じ部屋がもっと明るい照明に照らされている。一方にトランプのカード、ピラミッド等に覆われたテーブルがあり、夜会服を着た奇術師がその前に立ち、静かに奇術の種《たね》を並べている。その少し手前に、公爵と書類を持ったヘイスティングス。

ヘイスティングス　あとは小さな件が二、三あるだけです。これは閣下が御所望になられた催しのプログラムです。カリーオン氏は見るのを大変楽しみにしておられます。

公爵　有難う。（プログラムを取る）

ヘイスティングス　私がお持ちしましょうか？

公爵　いや、いや。忘れんから大丈夫だよ。君は私がいかに事務的かを知らんのだ。我々はそうでなくてはならん。（漠然と）君には少し社会主義者の傾向があるのは知っておるが、いいかね、たくさんすることがあるんだぞ——地方への投資とか、いろいろな。

それに人の顔を憶えなければならん！　国王はけして人の顔をお忘れにならない。（プログラムを振りまわす）私もけして人の顔を忘れない。（奇術師を見て、気さくに彼を話に引き込む）いいかね、ここにいる先生は国王陛下の前でも表演をするんだ（プログラムを置く）——キャラヴァンで奇術を見るのさ——国王の前で、毎晩のように表演するんだ、きっと……

奇術師　（微笑みながら）時には陛下に一夕《いっせき》のお休みを取っていただくこともあります。もちろん、やんごとない貴族の方々の御用もつとめます。ですが、当然、白人と黒人とを問わず、あらゆる君侯の御前で表演をして来ました。奇術師なら誰でもそうしています。

公爵　そうとも、そうとも！　君も、国王の大事な仕事は人を憶えていることだと言ってくれるかね？

奇術師　どの人を憶えているべきかを憶えていることだと申しましょうか。

公爵　ふむ、ふむ。さて……（何かを探して、少し慌てたようにあたりを見まわす）本当に事務的だということは……

ヘイスティングス　プログラムをお持ちしましょうか？

公爵　（プログラムを取り上げて）いやいや、忘れやせんよ。ほかに何か用件はあるかね？

ヘイスティングス　私はストラットフォードへの電報のことで、村へ行って来なければいけません。ほかに差し迫ったことといえば、戦闘的菜食主義者の一件だけです。

公爵　ああ！　戦闘的菜食主義者か！　お聞きになったことがおありでしょう。連中は（奇術師に向かって）政府が肉を配給する限り、法律に従わないというのです。

奇術師　こう言って、なだめておやりなさい。肉がそんなに手に入らない人も大勢いるんだと。

公爵　そうですな、かれらは非常に熱狂的だと言わねばなりません。それに進んでいる――ああ、たしかに進んでいる。ジャンヌ・ダルクのように。

（短い沈黙。その間に奇術師は公爵をまじまじと見る。）

奇術師　ジャンヌ・ダルクは菜食主義者だったんですか？

公爵　うん、その、つまるところ、崇高な理想ですよ。人生の聖性というやつです――人生の聖性。（首を振る）だが、連中はやりすぎたんです。ケント州で警官を殺したんですよ。

奇術師　警官を殺した？　何とも菜食主義的ですね！　その警官を食べない限りは、そうだと思いますね。

ヘイスティングス　あの人たちはささやかな寄付を求めているだけです。実際、自分たちの運動に人気があることを証明するために、半クラウン銀貨をたくさん集めたいんですよ。しかし、御忠告させていただければ……

公爵　ああ、それなら、三シリングやりたまえ。

ヘイスティングス　申し上げてよろしければ……

公爵　うるさいな！　反菜食主義派に三シリングやったんだから、そうするのが公平だろう。

ヘイスティングス　申し上げてよろしければ、この場合は寄付なさらない方が賢明かと思います。反菜食主義派はすでに資金を使って、自分たちの集会をこれ見よがしに守るための一団を結成しました。もし菜食主義者たちが自分の資金を使って、集会を妨害したら――そうすると、私たちが双方の暴漢に金を払ったというのは、少し変に思われるでしょう。治安判事の前に持ち出された時、説明がしにくいでしょう。

公爵　だが、私が治安判事をやるんだよ。（奇術師はまた公爵をまじまじと見る）そういう制度なんだ、ヘイスティングス君、この制度の良いところだよ。論理的な制度ではない――その中にルソーは交じっておらん――だが、何と上手く機能するかを見たまえ！　私はまさにあり得る最善の治安判事になるよ。ほかの連中は偏見を持っているだろう。サー・ローレンス老は自分が菜食主義者だから、反菜食主義の暴漢に厳しいかもしれん。クラショー大佐はきっと菜食主義者の暴漢どもに厳しいだろう。だが、私が双方に金をやっているとしたら、もちろん、どちらにも厳しくはすまい――だから、いいんだ。完壁な不偏不党だよ。
ヘイスティングス　（控え目に）プログラムをお持ちしましょうか、閣下？
公爵　（快活に）いやいや、忘れたりはせんよ。（ヘイスティングス退場）ところで、先生、奇術の世界に何か新しい噂はありませんか？
奇術師　奇術の世界には、どんな噂もないと思います。
公爵　新聞か何かないのですか？　当節は誰でも新聞を取るでしょう。その――「日刊《デイリー・》剣呑み《ソード・スワロワー》」とかいったものを？
奇術師　いいえ。私も以前新聞記者でしたが、新聞業と奇術はけして相容れないと思います。
公爵　相容れない――だが、私の意見は違いますな――その点では、私の方が広い考えを持っております！　バッフル老が言ったように、〝より大きな法則〟をね。相容れないものなどありませんよ――夫と妻などは例外ですがね。それに関してはモリスとお話をなさった方が良い。相容れないということでは、合衆国は驚くほど進んでいますよ。
奇術師　私が言いたかったのは、ただこの二つの商売が、正反対の原理に基づいているということです。奇術師であることの要点は、起こったことを説明しようとしないことです。
公爵　うむ、それで新聞記者は？

奇術師　新聞記者であることの要点は、起こらなかったことを説明することです。
公爵　しかし、どこか新しい奇術の種を論ずる場所が必要でしょう。
奇術師　新しい種などありません。もしあったとしても、それを論じる必要はないでしょう。
公爵　どうも、あなたはあまり進んでいらっしゃらないようだ。現代の進歩に興味がおありですか？
奇術師　あります。我々は錯覚を利用するあらゆる奇術に関心を持っていますからね。
公爵　さて、私はモリスの様子を見に行かなければなりません。またあとでお目にかかりましょう。
（公爵退場。プログラムを忘れてゆく。）
奇術師　親切な人間というのは、どうしてあんなに馬鹿なんだろう？（テーブルを整理するために、ふり返る）これで良さそうだ。トランプの一組であるトランプの一組。それにトランプの一組ではないトランプの一組。紳士の帽子のように見えるが、本当は紳士の帽子ではない帽子。これは僕の帽子にすぎないし、僕は紳士ではないからな。僕はただの奇術師で、これはただの奇術師の帽子だ。御婦人に向かって、この帽子を取って挨拶することはできない。この中からは兎も、金魚も、蛇も取り出すことができる。ただ、自分の頭を取り出してはいけない。僕は兎や蛇よりも下等な動物らしいな。なにしろ、かれらは奇術師の帽子から出られるが、僕は出られないんだ。僕は奇術師で、奇術師以外の何物でもない。何かほかのものであることを示せれば別だが、そうしたら、もっとまずいことになるだろう。

（テーブルの上にカードをやや不規則に撒《ま》き始める。パトリシア入場。）

パトリシア　（冷たく）失礼。プログラムを取りに参りましたの。伯父が入用なので。（素早く歩いて行って、プログラムを取り上げる）

奇術師　（なおもテーブルの上にカードを撒きながら）カリーオンさん、ちょっとお話しさせてもらえませんか？（両手をポケットに入れて、テーブルを見つめる。その顔に冷笑的な表情が浮かぶ）問題は純粋に実際的なものなんです。

パトリシア　（戸口に立ちどまって）何が問題なのか、想像もつきませんわ。

奇術師　僕が問題なんです。

パトリシア　私と何の関係がありますの？

奇術師　大ありです。僕が問題で、あなたは……

パトリシア　（腹立たしげに）私は何なの？

奇術師　あなたは答です。

パトリシア　何に対する答ですの？

奇術師　（テーブルの前へまわって来て、テーブルに腰かける）僕に対する答です。あなたは僕を嘘つきだとお思いになる。あなたと一緒に野を歩いて、石ころを消せると言ったからです。でも、僕にはそれができるんです。奇術師ですからね。事実として、あれは嘘じゃありませんでした。しかし、もし嘘だったとしても、やはりああ言ったでしょう。ああいう嘘を二十でもついたでしょう。その理由を御存知かどうかわかりませんが。

パトリシア　そんな嘘のことなんか何も知りません。

（彼女は扉の取っ手に手をかけるが、テーブルに腰かけて自分の靴を見ている奇術師はそれに気づかず、偽りのない一人語りをするように語り続ける。）

奇術師　僕みたいな人間にとって、たとえ嘘の口実を使ってでも、あなたのような御婦人と口を利けたらどんなに嬉しいか、おわかりにならないでしょう。僕は山師です。僕はごろつきです――この世のあらゆるごろつき連中とつきあっていたことによって、そう呼べるならね。僕は何でも自分一人で考えて来ました。フリート街の浮浪児だった時も、いや、もっと下等なフリート街の新聞記者だった時も。あなたと会う前は、金持ちものを考えることがあるなんて想像もしませんでした。そう、僕が言いたいことは、それだけです。僕らは楽しいおしゃべりをしましたよね？　僕は嘘つきです。でも、あなたにたくさん真実を話しました。

（彼はふり返り、またテーブルの上の物を整頓し始める。）

パトリシア　（考えながら）ええ、たしかにあなたは本当のことをたくさん言いました。

何百も何千も本当のことを言いました。でも、私が知りたい真実はけして言いませんでした。

奇術師　それは何です？

パトリシア　（部屋の中に戻って）あなた自身についての真実をけして言いませんでした。あなたがただの奇術師だなんて言わなかったじゃありませんの。

奇術師　それを言わなかったのは、わからないからです。僕がただの奇術師かどうか、わからないんです……

パトリシア　どういう意味？

奇術師　奇術師より性質《たち》の悪いものじゃないかと時々思うんです。

パトリシア　（真剣に）私、自分は奇術師じゃないと言う奇術師より性質の悪いものは思いつきません。

奇術師　（憂鬱そうに）もっと悪いものがあるんですよ。（自分を元気づけて）でも、そのことを言いたいんじゃない。あなたは本当に、それを許し難《がた》いと思いますか？　ねえ、一つの状況を語らせてください。それが我々の状況であるかどうかは、気にしないでください。一人の男が三等車に乗って、五級の宿に泊まって、年中あちこち動きまわっています。彼は新しい奇術の種や、新しい口上や、新しい与太話《よたばなし》を、時には毎晩考えなければなりません。たいていは中部地方や北部地方のろくでもない真っ黒な町でそうしなければならず、そこでは野外へ出て行くことができません。時には紳士の田舎屋敷でやりますが、その場合は野外へ出られます。さて、御存知でしょうが、俳優とか弁論家とかいった人々は、可能ならば外の空気の中で演説の下稽古をしたがるんです。（微笑む）例の大政治家の話を御存知でしょう。庭を行ったり来たりしながら、こう言っていると ころを庭師に聞かれたという──「議長、それはもしや、私が今晩話をするように求められるということなのでしょうか……」（パトリシアは微笑をこらえ、奇術師はたたみかけるように情熱をこめて語り続ける）奇術師だって同じです。即興演技の準備をするには少し時間がかかります。そういう人間は前もって森や野原を歩きまわり、あらゆる奇術の種を試して、あらゆる種類の珍文漢文《ちんぷんかんぷん》なことをしゃべります。自分一人だと思っているからです。ある晩、この男は自分一人でないことに気づきました。何とも美しい子供が自分を見ているのに気づいたんです。

パトリシア　子供？

奇術師　ええ。それが彼の受けた第一印象でした。彼は僕の親友です。幼い頃からずっと知っています。彼はそのあと、彼女が子供でないことを知ったと言うんです。彼女は子供の定義に当てはまらないと。

パトリシア　子供の定義って、何ですの？

奇術師　一緒に遊べる人、です。

パトリシア　（唐突に）なぜ頭巾を被って、マントを着ていらしたの？

奇術師　（微笑んで）雨が降っていたことにお気づきでなかったようですね。

パトリシア　（かすかに微笑んで）それで、そのお友達はどうしたんです？

奇術師　彼がどうしたかは、あなたがもうおっしゃいました。彼は御伽噺を壊しました。壊さなければならない御伽噺をつくってしまったからです。（急にテーブルの方を振り向いて）ですが、カリーオンさん、もし彼が一生に一度だけ手に入れた御伽噺を楽しんだら、その男をひどくお責めになりますか？　彼が練習のために引いていた馬鹿げた円が本当に魔法の円だったと言ったら？　彼の話していた出鱈目《でたらめ》がエルフの言葉だったと言ったら？　いいですか、彼はあなたと同じくらいたくさん御伽噺を読んでいるんです。御伽噺は唯一の民主的慣習です。すべての階級がすべての御伽噺を聞いていますからね。彼もまた妖精の郷で一日休みを取ろうとしたのだとしたら、あなたは彼をひどく咎《とが》めますか？

パトリシア　（あっさりと）さっきみたいには咎めません。それでも、贋物の魔術ほど悪いものはあり得ないと申します。それに、結局、贋物の魔術を持って来たのは彼だったんです。

奇術師　（椅子から立ち上がって）そうです。本物の魔術を持って来たのは彼女だったんですから。

（モリス、夜会服を着て入場。まっすぐ奇術のテーブルのそばに歩いて行って、一つ一つのものを取り上げては、何か一言言って、テーブルの上に戻す。）

モリス　これは知ってるぞ。これも、これも知ってる。ええと、これは二重底だな。これは針金を使ってやるんだ。知ってるぞ。袖の中を上がっていくんだ。これもやっぱり二重底だ。これは替え玉のトランプの一組だ――こいつは……

パトリシア　ねえ、モリス、まるで何でも知ってるみたいな口の利き方をするものじゃなくてよ。

奇術師　誰かが何でも知っていたってかまいませんよ、カリーオンさん。どうやって行われるかを知るよりも、ずっと重要なことがあります。

モリス　それは何です？

奇術師　自分でどうやってやるかを知ることです。

モリス　（怒ってまた鼻にかかった声になる）へえ、そうですか？　もう妖精じゃ通らないから、偉そうな奇術師になったわけだ。

パトリシア　（部屋を横切り、弟に真剣に話しかける）ほんとに、モリス、あなたはとても失礼よ。それに、失礼なことを言うのはお門《かど》違いだわ。この紳士は庭で一人で奇術の練習をしていただけなの。（一種の威厳をもって）もし何か間違いがあったら、それは私の間違いです。さあ、握手をなさい。何でもいいから殿方が謝る時にすることをなさい。ねえったら。この人はあなたを金魚鉢に変えたりしないわ。

モリス　（嫌々ながら）うん、そうだね。（手を差し出して）握手だ。（二人は握手する）ともかく、あなたは僕を金魚鉢にはしないでしょう、先生。あなた方が金魚鉢を出す時、金魚はたいてい人参の切れ端だと聞いています。そうなんですか、先生？

奇術師　（鋭く）ええ。（上着の後ろの裾にあるポケットから金魚鉢を取り出して、相手の鼻の下に突きつける）御自分でたしかめてごらんなさい。

モリス　（恐ろしく興奮して）お見事！　お見事！　でも、どうやってやるか知ってるぞ――どうやってやるか知ってるぞ。ゴムの蓋か覆いを持っていて……

奇術師　そうです。

（憂鬱そうにテーブルへ戻り、テーブルの端に腰掛けてカードの一組を取り上げ、片手に持つ。）

モリス　ああ、たいていの神秘は、からくりを知っていれば、まずは明白です。（博士とスミス入場。真面目な顔で話しているが、三人に近づくにつれて、黙り込む）天地開《かい》闢《びゃく》以来のあらゆる司祭や預言者の古いからくりが手に入ればなあ、と思いますね。昔の奇蹟や何かの大部分は、単に羽目板と針金の問題でしょう。

奇術師　おっしゃることがわかりません。そんなに欲しいのは、どういう古いからくりなんです？

モリス　（若い自由思想家の熱狂をもって、まくし立てる）そうですね、杖を蛇に変えたあの古いからくりが欲しいんですよ。モーセという老人が岩を打った時、岩から水を出した巧い仕掛けが欲しいんです。[*4]我々があの機械仕掛けを失ったのは残念ですよ。あなた方の大事な聖書の中で族長とか預言者と自称した奇術師がここにいたらと思うんです……

パトリシア　モリス、そんな風に言うものじゃないわ。

モリス　僕はね、宗教なんか信じないんだ……

博士　（傍白）ふん。女以外、誰も宗教など信じやせんさ。

パトリシア　（ふざけた調子で）これはみなさんにもう一つの古い奇術をお見せする良い機会だと思いますわ。

博士　何の奇術です？

パトリシア　「消える貴婦人」よ！

（パトリシア退場。）

スミス　昔のからくりの中で、失われたのを私が特に残念に思うものがあります。

モリス　（いまだに興奮して）そうですか！

＊4　杖のことは「出エジプト記」第七章、岩のことは第十七章に見える。

スミス　「ヨブ記」を書くためのからくりですよ。
モリス　しかし、昔の人も何でも知っていたわけじゃありませんよ。
スミス　ええ、そして昔の人は知らないということを知っていました。（夢見るように）
智慧《ちえ》は何処よりか覓《もと》め得ん。明哲《さとり》の在《あ》る所は何処ぞや？
奇術師　アメリカのどこかだと思いますね。
スミス　（やはり夢見るように）人その価《あたい》を知らず人のすめる地に獲《う》べからず。淵《ふち》は言う、我の内に在ずと。海は言う、我と偕《とも》ならずと。滅亡も死も言う、我らはその風声《うわさ》を耳にし聞きし而已《のみ》。神その道を暁《さと》り給う。彼その所を知り給う。そは彼は地の極《はて》までも観《み》そなわし、天が下を看《み》きわめ給へばなり。また人に言いたまわく、視《み》よ、主を畏《おそ》るるは是《これ》智慧なり、悪を離るるは明哲なり。[*5]（いきなり博士の方をふり向く）不可知論の立場からすると、どうですかね、グリムソープ博士？　そのからくりが失われたのは、じつに残念でしょう。
モリス　笑いたければ好きなだけお笑いなさい。でも、ここにいる奇術師が、もし神聖な昔の奇術がどうやって行われたのかを示すことができたら、彼は偉大な諸世紀のもっとも偉大な人間になれるでしょう。モーセに関しては、時代に先んじていたと言って良いでしょう。彼が古い奇術をやって見せた時、それは新しい奇術でした。彼は大衆の心をつかみました。大人の前で――戦に勝ち、讃美歌を歌える偉大な、鬚《ひげ》を生やした戦士たちの前で奇術をすることができました。しかし、現代の奇術は時代遅れです。だから、連中は子供にしかやって見せないんです。あのテーブルにのっている奇術の種で、僕が知らないものはありませんよ。この商売全体が羊肉と同じくらい死んでいて、[*6]羊肉の半分も美味《うま》くありません。彼は（奇術師を指差して）ついさっき金魚鉢を出しました――誰でもできる古い種です。

奇術師　ええ、おっしゃる通り。からくりはまったく単純です。ところで、あなたの金魚鉢を見せていただけませんか？

モリス　（腹を立てて）僕は金をもらって奇術をしに来た芸人じゃない。陳腐な奇術をしにここへ来たんじゃなく、見破りに来たんだ。あんなのは古臭い種だし、それに……

奇術師　さようです。しかし、あなたが言われたように、我々は子供にしかやって見せないんです。

モリス　お尋ねしても良いですか、インチキ先生、それとも何というお名前か知りませんが、あなたは誰を子供と言っているんです？

＊5　このあたりは「ヨブ記」第二十八章十二節以降からの引用。日本聖書協会の文語訳聖書により、新字新仮名遣いにして、句読点・送り仮名を多少改める。

＊6　完全に死んでいることを意味する as dead as mutton という言い回しがある。

奇術師　これは失礼。お姉さんが教えてくれるでしょうが、私は時々子供のことで勘違いをするんです。

モリス　僕の姉に助けを求めるのは許さない。

奇術師　それこそ、子供が言うことですよ。

モリス　（突然、気味悪いほど冷静になって）僕は子供じゃありませんよ、先生。穏やかなビジネスマンです。でも、言っておきますが、僕がいた国では、穏やかなビジネスマンもそんな風に侮辱されると、尻のポケットに手を伸ばすんです。

奇術師　（激して）ポケットに手を伸ばしなさい！　穏やかなビジネスマンは、それよりもしょっちゅう他人のポケットに手を伸ばすんだと思っていました。

モリス　この……

（尻に手を伸ばす。博士がモリスの肩に手を置く。）

博士　お二人共、我を忘れておいでのようだ。

奇術師　そうですね。（突然、疲れ切ったような口調になる）私の言ったことをお詫びします。たしかに、この若い紳士に対して口が過ぎました。（ため息をつく）時々、我を忘れることができたらと思います。

モリス　（間を置いて、むっつりと）うん、催しが始まりますし、あなた方英国人は口喧嘩が嫌いですからね。僕も、ろくでもない斧を埋めなきゃならないと思います。[*7]

博士　（ある種の威厳を持って。社交の場における彼の性格が、医師という職業を透《とお》して輝いている）カリーオンさん、お父上を存じ上げていた老人がこう申しても、許してくださるでしょうな——アメリカに住んでいたからといって、御自分をアメリカ・インディアン扱いするのは、御自分に対して不当な仕打ちではないでしょうか。私の旧友ハックスレーの時代には、我々中流階級の人間は、理性も、その種の物もみな疑いました。しかし、行儀の良さというものは信じておりました。貴族にそれが信じられないのだとしたら、残念です。私はあなたが野蛮人で戦斧《トマホーク》を埋めたなどとおっしゃるのを聞きたくありません。むしろあなたには、剣を鞘に納めたと言っていただきたいものです。

モリス　いいでしょう。僕は紳士らしい威厳を持って、剣を鞘に納めました。アイルランドの御先祖たちならそう言ったでしょうが、紳士らしい威厳を持って、剣を鞘に納めました。

奇術師　私も、奇術師らしい威厳を持って、剣を鞘に納めました。

モリス　奇術師はどうやって剣を鞘に納めるんです？

奇術師　呑み込むんですよ。

博士　それでは、もう喧嘩はなしということでよろしいですな。

スミス　一言言ってもかまいませんか？　私は喧嘩が大嫌いですが、それは聖職への義務

＊7　斧を埋めるとは、喧嘩をやめるの意。ここでは逐語的に訳す。

を超えた理由からなのです。

モリス　それは何です？

スミス　私が喧嘩に反対するのは、喧嘩がいつも議論を中断させるからです。しばらく、あの議論を蒸し返してもかまいませんか？　あなたはおっしゃいましたね、現代の奇術は、種を明かしてしまえば、昔の奇蹟と同じものだと。しかし、もう一つの見解もたしかに可能です。我々がものを贋物だと言う時、我々は一般に、本物の複製だと言っているのです。あそこにかかっているレノルズ[*8]の絵をごらんなさい。公爵のひいお祖父さんの肖像画ですよ。（壁にかかった絵を指差す）もし私が、あれは複製だと言ったら……

モリス　公爵はほんとに気の良い人ですが、あなたが議論の中断とお呼びになることが起こるでしょう。

スミス　ですが、私がそう言っても、あなたはサー・ジョシュア・レノルズがこの世にいなかったという意味には取らないでしょう。なぜ、贋物の奇蹟が、本物の聖者や預言者がけしていなかったことの証明になるのです。贋物の魔術もあれば、本物の魔術もあるかもしれません。

（奇術師は面《おもて》を上げ、妙に真剣な様子で聴き耳を立てる。）

スミス　本物の幽霊がいる故《ゆえ》に、蕪《かぶら》の悪魔がいるのかもしれません。本物の妖精がいる故に、劇場の妖精がいるのかもしれません。あなたは贋札があるからといって、イングランド銀行を廃止なさったりしないでしょう。

モリス　先生が贋札と呼ばれることを喜ぶといいですがね。

奇術師　アメリカの会社の設立趣意書と呼ばれるのと同じくらい嬉しいですよ。

博士　あなた方、およしなさい！

奇術師　すみません。

モリス　うむ、まず議論をしましょう。喧嘩はあとでできますからね。僕はこの家から厄介物を取り除きます。いいですか、スミスさん、あなたのおっしゃる本物の奇蹟という考えにケチをつける気はありません。僕は、科学が示す通り、あらゆることに原因があると言います。科学はその原因を見つけ出し、遅かれ早かれ、あなたの古臭い奇蹟はひどくみすぼらしいものになるでしょう。遅かれ早かれ、科学は蕪の幽霊を少し植物学的に研究して、それを信ずるあなた自身を蕪のように見せるでしょう。僕は……

博士　（スミスに小声で）あなたのなさる穏やかな議論は気に入りませんな。あの子は興奮しすぎています。

モリス　あなたはレノルズが生きていたとおっしゃるし、科学もそれを否定しません。（興奮して絵の方を向く）でも、彼はもう死んでいるようですね。それに、あなたが聖

＊8　十八世紀英国の肖像画家ジョシュア・レノルズのこと。

者や預言者を死者の中から蘇らせることができないのは、公爵のひいお祖父さんを蘇らせて、あの壁で踊らせることができないのと同じです。

（絵が壁にかかったまま、少し左右に揺れ始める。）

博士　おや、絵が動いているぞ！

モリス　（怒り狂って奇術師の方を向く）おまえは僕らよりも前に部屋にいた。あんなものに騙されると思うのか？　あれはみんな針金でできるんだ。

奇術師　（身動きせず、テーブルから視線を上げずに）ええ、針金を使ってもできるでしょう。

モリス　それなのに、僕にわからないと思ったんだな。（甲高い、雄鶏が啼くような声で笑う）いやらしい降霊術師どもは、ああいうペテンをするんだ。あいつらは、家具がひとりでに動くようにさせられるという。もし動くなら、やつらが動かしているんだ。僕らはそのやり方を暴《あば》いてやるぞ。

（椅子がガタンといって倒れる。

モリスはほとんどよろめき、一瞬息が詰まって、言葉も詰まる。）

モリス　おまえは……その……あれは……あれは誰でも知ってる……滑り板だ。滑り板を使えばできる。

奇術師　（面を上げずに）ええ。滑り板を使ってもできます。

（博士はモリスに近寄る。モリスはふり返り、夢中で博士に話しかける。）

モリス　博士、あなたの赤いランプについておっしゃっていたことは本当でしたね。あの赤いランプは科学の光で、蕪の幽霊の提燈をみんな消してしまいます。焼き尽くす焰ですが、博士、夜明けの赤い光なんです。（得意になってランプを指差す）司祭たちはあの明かりが光るのを止めたり、色や輝きを変えたりすることはできません。ヨシュアに太陽と月を止めることができなかったのと同じです。*9（猛烈に笑う）つい一、二時間前に、エルフのマントを着た本物の妖精が、あのランプのすぐそばに迷い込んで来ました。それで、ランプは彼を白いネクタイをした凡庸なお茶の間の道化に変えてしまったんです。

（庭の外れにあるランプが青に変わる。一同は無言でそれを見る。）

モリス　（高い不自然な声で沈黙を破って）ちょっと待て！　ちょっと待て！　見破ったぞ！　見破ったぞ！……（指を嚙みながら、部屋の中を激しく大股に歩きまわる）針金を仕掛けたな……いや、そうじゃない……

博士　（なだめるように話しかけて）まあまあ、今調べる必要はありませんよ……

モリス　（かっとして博士の方を向く）あなたは科学者と自称するくせに、調べるなとい

＊9　「ヨシュア記」第十章参照。

うんですか！

スミス　今のところは放っておいても良いと言っているだけですよ。

モリス　（乱暴に）いいや、司祭さん、僕は放っておきませんよ。（また部屋の中を歩きまわって）鏡を使ったらできるのかな？　（額を叩く）おまえは鏡を持っているんだ……（突然、大声で）わかったぞ！　わかったぞ！　光を混ぜるんだ！　そうじゃないか？もし赤い光に緑の光をあてたら……

（突然の沈黙。）

スミス　（博士に向かって静かに）青にはなりません。

博士　（奇術師の方へ踏み出して）あなたがこの術をかけたのなら、後生ですから、それを解いてください。

（沈黙ののちに、明かりはふたたび赤くなる。）

モリス　（突然、ガラスの扉のところへ飛んで行って、よく調べる）ガラスだ！　ガラスに何かしたんだ！

（彼は急に立ちどまり、そのあとに長い沈黙。）

奇術師　（いまだに身動きもしないで）ガラスにおかしなところは見つからないと思いますが。

モリス　（大きな音を立ててガラス扉を乱暴に開けながら）それなら、ランプのおかしなところを見つけてやろう。
（庭に姿を消す。）
博士　雨がまだ降っているようですな。
スミス　そうですね。そして今は、ほかの誰かが庭をさまよっているでしょう。
（割れたガラス扉を通して、モリスが行ったり来たりしながら、次第に足取りを早めるのが見える。）
スミス　この場合、ケルトの薄命は胸に障らないと思いますが。
博士　ああ、胸だけなら良いんですが！
（パトリシア入場。）
パトリシア　弟はどこにいるんです？
（気まずい沈黙があり、奇術師が答える。）
奇術師　妖精の郷を歩きまわっているようです。
パトリシア　でも、こんな夜に外へ出てはいけませんわ。すごく危険です！
奇術師　ええ、非常に危険です。妖精に会うかもしれません。
パトリシア　どういう意味？
奇術師　あなたはこの天気に外へ出て、この種の妖精に会いましたが、今のところ、それはあなたに悲しみしかもたらしていません。

パトリシア　私、弟を探してきます。

（開いた扉から、庭へ出る。）

スミス　（沈黙ののちに、非常に唐突に）あの音は何です？　彼女が弟さんに歌を歌っているのではないでしょう？

奇術師　違います。彼にはエルフの言葉が理解できませんからね。

スミス　だが、今聞こえるあの叫び声と喘《あえ》ぐ声は何です？

奇術師　穏やかなビジネスマンが普通に立てる音だと思います。

博士　あなたが御立腹なさっているのは理解できます。たしかに、無作法な扱いを受けましたからね。しかし、今そんな風におっしゃるのは……

（パトリシア、非常に青ざめて、庭へ出る戸口にふたたび現われる。）

パトリシア　博士《せんせい》とお話をしてもよろしいかしら？

博士　いいですとも。公爵をお連れしましょうか？

パトリシア　博士と話したいんです。

スミス　私もお役に立てますか？

パトリシア　博士だけに用があるんです。

（彼女はまた外へ出、グリムソープ博士がついてゆく。ほかの二人は顔を見合わせる。）

スミス　（静かに）あの最後の奇術は見事でしたな。
奇術師　ありがとうございます。あなたに見破れなかった唯一の奇術だとおっしゃりたいんでしょう。
スミス　じつは、まあそういうことです。あの最後の奇術は今までに見た最高の奇術でした。あまり素晴らしかったので、あなたがあれをなさらなければ良かったと思うくらいです。
奇術師　私もそう思います。
スミス　どういう意味です？　奇術師にならなければ良かったとお思いなんですか？
奇術師　生まれて来なければ良かったと思うんです。
（奇術師退場。
沈黙。博士が非常に深刻な面持ちで入場。）
博士　今のところは大丈夫です。彼を連れ戻しました。
スミス　（博士に近寄る）お嬢さんには精神の病があるとおっしゃいましたね。
博士　（相手をじっと見て）いいえ。この一族には精神の病があると言ったのです。
スミス　（沈黙の後に）モリス・カリーオンさんはどこです？
博士　隣の部屋のベッドに寝かせました。お姉さんが面倒を見ています。
スミス　お姉さんが！　それじゃ、あなたは妖精を信じるんですか？

博士　妖精を信じる？　どういう意味です？

スミス　あなたは少なくとも、妖精を信じる人間に信じない人間の看護をまかせたのです。

博士　ええ、そういうことになりますな。

スミス　彼女が一晩中妖精の話をして、彼を寝かせないとはお考えにならないのですか？

博士　少しも思いません。

スミス　彼女が薬壜を窓から投げ捨てて——その——草の露《つゆ》か何かを患者に与えるとは思わないんですか？　あるいは四葉のクローバーを？

博士　いいえ。もちろん、思いません。

スミス　私が尋ねるのは、あなた方科学者が我々聖職者に対して、少し手厳しいからなんです。あなた方は司祭職を信じませんが、この奇術師が本物の魔術師であるよりは、私が本物の司祭であることをお認めになるでしょう。あなた方は聖書と高等批評*10について、あれこれ言いました。しかし、たとえ高等批評によっても、聖書はエルフの言葉より古いのです——エルフの言葉は、私の知る限り、今日の午後発明されたのですがね。しかし、カリーオン嬢は魔法使いの存在を信じていました。カリーオン嬢はエルフの言葉があることを信じていました。それなのに、あなたは女性を信用するからといって、いささかも疑わず、彼女に病人の世話をまかせる。

博士　（ごく真剣に）ええ、私は女性を信用します。

スミス　あなたは生きるか死ぬかという実際的なことを女性におまかせになる。何時間も眠らずに介護をして、手が震えたり、薬をほんの少し飲ませすぎたりしたら、命取りになるという時に。

博士　さよう。

スミス　しかし、もしその女性が早起きして、教会の早朝礼拝に行くと、あなたは頭が弱いと言い、女以外誰も宗教など信じないとおっしゃるんです。

博士　私はこの女性を、頭が弱いとはけして言いますまい——ええ、神かけて、たとえ彼女が教会へ行ったとしても。

スミス　しかし、教会へ行くことを熱烈に信じている、同じくらい意志の強い人間が大勢います。

博士　アポロンを熱烈に信じていた人間も、同じくらい大勢いたんじゃありませんか？

スミス　しかし、アポロンを信じることに何の害があるでしょう？　そしてアポロンを信じないことから生ずるかもしれない害はどれほどあるでしょう？　信仰と同じように、懐疑も狂気であり得ると考えたことはありませんか？　問いを発するのは、教義を述べるのと同様に、病気だと考えたことはありませんか？　あなた方は宗教的熱狂のことを

＊10　聖書の文学的・歴史的研究。キリスト教への懐疑主義の温床と見なされた。

おっしゃいます！　非宗教的熱狂というものはないのでしょうか？　そういうものが今、この家にないでしょうか？

博士　それでは、誰も問いを発するべきではないとお考えになるのですか。

スミス　（感情を露わにして隣の部屋を指差しながら）問いを発した結果があれだと思うんです！　あなた方はなぜ宇宙を放っておいて、好きなものを意味させることができないんです？　どうして雷がユピテルであってはいけないんです？　ユピテルでないなら一体何だろうと思って、馬鹿な真似をして来た人間の方が大勢いるんです。

博士　（スミスを見て）御自分の宗教を信じますか？

スミス　（同じくらいじっと相手を見返して）たぶん信じていません。私はいまだにそれを疑う愚か者であり続けるでしょう。サンタクロースのことを疑う子供は眠れません。信じる子供は一晩ぐっすり休みます。

博士　あなたは実用主義者ですな。

（公爵、心ここにあらずといった様子で入場。）

スミス　それは法律家が卑俗な悪口と呼ぶものです。しかし、私は実践に訴えます。ここにある家族がいて、その上に精神の禍《わざわい》が迫っている。ここに何でも疑う少年と、何でも信じてしまう少女がいる。呪いがかかっているのはどちらです？

公爵　実用主義者の話をなさっているんですな。喜んでお聞きしますよ……ああ、じつに進歩的な運動です！　たしかルーズヴェルトは今……（沈黙）いや、我々は動きますから な、動くんです！　最初に失われた環[*11]がありましたな。（沈黙）いや、違う！　最初に原形質があって――それから、失われた環だ。そしてマグナ・カルタや何やかやが。（沈黙）そら、保険法をごらんなさい！

博士　私は見たくありませんな。

公爵　（ふざけて彼を指差す）ああ、偏見だ、偏見だ！　あなた方博士というものは！私は偏見を持ったことはありませんぞ。

（沈黙。）

博士　（いつになく憤激して沈黙を破る）何をですって？

公爵　（きっぱりと）私自身はマルコーニ[*12]を食べたことがありません。あんなものには手をつけませんよ。（沈黙）さて、私はヘイスティングスと話をしなければなりません。

（公爵、漫然と退場。）

博士　（怒り心頭に発して）うむ、まったく……（スミスの方をふり向く）先程、一族の

＊11　類人猿と人間の中間にいたと仮定される動物。
＊12　イタリアの電気技術者。（一八七四－一九三七）無線電信を発明した。公爵はマカロニか何かと間違えているらしい。

誰に一族の狂気が遺伝しているかとお尋ねになりましたね。
スミス　いかにも、尋ねました。
博士　（小声で、しかし強調して）私の魂にかけて申しますが、それは公爵だと思います。

（幕）

第三幕

一部分を暗くした部屋。ランプの載っているテーブルと空いた椅子が一脚。隣の部屋から、時折病人が寝返りを打ったり、しゃべったりするのが聞こえる。

グリムソープ博士、やや気疲れした様子で薬の壜を手に持って入場。壜をテーブルに置き、徹夜の看護でもしているかのように椅子に腰かける。

奇術師、帰ろうとしてマントを着、鞄を持って入場。彼が部屋を横切る間に博士が立ち上がり、背後から呼びかける。

博士　すみませんが、少しだけお引き留めしてもよろしいかな？　お気づきかと思いますが――（口ごもる）あなたの表演のあとに起こった病気の症状に重大な進展があったのです。もちろん、表演のせいだとは申しません。

奇術師　恐れ入ります。

博士　（やや勇気づけられ、しかし、慎重に言葉を選んで）それでも、生理的な不調に於いては、精神の興奮が必ず重要な要素となっているのです。今宵のあなたの妙技は本当に非凡なものでしたので、それが患者の症状に関係がないとは申せません。彼は今、譫《せん》妄《もう》状態に似た状態にいますが、まだ多少ものを尋ねたり答えたりすることができます。彼がひっきりなしにする質問は、あの最後の奇術をどうやってやったかということです。

奇術師 ああ！　最後の奇術ですね！

博士 この件について、あなたにとって公平な取引ができないかと考えていたところなんです。これを——患者が持っているらしい固定観念を解消する手段を、こっそり与えて下さるわけにはゆかないでしょうか。（ふたたびためらい、もっと慎重に言葉を選んで話す）半ば譫妄状態で議論するという、この特殊な状態は稀なもので、私の経験ではいささか不幸な事例と結びついています。

奇術師 （相手をじっと見ながら）気が狂うとおっしゃるんですか？

博士 （初めて少し不意を打たれて）いや、それは不当な御質問です。こういう事柄の微妙な点を素人に説明することはできません。たとえ、もし——もしおっしゃる通りだったとしても、私はそれを職業秘密と見なすべきだったでしょう。

奇術師 （依然相手を見ながら）しかし、あなたも少し不当な質問をしていると思いませんか、グリムソープ博士？　あなたのそれが職業上の秘密なら、私のも職業上の秘密じゃありませんか？　あなたが世間から真実を隠しても良いなら、どうして私がそうしてはいけないんです？　あなたはあなたの奇術の種を教えない。私も私の種を教えません。
博士　（憤慨して）我々の秘密は奇術ではありません。
奇術師　（考え込むように）ああ、でも、それは種を明かすまで誰にもわかりませんよ。
博士　ですが、公衆は医師の治療をはっきりと見ることができます……
奇術師　ええ。今夜扉の上の赤いランプを見たようにはっきりとね。
博士　（間を置いて）あなたの秘密は、もちろん、関係者全員が厳重に守るでしょう。
奇術師　ええ、もちろんです。譫妄状態にある人々は、つねに秘密を厳守しますからね。
博士　患者に会うのはお姉さんとこの私だけです。
奇術師　（少しハッとする）そう、お姉さんだ。彼女はひどく心配していますか？
博士　（小声で）していないと思うんですか？
（奇術師は椅子にどっかりと坐り込み、マントが夜会服の後ろからめくれている。彼はしばらく思案してから、しゃべり出す。）
奇術師　博士、あの奇術をどうやってやったか、言うべきでない理由は千くらいあります。しかし、一つで十分でしょう、それが一番実際的だからです。
博士　ほう？　では、なぜ私に言うべきでないんです？
奇術師　言っても信じてもらえないからです。
（沈黙。博士は彼を興味深げに見ている。

公爵、書類を手に持って入場。例によって快活な態度だが、少しぎこちないところがある。病人の部屋を漠然と連想するために、まるで爪先立ちのように歩き、一種の声高な、あるいは甲高いささやき声で語り始めるからだ。幸い、彼はこのことを忘れて、自然な声に戻る。）

公爵　（奇術師に向かって）お待ちくださって恐縮ですな、先生。我々が置かれている少し困った状況を、グリムソープ博士が私よりもずっと上手に説明してくれたと思います。科学的な話をさせるなら、お医者様に如《し》くはありませんからな。（漠然と）イブセンを御覧なさい。

（沈黙。）

博士　もちろん、先生はこの件に不本意でいらっしゃいます。彼の秘密は奇術師という職業の枢要《すうよう》な部分だと指摘しています。

公爵　もちろんです。商売の秘訣ですな？　むろん、仰せの通りですよ。まさしく位階《ノブ》には《レス・》責任あり《オブリージュ》のケースですな。（沈黙）しかし、何とか解決法を見つけられると思うんです。（奇術師の方を向く）さあ、あなた、これは取引にするべきだと申し上げても、お気を悪くなさらないで下さい。我々はあなたに職業的な技と知識を少々お貸しいただきたいのです。そして、もし小切手を書くことをお許し願えるなら……

奇術師　閣下、ありがとうございますが、もう秘書の方から小切手をいただきました。小切手帳の控えをごらんになれば、閣下が御親切にも「奇術禁止協会」に与えた小切手のすぐあとに見つかりますよ。

公爵 いや、そんな風にお取りになっていただいては困ります。もっと寛大な心で受け取っていただきたいのですよ。自由な心ですな。（大きな身振りをして）現代的で、何やかやで！　素晴らしい人物ですな、バーナード・ショーは！

（沈黙。）

博士 （軽い咳をして、話をつづける）もし受け取りにくいとお感じになるなら、支払い相手はあなたお一人にしなくとも良いでしょう。この件では、お気持ちを尊重します。

公爵 （賛成するように）そうですとも、そうですとも。あなたは何か主義主張をお持ちですかな？　当節、誰でも主義主張を持っておりますからな。奇術師の未亡人とか、何かそのような。

奇術師 （自制して）いいえ。私に未亡人はいません。

公爵 それなら、年金のようなものを支給したらよろしい。あなたの――その――未亡人ができた時のために。（快活に小切手帳を開き、何も悪感情がないことを示すために、くだけた調子でしゃべりながら）さあ、一つ二千ポンドと行きましょう。

（奇術師は小切手を取り、疑わしげにつくづくと見る。その間に牧師がゆっくりと部屋へ入って来る。）

奇術師　あの奇術の種を知るために、本当にこんな大金をお払いになるおつもりですか。
公爵　もっと高額でも、喜んで支払いますよ。
博士　病状は深刻なのだと御説明したつもりですが。
奇術師　（次第に考え込んで）もっと高額でもお払いになる……（唐突に）でも、仮に秘密をお教えしたとして、そこに何もないことがわかったら、どうします？
博士　つまり、ごく単純だということですか？　いや、それこそ、願ってもないことだと言っても良いでしょう。ささやかな健康な笑いは、病気回復に何よりも効きますから。
奇術師　（依然として憂鬱そうに小切手を見ながら）あなた方がお笑いになるとは思いません。
公爵　（分別顔で）しかし、じつに単純なことなのでしょう。
奇術師　この世で一番単純なことです。だから、お笑いにならないでしょう。
博士　（ほとんど苛立って）どういう意味です？　笑わないでどうするというんですか？
奇術師　（重々しく）疑うでしょう。
博士　なぜです？
奇術師　あまりにも単純だからです。（小切手を手に持ったまま、いきなり立ち上がる）最後の奇術をどうやったかとあなた方はおたずねになる。最後の奇術をどうやったか、言いましょう。魔術を使ったんです。

（公爵と博士は身じろぎもせずに奇術師を見つめているが、スミス師はハッとして、テーブルに一歩近寄る。奇術師は肩にマントを羽織《はお》る。辞去しようとするようなこの仕草を見て、博士は立ち上がる。）

博士　（愕然《がくぜん》とし、腹を立てて）あの小切手を受け取っておいて、ただの魔術だったと本気でそう言うつもりなんですか？

奇術師　（小切手を引き千切りながら）小切手は破きます。そして、あれはただの魔術だったと申し上げます。

博士　（激しく、しかし心から）だが、くそったれ、そんなものは存在せんのだ。

奇術師　いいえ、存在します。そのことを知らなければ良かったのにと思います。

公爵　（やはり立ち上がって）何と、魔術とは……

奇術師　（軽蔑するように）そうです、閣下、先程おっしゃっていた、より大きな法則の一つですよ。

（マントの頸《くび》のボタンをかけて、鞄を取り上げる。そうするうちに、スミス師が扉の前へ進み出て、奇術師をしばし引き留める。）

スミス　（小声で）ちょっと待ってください。

奇術師　何です？

スミス　謝罪したいのです。というのは、一同に代わってです。あなたに金を払おうとしたのは間違っていたと思います。医学用語であなたを煙に巻き、あれを譫妄状態と呼ぶのは、もっと間違っていると思います。私は博士の口上よりも奇術師の口上に敬意を払います。どちらも人を仰天させるためのものですが、あなたの口上はいっとき仰天させるだけですからね。さて、今私はわかりやすい言葉で、わかりやすい人道的な理由から御説明します。ここに気が狂うかもしれない可哀想な少年がいます。仮にあなたの息子がそういう状態に陥っているとして、もしもあなたの役に立つなら、真実を教えて欲しいとお思いになりませんか？

奇術師　思います。ですから、真実をそっくりお話ししました。それが役に立つかどうかは、御自分でたしかめなさい。

（また振り向いて行こうとするが、前よりもぐずぐずしている。）

スミス　役に立たないことは、良く御承知のはずです。

奇術師　なぜ役に立たないんです？

スミス　あなたは理由を良く御存知です。あなたは正直な方で、自分でおっしゃいました。彼が信じないからです。

奇術師　（一種の激しい怒りに駆られて）一体、信じる人がいるでしょうか？　あなたは信じますか？

スミス　（大いに自分を制して）お尋ねになるのも道理です。さあ、腰かけてそのことを話し合いましょう。マントをお脱ぎになってください。

奇術師　あなたが上着をお脱ぎになったら、私もマントを脱ぎましょう。

スミス　（微笑んで）なぜです？　私に喧嘩させたいのですか？

奇術師　（激しく）殉教してもらいたいんです。あなた御自身の信条が正しいことを証言してもらいたいんです。これは超自然の出来事だと私は言います。霊がやったのだと私は言います。博士は私の言うことを信じません。不可知論者で、何でも知っているからです。公爵は私のいうことを信じません。奇蹟のようにわかりやすいことは信じられないんです。しかし、あなたがもし奇蹟を信じないのなら、一体何のためにいるんです？もし超自然といったものがあることを意味するのでなければ、あなたの上着は何を意味するんです？　霊といったものがあることを意味するのでなければ、そのろくでもない付け襟は一体何を意味するんです？　（激昂して）もしそれを信じないなら、何だってそんな服装をするんです？　（乱暴な仕草をして）ことによると、悪魔を信じるんじゃないでしょうね？

スミス　私が信じるのは……（間を置いて）私は信じられれば良いと思うんです。

奇術師　そうですか。私は信じられなければ良いのにと思うんです。

（パトリシア、青ざめて、素人看護婦の薄手の部屋着を着て入場。）

パトリシア　奇術師さんとお話ししても、よろしくて？

スミス（急いで進み出て）博士《せんせい》に御用ですか？

パトリシア　いいえ、奇術師さんに。

博士　病状が進んだのですか？

パトリシア　私はただ奇術師さんと話がしたいんです。

（二人共庭へ出る扉か、もう一つの扉の方へさがる。パトリシアは奇術師の方へ歩み寄る。）

パトリシア　あの奇術をどうやったのか、教えてください。ねえ、きっと教えてくださるわね。弟が無礼だったのは知っています。彼は誰に対しても無礼なんです！（泣き崩れる）でも、まだほんの子供なんです！

奇術師　御存知かと思いますが、男が女にけして言わないことがあります。あまりにも恐ろしいからです。

パトリシア　ええ。それに、女が男にけして言わないこともあります。やっぱり、あまりにも恐ろしいからです。私はそういうことを全部聞きにここへ来たんです。

奇術師　何を言ってもかまわないと、本気でそうおっしゃるんですか？　それがどんなに不吉なことでも？　どんなに恐ろしいことでも？　どんなに忌まわしいことでも？

パトリシア　私はひどい目に遭いましたから、今さら怖がったりはしません。最悪のことを言ってください。

奇術師　最悪のことを言いましょう。僕は初めて会った時、あなたを好きになったんです。

パトリシア　（腰を下ろし、脚を組む。）

奇術師　（たじろいで）私は子供に見えたと言ったじゃありませんの。それで……

パトリシア　嘘をついたんです。

奇術師　ああ、これは恐ろしいわ。

パトリシア　僕は恋をして、好機に乗じました。あなたは僕が魔術師だと単純に信じたでしょう？　でも、僕は……

奇術師　ひどいわ。ひどいわ。あなたが魔術師だなんて、一度も信じなかったわ。

パトリシア　（仰天して）魔術師だと信じなかったですって……！

奇術師　人間の男だと最初から知っていました。

パトリシア　（何でも良いから、俳優が舞台でやる情熱的な仕草をしながら）僕は男で、あなたは女です。エルフたちはみんなエルフランドへ行ってしまい、悪魔はみんな地獄へ行ってしまいました。あなたと僕はこの俗悪なお屋敷から歩いて出て行って、結婚するんです……今晩、この家にいる人間はみんな狂っているみたいだな。僕は何を言ってるんだろう？　まるであなたが僕と結婚できるみたいに！　ああ、神よ！

奇術師　あなたの勇気が挫《くじ》けたのは、これが初めてね。

パトリシア　どういう意味です？

パトリシア　あなたが最近ある申し出をしたという事実に注意を引きたいんです。私、承知いたしました。

奇術師　いや、そんなことはたわ言です。ただの男がどうして大天使と結婚できるでしょう——ましてや良家の御婦人と。僕の母親は良家の婦人でしたが、死にかけた旅のヴァイオリン弾きと結婚しました。この取り合わせのチグハグさが僕の身体と魂で大騒ぎをやらかすんです。母さんの姿が今も目に浮かびます。料理をつくる下宿屋がますます汚くなって、ますます弱くなった目で靴下を繕《つくろ》っているのが目に浮かびます。分別ある人間であることに承知すれば、真珠を身につけていたかもしれないのに。

パトリシア　牡蠣《かき》であることに承知すれば、真珠を育てたかもしれませんわ。

奇術師　(真剣に)　母の人生にはろくすっぽ楽しみがありませんでした。

パトリシア　楽しみは誰の人生にも少し、ほんの少ししかありません。問題は、どういう種類の楽しみかということです。人生を楽しみに変えることはできません。でも、私たちと私たちの不滅の魂にふさわしい楽しみを選ぶことならできます。お母様はそれを選ばれたのだし、私も選びました。

奇術師　(目を丸くして)　不滅の魂！……でも、僕が跪《ひざまず》いてあなたを崇拝したら、あなたもほかのみんなも笑うでしょう。

パトリシア　(天邪鬼な微笑みを浮かべて)　ねえ、こうした方が楽だと思うわ。(一種の所帯じみたやり方で、いきなり彼の隣に腰かけ、話し続ける）そうよ。あなたのお母さんがしたことを何でもしてあげるわ。もちろん、お母さんほど上手にはできないけれど。あの奇術師の帽子を繕うわ――帽子って、繕うものなのかしら？――奇術師の御飯を料理するわ。ところで、奇術師の御飯ってどんなものなの？　もちろん、いつでも金魚はあるわね……

奇術師　（唸《うな》って）人参もね。

パトリシア　それに、考えてみれば、いつでも帽子から兎を出せるでしょう。まあ、すごく安上がりな生活に違いないわ！　兎はどうやってお料理するの？　公爵はいつも茹でた兎の話《ポウチト・ラビッツ》*13をしているわ。ほんとに、私たち、いくらでも幸せになれるでしょう。少なくとも、お互いを信頼して、秘密を持たないでしょう。ぜひ、すべての奇術の種を知りたいわ。

奇術師　僕は逆立ちしているのか、踵で立っているのかわからなくなってきた。

パトリシア　じゃあ、お互いを信頼して気持ち良く暮らすんですから、あの最後の奇術をやった本当の、実際的な、巧みな、ささやかなやり方を教えてちょうだい。

奇術師　（恐怖に身を強張らせて、立ち上がる）どうやってあの奇術をやったかって？

＊13　〝密猟された兎〟と同音。

悪魔どもを使ってやったんだ。（パトリシアに食ってかかるように）君は妖精を信じられる。悪魔は信じられないのか？

パトリシア　（真剣に）ええ、悪魔は信じられません。

奇術師　いいかい、この部屋は今も悪魔で一杯なんだ。

パトリシア　一体どういうこと？

奇術師　多くの人間がやったけれども、それで栄えた者はほとんどいない、そういうことを僕がしたというだけさ。（腰かけて、考えながら話す）僕は多くのおかしな連中とつきあったと言ったね。その中に、本当か嘘かわからないが、霊の助けを借りて奇術をやると称する連中がいた。僕はテーブル叩きとテーブル回しを少しばかりかじってみたけれども、理由があってすぐにやめた。

パトリシア　なぜやめたの？

奇術師　初めは頭痛がするようになったんだ。それに交霊会の翌朝は必ず、自分が卑劣になり、堕落したような、汚れたようなおかしな気分になった。たぶん、二日酔いの気分と良く似たものだろう。でも、僕はたまたま丈夫な頭と言われるものを持っていて、本当に酔ったことが一度もないんだ。

パトリシア　それを聞いて嬉しいわ。

奇術師　それは練習が足りなかったからじゃなかった。やがて、僕と一緒にテーブル回しの遊びをしていた霊たちは、テーブル回しの最後にいつもするらしいことをした。

パトリシア　何をしたの？

奇術師　テーブルをひっくり返したんだ。テーブルをひっくり返して、僕にぶつけたんだ。君が妖精を信じるのも、不思議とは思わない。この連中も僕の召使いである間は、妖精のように見えた。奴らが僕の主人になろうとした時……妖精じゃないことに気づいた。少なくとも、僕が接触した霊たちは邪悪だった……ひどく、不自然に邪悪だった。

パトリシア　向こうがそう言ったの？

奇術師　奴らが言ったことの話なんか、しないでくれ。僕はだらしない人間だったが、そこまで落ちてはいなかった。僕は奴らに抵抗して、かなり苦しい思いをしたあと、心理学的に言うと、つながりを断ち切った。でも、奴らはいつも、僕が奴らにもらった超自然の力を使わせようとして誘惑した。それは大した力じゃないが、物を動かしたり、光を変えたりするくらいならできた。君に実感できるかどうかわからないが、無人の店からシャンペンの壜を歩いて来させる魔術を使える時に、売店で不味いコーヒーを飲むのは、人間にとっていささかの重圧なんだ。

パトリシア　あなたは立派に振舞ったと思うわ。

奇術師　（苦々しく）そして、僕がついに誘惑に負けたのは、シャンペンの半分も綺麗でまっとうじゃないもののためだった。凶悪な盲目の怒りとあらゆる種類の野蛮さにかられて、子供が生意気を言ったために、僕は味方を呼び、かれらは従ったんだ。

パトリシア　（彼の腕に触りながら）可哀想に！

奇術師　君の優しさは、けして間違わない唯一の優しさだよ。

パトリシア　それで、モリスをどうしたら良いんでしょう？　わたし――わたし、今はあなたのいうことを信じます。でも、弟は――弟はけして信じないわ。

奇術師　無神論者に勝る狂信家はいないからね。考えなければいけない。

（庭に面した窓へ向かって歩いてゆく。ほかの男たちがふたたび現われ、止めようとする。）

博士　どちらへ行かれるんです？

奇術師　神様に訊きに行くんです。僕は神様の敵に仕えてきましたが、今でも一人の子供を救うにふさわしい人間かどうかを。

（庭に出る。モリスがしたのと同じように、行ったり来たりする。その間にパトリシアはゆっくりと出て行き、長い沈黙が続く。残っている男たちは非常にせわしなく動きまわり、足を踏み鳴らす。闇が濃くなる。長い間、誰も口を利かない。）

博士　（唐突に）非凡な男だ、あの奇術師は。賢い男だ。面白い男だ。じつに面白い男だ。一種の、その……ああっ！　あれは何だ？

公爵　何がどうしたんです？　何事です？

博士　たしかに足音が聞こえました。

（ヘイスティングス、書類を持って入場。）

公爵　何だ、ヘイスティングス――ヘイスティングスじゃないか――てっきり幽霊かと思ったぞ。君は――その――顔色が悪いようだな。

ヘイスティングス　反菜食主義者の返事を持って参ったのです……いや、つまり、菜食主義者の返事です。

（書類を一つ二つ取り落とす。）

公爵　おい、ヘイスティングス、顔が真っ青《さお》だぞ。

ヘイスティングス　お許しください、閣下。この部屋に入った時、軽いショックを受けたんです。

博士　ショック？　何のショックですか？

ヘイスティングス　思いますに、閣下のお仕事がわたしの個人的な気分によって邪魔されたのは、初めてです。もうそうしたことで御迷惑はおかけしません。こんなことは、もう二度と起こらないでしょう。

（ヘイスティングス退場。）

公爵　何という変わった男だ。一体……

（突然話をやめる。）

博士　（長い沈黙の後、小声でスミスに向かって）あなたはどんな気分ですか？

スミス　窓を閉めなければいけないような、あるいは開けなければいけないような、どちらかわからないような気分です。

（ふたたび長い沈黙。）

スミス　（突然、暗闇の中で叫び出して）神の名に於いて、去れ！

博士　（やや震えながらとび上がって）君、私はそんな風に言われるのには……

スミス　あなたに去れと言ったんじゃありません。

博士　そうですか。（間）しかし、私はお暇《いとま》しますよ。この部屋はまったく恐ろしい。

（戸口へ向かって行く。）

公爵　（とび上がり、せわしなくあたりを動きまわって、テーブルの上のカードや書類をいじる）部屋が恐ろしい？　部屋が恐ろしい？　いや、いや。（足取りを早めて部屋の中を駆けまわり、両手を魚の鰭《ひれ》のように動かす）ほんの少し混み合っているだけです。少し混み合っている。それに、私の知らない人がいるようだ。誰も彼も好きになることはできませんからな。こういう大がかりなホーム・パーティーは……

（椅子に躓《つまず》く。）

奇術師　（庭へ出る戸口にふたたび現われて）私が呼び出す前にいた地獄に帰れ。これが私の与える最後の命令だ。

博士　（よろよろと立ち上がって）あなた、どうなさるんです？
奇術師　あの気の毒な坊やに嘘をつきましょう。僕は庭で、彼が見つけなかった物を見つけました。あの奇術の自然な説明を何とか思いつきました。
博士　（感動して）あなたは偉大な方のようです。今すぐ彼にその説明をしてもよろしいですか？
奇術師　（しかつめらしく）いえ、結構。自分で説明します。
（隣の部屋へ入る。）
公爵　（不安そうに）さっきは恐ろしく妙な気分でしたな。この世界には驚くべきものがあるんですな。（間を置いて）あれは電気のせいだと思いますが。
（例のごとき沈黙。）
スミス　これには電気以上のものがあると思いますね。
（パトリシアがいまだに青い顔をしながら、嬉しそうに入場。）
パトリシア　ああ、モリスはずっと良くなりました！　奇術師さんが、あの奇術の仕掛けについて、すごく良い話をしてくれたんです。
（奇術師入場。）
公爵　先生、あなたにはどんなに感謝しても足りません！
博士　まったく、それでこそ天下無双の奇術師というものです！

スミス　奇蹟を説明するのは、奇蹟を起こすよりもずっと素晴らしい。ところで、どんな説明をしたんです？
奇術師　申し上げません。
スミス　（目を丸くして）本当ですか？　なぜです？
奇術師　あなたの否定する神と悪魔たちと不滅の神秘が、今夜この部屋にいたからです。あなたはそれがここにいたことを知っているからです。それをここで感じたからです。あなたも私と同じように霊を知っていて、私と同じように、かれらを恐れているからです。
スミス　それで？
奇術師　こんなことを言っても役に立たないからです。もしあの奇術の種について、モリス・カリーオンに言った嘘をあなたに申し上げたら……
スミス　そうしたら？
奇術師　あなたも、彼が信じたように信じるでしょう。（ランプを指差して）どうすれば自然な方法であの奇術ができるか、あなたたちには考えつかない。その方法を、私だけが見つけました——魔術でやったあとに。でも、もし自然な方法をお教えしたら……
スミス　そうしたら？……
奇術師　私がこの家を出て三十分もすれば、みなさんはこうしてやったんだと話し合っているでしょう。
（奇術師、マントのボタンをかけて、パトリシアの方へ進み出る。）
奇術師　さようなら。
パトリシア　私はお別れを言いません。
奇術師　君は優しいだけでなく、偉大だ。しかし、聖者は罪人にも、誘惑者にもなれる。僕の名誉は君の手に預ける……そう、僕にも多少は名誉心が残っているんだ。僕たちは御伽噺から始めた。その御伽噺につけ込む権利が僕にあるだろうか？　あの御伽噺は本当にすっかり終わったんじゃないか？
パトリシア　ええ。あの御伽噺は本当にすっかり終わったわ。（例の謎めいたやり方で彼をちょっと見る）御伽噺が終わるのは、すごく難しいの。放っておくと、永久にぐずぐず残っているから。私たちの御伽噺は、御伽噺が終わりになるただ一つのやり方で終わったのよ。
奇術師　言っていることがわからない。
パトリシア　現実になったんだわ。

（幕）

訳者あとがき

ここに訳出した四つの中短篇は、イギリスで出た単行本『知りすぎた男その他の物語』(一九二二)に収められたものである。邦訳は、「高慢の樹」「裏切りの塔」がそれぞれ「驕《おご》りの樹」「背信の塔」として本文庫の中村保男訳『奇商クラブ』に、「煙の庭」「剣の五」が論創社版『知りすぎた男――ホーン・フィッシャーの事件簿』(井伊順彦訳)に収められている。

筆者は先に『知りすぎた男』を訳した際、一冊の本として出すにはあまりに分量が多すぎると思って、ホーン・フィッシャーが登場しないこの四篇を割愛した。今ようやくべつの文庫本として刊行することになったが、これだけでは少し寂しいので、戯曲「魔術」を併録してみた。御覧の通り、一夜の夢というべきファンタジーに信仰と懐疑主義というテーマを柱として、禁酒、菜食、貴族制といったチェスタトンお得意の話題を盛り込んだ佳作である。

この戯曲は作者の友人バーナード・ショーの勧めで書かれ、一九一三年に上演された。公演は大当たりで、チェスタトンは一財産できるはずだったが、条件の悪い契約をしてしまったため、そうはならなかった。ショーはカンカンに怒って、チェスタトン夫人に言った――この次に芝居を書いた時は御主人を部屋に閉じ込めて、契約書を僕のところへ持って来なさい、と。けだし良い友達と言えよう。

二〇二一年　春

南條竹則

本書は一九二二年刊のCASSELL版および二六年刊のTHE ADELPHI LIBRARY版を底本に翻訳刊行した。

解説

垂野《たるの》創一郎《そういちろう》

訳者あとがきにあるように、本書は短篇集 *The Man Who Knew Too Much And Other Stories* のうち、創元推理文庫版『知りすぎた男』から漏《も》れた"Other Stories"の四篇に、戯曲「魔術」を加えて構成されている。「魔術」はこの作品だけを収めた本として一九一三年に刊行された（*Magic A Fantastic Comedy*）。

巻頭の「高慢の樹」はチェスタトンの作品としては無類の面白さを持つ。こう書くと「ブラウン神父ものだって面白いではないか」と反論が返ってきそうだが、正確にいえばこの作品は誰が読んでも面白い面白さを持っている。本文庫の旧訳『奇商クラブ』に付された中島河太郎《なかじまかわたろう》の解説には、大正十五年に小酒井不木《こさかいふぼく》によって訳されたこの作品に、国枝史郎《くにえだしろう》が感激してしたためた長文の感想が紹介されている。そこに「往々この種の作品は『拵え物《こしら》』として欠点を暴露するものでありますが、これにはそれが見られません」という一節がある。チェスタトンの作品が往々にして拵え物の極《きょく》であることを考えれば、この作がどれほど異質かがわかろうというものだ。

事実これは国枝史郎が好きそうな伝奇趣味に溢れている。怪しげな伝承や迷信のはびこるイギリスの片田舎で、アイルランドの血をひく大地主によって、先祖が遭遇した孔雀《くじゃく》の樹の怪異譚が語られる。すると客人はその原産地であるアフリカ北岸に伝わる伝説によって応える。すでにして堂々たる怪談の布置ではないか。それが短篇の簡潔さではなく、十分な紙幅をとって、しかも南條氏の名訳をもって語られるのだからたまらない。やがて地主は謎の失踪を遂げ、驚くほど短期間に白骨化したとしか思えないバラバラの人骨が出てくる。おお、まるで島田《しまだ》荘司《そうじ》だ。

人も知るようにチェスタトンは推理小説においては短篇至上主義者だった。本文庫の『探偵小説の世紀』の序文では、長篇推理小説をブーメランにたとえてこう書いている。「……ブーメランもまたけっきょくは出発点に戻って来るブーメランであるように、ストーリーがひとまわりするにすぎない。要するに長編小説では、事件の解明が竜頭蛇尾におわることが多いのだ」いかにも、たとえば、『木曜日だった男』（『木曜の男』）は推理小説として見るなら壮絶なブーメランに見えないこともない。

しかし「高慢の樹」には、ほどよい長さが幸いしてか、長篇推理の骨格が備わっている。「素晴らしく血の循環《めぐり》が良いので」というさりげない冒頭の描写が終盤で大きな意味を持つとか、あるいは弁護士が何げなく漏らした一言が犯人に新たな行動を決意させ事件が込み入ってくるとか、あるいは犯人による探偵の操《あやつ》りが試みられるとか、短篇ではおそらくさほど効果をあげない趣向がふんだんに取り入れられている。愛好家を喜ばせるツボを心得ているといってもいい。さすがはデテクション・クラブの初代会長である。

かたや「裏切りの塔」はトランシルヴァニア王国という架空の地の物語である。自分の見た夢を話しているような半ば一人合点の朦朧《もうろう》とした語りで話は進む。トリックもそれにふさわしく、まるで小栗虫太郎《おぐりむしたろう》が考えたみたいな、物理的にはまず無理と思われるものだ。実行可能性よりも象徴性に重きが置かれているようでもある。いや、今思い出したが、夢野久作《ゆめのきゅうさく》に同じ手を使った短篇があった(ただしこちらは謎としては提出されていない)。すると虫太郎的というのは言い過ぎで、少なくとも久作程度には実行可能なのだろうか。実際にやってみたことはないので何ともいえないけれど。

それにしてもこの作品の地理的関係は呑み込みにくい。そこで何度か読み返してこんなものかなという図を描いた。南條氏の『あくび猫』に、鯔野阿苦毘《とどのあくび》という英文学の先生が出てくる。この先生は学生に絵を描かせて試験答案の代わりにするのだが、その際絵の巧拙《こうせつ》が採点に影響しないよう川崎《かわさき》ゆきお方式を採用しているそうだ。いかなる方式かというと、絵が下手で虎が牛にしか見えないときは、絵の横に「トラ」と書いておけば牛でさえ虎になるというものだ。これはうまい方法だなと思ってここでも試してみた。どうだろう。阿苦毘先生は合格点をくれるだろうか。

ところで原著の単行本『知りすぎた男およびその他の短篇』はこの「裏切りの塔」で終わる。このことには意味があると思うのでついでに書いておきたい。

というのは「裏切りの塔」の探偵役スティーヴン神父は、「知りすぎた男」ホーン・フィッ

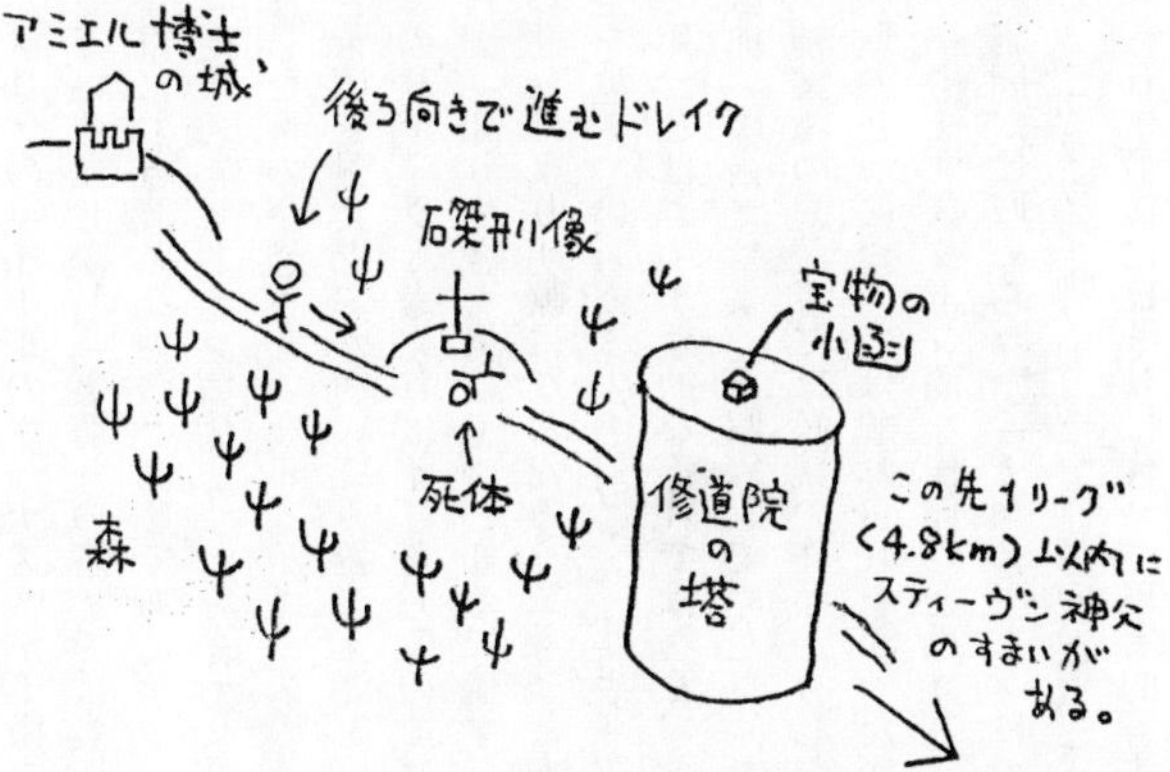

シャーの時空を越えた転生に見えるからだ。なにしろこの神父たるや、友人ドレイクから、「君はこの荒野に独りで住んで、狂人みたいに、自分は何でも知っていると思っている」といわれるのだ。もし同じ本に入っていたら読者はこれを見逃さないだろう。

　そういえば『知りすぎた男』の最終話「彫像の復讐」でのフィッシャーは、「狂人みたい」と称されても仕方がない。その行為には三島由《みしまゆ》紀夫《きお》の最期のような印象を受ける。「神よ、英国を救いたまえ！」「今、救うのは神の役目だ」とフィッシャーはいうのだが、これは無茶な話で、人の救済ならともかく国家の救済までが神の役目とされてはかなわない。

　いっぽうこの「裏切りの塔」では、同じ裏切りのテーマが夢幻劇あるいは象徴劇として語りなおされ、昇華されて、いわば解毒剤のように作用している。「彫像の復讐」では（ここはたぶんメリメの「イールのヴィナス」が下敷きになっていると思うが）彫像が神に代わって復讐をしている。しかし「裏切りの塔」では裏切り者への復讐はなされない。ブラウン神父が犯人を警察に引き渡さないのと同じである。

最後にスティーヴン神父は、殉教者の名が祭日の名でもあることに注意をうながし、「もしそうしたものが恐ろしいなら、イギリスの詩人が讃える国のためにイギリスの兵士がいかなる責苦苦悶を耐え忍ぶか訊いてみたまえ」という。何とも唐突なこの台詞も、これが「彫像の復讐」のリテイクと考えれば腑《ふ》に落ちるのではないか。同時に「彫像の復讐」の最後の謎のような台詞「知りすぎた男はやっと知るに値することを知ったのだった」の真意もこの場面と突き合わせればより明瞭になるだろう（もっとも成立年代でいえば「裏切りの塔」の方が先らしい。時空を越えているゆえんである）。蛇足《だそく》ながら付け加えると、ここで語られる「代価としての神の死」とはニーチェ的なそれではなく、キリストの磔刑《たっけい》を指しているのだと思う。

戯曲「魔術」はよくぞ収録してくださったと訳者に感謝を捧げたいような名品である。ブラウン神父譚の愛読者には必読の作品かもしれない。最後にそれについて少し語ろう（「剣の五」と「煙の庭」については触れられなかったが、どちらも読者の盲点をついた意外性が楽しい、いかにもチェスタトン的な佳作だと思う）。

『続審問』に収められた「チェスタトンについて」というエッセイで、ボルヘスはこう書いている。「ブラウン神父もの各物語《サーガ》では、まず謎が呈示され、次に悪魔的ないし魔術的説明が試みられ、最後にはそれに代って現実的解決が示される」。

この「魔術」でも同じ手順が踏まれている。ただし最後の現実的解決は作中人物の一人にだけ示される。あとの人物にはそれが存在することは示されるが、どういうものかは知らされない。もちろん読者あるいは観客にも知らされない。探偵小説を装ったブラウン神父譚からは隠れていたものがここにある。言葉を換えていえば、前述のエッセイでボルヘスは、「チェスタトンは（……）カフカたらんとすることを自制していた」と書いているが、ここでチェスタトンはリミッターをやや外して一歩カフカに近づいている。

同時にここでは現実的解決の無意味さも語られている。奇術師がそれを他の者に知らさないのは、知らせても意味がないからだ。ブラウン神父ならそれは犯罪を暴くのに役立つ。モリス・カリーオンになら病気の回復に役立つ。しかしその他の者には、意味がないどころか、世界の不思議さに盲目になるという弊害さえある。

推理小説の読者なら、奇術師が最後に庭に出るところで、「ハハア奇術の種を隠滅しに行ったな」と思うだろう。原題の"Magic"には「(超自然的な)魔術」と「(人為的な)奇術」の二つの意味がある。奇術師の行ったものが本物の魔術だったのか、それとも小手先の奇術だったのかは、結局わからないままに終わる。だが別にわからなくてもいい。大事なのは「合理を越えたものがこの世に存在する可能性がある」という認識であろうから。

吉田健一によれば、ヴァレリーはポーの『覚書《マルジナリア》』についてこう書いているそうだ。「この種類の著述は私に、橇《そり》に乗って一群の飢えたる狼に追われていく人間の話を連想させる。彼は時間と空間とを少しでも得るために、彼が持っているすべてのものを狼に投げ与えるのであり、その中で最も価値の少ないものから始める」。
チェスタトンの逆説や機知も、ときとしてこのような「狼に投げ与えられるもの」に見える。したがってそれはチェスタトンにとっては自分の持っている中で最も価値の少ないものである。そしてこの場合狼とは何かというと、広い意味での狂気であろう。もう少し穏当な言葉でいえば、先入見といってもいい。

そしてチェスタトンにとって狂気とは理性と（より正確にいえば合理性と）結びついたものだった。たとえば本書所収の「高慢の樹」はそれをよく示している。彼の有名な金言に「狂人とは理性を失った人ではない。狂人とは理性以外のあらゆるものを失った人である」というのがある。これはいつもの逆説ではなくて、彼の正真正銘の信条であったに違いない。こうした理性あるいは合理性を無効にするために、チェスタトンは逆説をしきりに狼に投げ与えるのである。

『詩人と狂人たち』、『四人の申し分なき重罪人』、そしてなかんずく『ポンド氏の逆説』といった後期チェスタトンでは、この逆説癖はよりロジカルになり、reductio ad absurdum（合理性をとことん突きつめると馬鹿馬鹿しいものに帰着すること）が戦略として用いられるようになる。パラドクスとナンセンスの関係がより鮮明になるともいえる。だがそこらへんの解明は、創元ライブラリで最近復刊された高山宏『殺す・集める・読む――推理小説特殊講義』中の一篇「病患の図表――G・K・チェスタトンのアンチシステム」に委ねるべきだろう。

検印
廃止

訳者紹介　1958年東京に生まれる。東京大学大学院英文科博士課程中退。著書に「怪奇三昧」「英語とは何か」他、訳書にチェスタトン「詩人と狂人たち」「ポンド氏の逆説」「奇商クラブ」「知りすぎた男」、ハーン「怪談」、ラヴクラフト「インスマスの影　クトゥルー神話傑作選」他多数。

裏切りの塔
G・K・チェスタトン作品集

2021年5月28日　初版
2021年6月30日　再版

著者　G・K・チェスタトン

訳者　南《なん》條《じょう》竹《たけ》則《のり》

発行所　（株）東京創元社
代表者　渋谷健太郎

162-0814/東京都新宿区新小川町1-5
電話　03・3268・8231-営業部
03・3268・8204-編集部
URL　http://www.tsogen.co.jp
精興社・本間製本

乱丁・落丁本は、ご面倒ですが小社までご送付ください。送料小社負担にてお取替えいたします。

ISBN978-4-488-11021-5　C0197